Timo Leibig

Mädchendurst

Thriller

**Der erste Fall für
Leonore Goldmann und Walter Brandner**

Jede vermeintliche Ähnlichkeit der Charaktere dieses Buches mit lebenden oder verstorbenen Menschen wäre zufällig und nicht beabsichtigt.

Veröffentlicht als E-Book und Taschenbuch.

Texte: © Timo Leibig
Pacellistraße 1, 91785 Pleinfeld
www.timoleibig.de, info@timoleibig.de

Alle Rechte vorbehalten. Das Werk darf – auch teilweise – nur mit Genehmigung des Autors wiedergegeben werden.

Umschlaggestaltung: Timo Leibig
Umschlagfoto: ©magann – Fotolia.com
Lektorat: Hanka Jobke – Lektographem.de
Korrektorat: Hannah Kraus und Uwe Raum-Deinzer
Satz: Timo Leibig

ISBN 978-3-9817076-2-5

2. Auflage, April 2017

*Für meinen großen Bruder Markus,
der immer auf mich zählen kann.*

PROLOG

Zer-ris-sen, ent-zwei, ge-teilt.

In mir haust ein Monster. Unaufhaltsam ergreift es Besitz von mir. Stück für Stück. Von Tag zu Tag. Bald hat es mich ganz verschlungen. Die Zeit wird knapp.

(Wessen Zeit wird knapp?)

Ruhig. Ruhig. Bleib ruhig.

Das Monster ... ich fürchte mich vor ihm, denn ich weiß, wozu es fähig ist.

Wozu *ich* fähig bin.

Ich lecke mir über die Lippen und blicke auf die Überreste der altehrwürdigen Taschenuhr, die vor mir in einer Plastikschale liegen. Es ist eine amerikanische Waltham. Hergestellt um 1900, mit eingravierter Jagdszene. Rotgold 585. Ein Geburtstagsgeschenk. Der Minutenzeiger ist verbogen und hat sich in einem zerbrochenen Zahnrad verheddert. Der Stundenzeiger deutet ins Nichts. Die letzte Uhrzeit, die sie angezeigt hat, kenne ich trotzdem ganz genau: 16.34 Uhr. Und dreiundzwanzig Sekunden.

Damals, genau zu dieser Uhrzeit, hat sich *irgendetwas* in mir abgespalten und wurde später zum Leben erweckt. Es war der Augenblick, in dem die Zeiger der Taschenuhr stehen blieben, genauso wie mein Leben. Heute agiere ich nicht mehr, sondern reagiere nur noch.

Erst am Morgen war ich in einem Geschäft. Als ich hereinkam, blickte der Mann hinter der Kasse lächelnd auf, auch wenn es aufgesetzt wirkte. Er griff unter die Theke, holte ein Päckchen von der Größe einer Zigarettenschachtel hervor und reichte es mir.

»Ich habe mich schon gefragt, wann Sie wieder auftauchen. Langsam wird es schwierig, eine Waltham aufzutreiben«, sagte er und drückte vier Knöpfe an der Kasse. Der Preis erschien: 1799 Euro. »Bald müssten Sie doch alle besitzen, oder?«

Ich lächelte ebenfalls aufgesetzt, antwortete nicht und bezahlte bar.

Jetzt ist es still im Zimmer. Ich höre die Fäden der beiden Glühbirnen sirren, die den Arbeitsplatz erhellen, und die gekaufte Waltham ticken. Sie liegt vor mir auf der gereinigten Arbeitsplatte, sicher gebettet auf Schaumgummi. Daneben steht die Schale mit den kaputten Einzelteilen.

Der filigrane Sekundenzeiger bewegt sich mit einem leisen *Tick tick*.

Uhrzeit: 16.34 Uhr und zweiundzwanzig Sekunden.

Tick tick.

Es ist so weit. Ich muss es versuchen. Reaktion.

(Wirklich?)

Ich setze den Gehäuseöffner an der Nase seitlich des Pendants an und öffne den Klappdeckel. Meine Finger sind ganz ruhig.

Tick tick.

Ich befeuchte noch mal die Lippen und lege die Uhr in die linke Hand. Mit Daumen und Zeigefinger umschließe ich fest die Krone. Ich schiebe die Sperrklinke mit einem Putzholz beiseite, um die Feder zu entspannen. Langsam dreht sich die Krone in meinen Fingern, so lange, bis die Feder entspannt ist. Das Ticken erstirbt.

Ich seufze und mache mich an die Arbeit: Ich zerlege die Uhr in ihre Einzelteile. Wie ein Uhrmacher platziere ich Teil für Teil in einem Sortierkasten und beschrifte jedes Fach penibel.

(Reine Zeitverschwendung. Du wirst niemals entrinnen.)

Ich versuche, mich voll und ganz auf das Uhrwerk zu

konzentrieren und dadurch die Kommentare zum Schweigen zu bringen. Ich weiß, dass ich auf Dauer nicht entrinnen kann, oder doch?

Aktion – Reaktion.

Sicher ist, dass es von Woche zu Woche schwieriger wird. Das Monster wird stärker, es ist so *einnehmend*.

Ich richte meine gesamte Aufmerksamkeit auf das Uhrwerk. Ich drehe die Werkshalteschraube unten rechts so, dass der fehlende Teil des Schraubenkopfes Richtung Gehäuse zeigt, und ziehe die Krone in die Zeigerstell-Position. So arbeite ich weiter, entferne mit einer Pinzette die Zeiger, die Unruh und anschließend Zahnrad für Zahnrad.

Brust und Hals sind über den Tisch gebeugt, das Rückgrat gekrümmt, und der Schmerz kriecht mir bis in die Schädelbasis.

(Das hast du davon.)

Als alle Teile der gekauften Waltham sortiert sind, nehme ich die Schale mit den Überresten *meiner* Uhr zur Hand.

Ich suche die Platine, die Basis einer jeden Uhr. Stück für Stück beginne ich, sie zusammenzubauen. Jedes kaputte Teil ersetze ich durch ein neues. Jeder Handgriff sitzt. Ich könnte diesen Vorgang sogar mit verbundenen Augen meistern, trotzdem werde ich unruhig. Meine Finger kribbeln –

(HA!)

– und beginnen zu zittern. Ich schüttele die Hände, als wollte ich nach dem Händewaschen Wasser davonwedeln, und arbeite weiter. Fieberhaft jetzt. Schneller. Ich will es zu Ende bringen. Dieses Mal.

Ich setze die Zeiger ein, was mir fast nicht gelingt – so sehr beben meine Finger. Ich stelle die Uhrzeit auf 16.32 … 16.36 … 16.30 … endlich 16.34 Uhr und … dreiundzwanzig Sekunden.

Dann ist es so weit: Ich muss nur noch das Uhrwerk einsetzen, die Uhr aufziehen, und …

(Vergiss es.)

Ich lecke mir die Lippen, würge gleichzeitig brennende Magensäure hoch und blicke auf das reparierte Uhrwerk. Ich ertrage den Anblick nicht länger, wende mich der breiten Fensterfront des Arbeitszimmers zu. Der Abend dämmert bereits, und das dunkler werdende Firmament driftet in ein rauchiges Anthrazit. Ich schalte mit zitternden Fingern die Lampe aus. Das Sirren der Fäden erstirbt. Es ist nun ganz still. Eine Motte klopft ans Fenster.

Ich lehne mich zurück, strecke den Rücken.

Ich will *agieren*, endlich das Monster vernichten, die Tür der Vergangenheit hinter mir schließen. Dazu müsste ich nur meine Uhr zum Ticken bringen.

Tick tick.

So könnte der Ausweg aussehen.

(Aber nicht für dich!)

Nein, nicht für mich.

Einen letzten Moment verweile ich in der Stille der Abenddämmerung und lecke mir wieder die Lippen. Meine bebenden Finger presse ich gegen meine Oberschenkel.

»Uhrwerk einsetzen, aufziehen, fertig«, flüstere ich, wobei ich mir selbst als Unterstützung zunicke. Ich will Kraft sammeln, schließe dafür die Augen – und reiße sie keuchend wieder auf.

Das Monster hat mir die Bilder gezeigt.

(Was dachtest du denn?)

Sie sind immer da, werden von diesem unstillbaren Verlangen heraufbeschworen. Sie zehren mich auf und benebeln meine Sinne. Ich verirre mich, weiß nicht mehr, wer ich bin. Der Mensch oder das Monster? Die Grenzen verschwimmen.

Die Bilder, sie sind schlimm. Doch was ich dabei empfinde, ist schlimmer. Wenn ich, wie eben, in einem unachtsamen Moment die Augen schließe und das Monster blitzschnell die Ebenbilder der Kleinen heraufbeschwört, eine grausige Geistererscheinung in Farbe, und mir all die bestialischen Abbildungen vorführt … dann will auch ich wieder den *Moment des Todes* erleben. *Ich* – nicht nur das Monster.

Meine Sinne sind schlagartig bis zum Rand gefüllt. Die Inhalte der Bilder werden real. Ich kann das pochende Leben der Mädchen *spüren*. Ich fühle, wie sich das Messer bis zum Heft in ihre weichen Leiber bohrt. Ich kann das Leben riechen, dieses eiserne Rot, das spritzt wie kochende Tomatensoße. Und ich meine, einen träumerischen Ausdruck in ihren Augen zu sehen, einen bebenden Mund und das zitternde, zischende Einziehen des Atems nah an meinem Gesicht.

In Wahrheit schreien die Mädchen durch den Knebel hindurch, werfen ihre Köpfchen auf der Matratze hin und her und erzittern im Angesicht des Todes.

Mein Blut gerät in Wallung, und das Monster lechzt nach mehr. Es zerreißt mich innerlich. Es wird mich umbringen.

Ich ahne, dass ich in jenen Momenten dem Wahnsinn näher bin als je zuvor.

Ich schalte die Lampe ein und greife unter die Arbeitsplatte ins Regal. Ich ziehe einen Zimmermannshammer hervor. Der Kopf ist mit fleckigem Stoff umwickelt, und die Finne steht daraus hervor wie ein Dorn.

(Du könntest es einfacher haben.)

Vielleicht, doch ich kann nicht mehr widersprechen. Noch bändige ich mich mit aller Kraft, aber auch diese schwindet. Und dann …

Ich erschauere. Ich schiebe die Sortierschale beiseite, lege das reparierte Uhrwerk meiner Waltham in die Mitte.

Meine Finger – wieder ganz ruhig – umschließen fest den Griff, heben den Hammer.

Ich spüre eine Träne im Augenwinkel, dann lasse ich den Hammer sausen.

Einmal. Zweimal. Dreimal. Immer. Wieder.

Als ich später das zerstörte Uhrwerk zusammengesammelt und in einer leeren Plastikschale verstaut habe, schalte ich die Glühbirne aus und verlasse das Arbeitszimmer.

Es ist wie vorher: Ich habe versagt.

Es bleiben nur das Prickeln in meinen Fingern, die Qual und die Spritzer des Lebens auf meinen Lippen.

Ich lecke sie mir und … kann es schmecken.

1

Montag, 14. Juli – 16.14 Uhr

Krachend löste sich ein Schuss aus der P7. Das Geschoss ging daneben und schlug in die Wand ein.

Kriminaloberkommissarin Leonore Goldmann zischte einen Fluch, zielte abermals und drückte den Abzug durch. Wieder flog eine leere Patronenhülse zur Seite.

Die zweite Kugel traf ihr Ziel.

Grimmig feuerte Leonore auch den Rest des Magazins leer. Zweimal traf sie irgendwo in den äußeren Bereich, einmal sogar in die Zehn, und die letzte Patrone ging wieder vorbei.

»Scheiße!«

Die Heckler & Koch bebte in ihren Händen.

Sie stopfte die Waffe zurück in das Holster, riss sich den Gehörschutz von den Ohren und schleuderte ihn mit aller Kraft gegen die Wand, sodass Plastiksplitter davonflogen.

Etwas zerstören ging ohne Probleme. Dafür brauchte man kein Feingefühl in den Fingern – zum Schießen jedoch schon.

Zwei daneben!

Sie schüttelte frustriert den Kopf. Hätte sie gerade einen axtschwingenden Psychopathen stellen müssen, würde nun ein Axtstiel aus ihrem gespaltenen Schädel hervorragen wie ein Röhrchen aus der Capri-Sonne.

Schwer atmend ließ sich Leonore mit dem Rücken an die Wand sinken und glitt zu Boden.

Früher hatte sie ein ganzes Magazin in die inneren fünf

Ringe versenkt. Sie war einer der besten Schützen im Dezernat gewesen, geachtet und anerkannt unter den Kollegen. Doch diese Zeiten waren vorbei.

An guten Tagen – wenn ihre Finger mitspielten – traf sie passabel, doch die Taubheit in ihren Händen und besonders die nachlassende Sehschärfe machten das Ganze zu einem Glücksspiel. Über schlechte Tage wollte sie gar nicht nachdenken. Noch zehrte sie vom Training und ihrer Routine, aber wie lange würde das die körperlichen Defizite noch ausgleichen? Ein Jahr? Vielleicht zwei? Und was würde in einer Extremsituation passieren? Dieser Gedanke jagte ihr Angst ein. Wofür brauchte man eine Kommissarin, die des Schießens nicht mehr mächtig war? Die Unschuldige in Gefahr bringen konnte?

Sie spürte Tränen und konnte sie nicht zurückhalten. »Verdammt!«, schluchzte sie und ließ ihren Hinterkopf gegen die Holzvertäfelung der Wand sausen. *Warum ausgerechnet ich?* Die Krankheit der eintausend Gesichter. *Pah.* Es traf doch sonst immer nur die anderen: Krebs und Aids und Mukoviszidose. Dass sie selbst an MS erkranken würde, hätte sie nicht in ihren schlimmsten Träumen erwartet.

Aus dem Schluchzen wurde ein hysterischer Lacher.

Multiple Sklerose.

Und das bei einer Kriminaloberkommissarin im Außendienst. Sie war beruflich geliefert, wenn diese Diagnose bekannt wurde. Ihr würde entweder die Frühpensionierung mit deutlichen Abzügen blühen oder Innendienst in der Verwaltung. Aber galt das auch, wenn man fast zwei Jahre lang eine solche Beeinträchtigung seinem Dienstherrn gegenüber verschwiegen hatte? Könnte es dann nicht sogar eine Disziplinarstrafe geben? So genau wollte Leonore es gar nicht wissen. *Wer zu viel fragt, bekommt zu viele Antworten.* Und so oder so waren die Konsequenzen verheerend. Innendienst! Den ganzen Tag hinter einem Schreibtisch sitzen und

Akten wälzen. Dafür war sie nicht gemacht. Definitiv nicht.

Eine Tür schepperte, jemand kam angerannt und rief: »Frau Goldmann! Frau Goldmann!«

Die Worte rissen Leonore so abrupt aus ihrer Grübelei, dass sie aufsprang und reflexartig ihre Dienstwaffe zog.

Der Praktikant ruderte mit den Armen und stolperte zurück, seine Pupillen so groß wie die Fleischtunnel in seinen Ohren und auf den Lauf der P7 gerichtet. »Nicht schießen!«

»Verdammt noch mal! Kannst du dich nicht früher bemerkbar machen?«, schnauzte sie, ließ die Waffe sinken und strich sich mit der freien Hand eilig die Tränen von den Wangen. »Man *schleicht* sich nicht an eine Polizistin im Schießtraining an! Da könnte alles passieren. Herrgott!«

Das Bleichgesicht nickte hastig und hatte zu Leonores Glück nur Augen für die Pistole. »Entschuldigen Sie, Frau Kommissarin, aber ich soll Sie unverzüglich holen. Sie … Sie werden gebraucht. Jetzt sofort.«

Leonore seufzte. »Was ist denn so wichtig, dass man mich schon im Training unterbricht? Ist eine Leiche aufgetaucht?«

Der Praktikant schüttelte den Kopf. »Keine Leiche, Frau Goldmann, aber eine ganze Gruppe Eltern. Sie warten vor Ihrem Büro. Kommen Sie. Schnell.«

Leonore blickte verwirrt. »Wir sind bei der Polizei, nicht auf einem Elternabend. Hast du keine *sinnvollen* Informationen für mich?«

Wieder nur ein Kopfschütteln. »Ich … ich habe keine Ahnung. Ich soll Sie nur unverzüglich …« Der Bursche verstummte abrupt, schloss und öffnete den Mund wie ein Putzerfisch im Aquarium.

»Ja? Du sollst was?«

Er zögerte, dann sagte er zaghaft: »Sie in Ihr Büro schleifen.«

»*Schleifen?*«

»Ja. So hat es Herr Rochell … ähhh … ausgedrückt.«

Leonore konnte sich auf das Gestammel keinen Reim machen. Was hatte sie mit einer Horde Eltern zu tun, und warum wollte ausgerechnet der Dezernatsleiter sie unverzüglich sehen? Irgendetwas Gravierendes musste passiert sein. Und das ausgerechnet an einem Tag, an dem Walter kurzfristig Urlaub genommen hatte. *Na wunderbar.*

»Also gut«, sagte Leonore Goldmann barsch und ließ den Praktikanten wie einen geschlagenen Hund im Schießstand stehen, wo noch der scharfe Geruch des verbrannten Pulvers in der Luft hing. »Aber ich gehe selbst. Vor den Chef *schleifen* muss mich sicher niemand.«

2

Samstag, 11. Mai – 21.02 Uhr

»Auf die Arschgeigen!« Mit einem frisch gezapften Bier und einem gequälten Lächeln prostete Annemarie ihrer besten Freundin Kristina zu.

»Vielleicht ist ja doch mal einer dabei?«, entgegnete diese und nippte an ihrem Weißwein. »Ich würde die Hoffnung nicht so schnell aufgeben.«

»Das glaubst du doch selbst nicht. Der Typ von letzter Woche war das allerletzte Arschloch. Da baggert er mich an, nimmt mich mit nach Hause, und dann bin ich so dumm und blas' ihm einen, und was macht er? Statt sich zu revanchieren, lehnt er grinsend ab und sagt mir ins Gesicht, dass die Dicken am besten blasen könnten, aber reinstecken würde er ihn nicht in so eine Tonne wie mich. *Tonne.* Das hat er gesagt!«

Kristina schwieg betreten. Annemarie hatte ihr die Story nun dreimal erzählt, doch davon wurde sie auch nicht besser. Kristina glaubte nicht, dass es nur an den Männern lag – zumindest nicht an allen –, sondern auch an Annemarie selbst. Sie warf immer ein Auge auf die *bösen Buben*. Kristina verstand nicht, woher dieser Reiz kam. Sie selbst wollte einen Mann, der eloquent war, mit dem sie über Gott und die Welt diskutieren konnte und der im besten Fall ausreichend Geld verdiente, um eine Familie zu ernähren. Annemarie stand hingegen auf Narben im Gesicht, auf bunte, tätowierte Totenkopffratzen und – ganz widerlich – Nasenpiercings.

»Aber es ist immer das Gleiche«, fuhr Annemarie in ihrer

Schimpftirade fort. »Entweder sie sind die größten Machos, die größten Egoschweine, vergeben oder schwul. Schau dir doch zum Beispiel die beiden Kerle da drüben an. Wenn die nicht schwul sind, dann weiß ich auch nicht mehr.«

Kristinas Blick folgte Annemaries Finger. Zwei Männer saßen an der polierten Mahagonitheke auf ihren Hockern und quatschten miteinander. Der eine war mindestens sechzig oder siebzig, und der andere vielleicht ... Anfang dreißig, also in Kristinas Alter. Vom Älteren sah sie nur den geraden Rücken und ein faltiges Profil. Der Jüngere hingegen sah ganz schnuckelig aus: sportliche Figur, gepflegter Dreitagebart, Lachfalten um die Augen, und er trug eine schwarze Baseballmütze. Das fand Kristina ganz lässig an Männern.

»Wahrscheinlich Vater und Sohn«, stellte sie fest. »Ehrlich gesagt, finde ich den Jüngeren ganz süß. Wie kommst du darauf, dass sie *schwul* sind?«

Annemarie zuckte mit den Achseln. »Wenn sie in diesem Alter ohne Frauen da sind, *müssen* sie schwul sein! Das sind sicher die typischen zweibackigen Heizkörper, die wie alle anderen auch nur den Kunststoffbezug der Hocker wärmen. Alkis, wenn du mich fragst.«

Kristina unterdrückte ein Lächeln. »Erst Schwule, jetzt Alkis. Vielleicht auch noch Junkies? Du wirst nie einen abkriegen, wenn du mit dieser negativen Grundstimmung an die Sache rangehst.«

»Dann probier doch dein Glück, wenn dir der Typ gefällt. Schau. Der Ältere tut dir sogar noch den Gefallen und geht. Das ist deine Chance.«

Kristina blickte zurück zur Theke. Tatsächlich war der Alte von seinem Barhocker gerutscht und schlüpfte gerade in eine himmelblaue Sommerjacke, die er über den Hocker gehängt hatte. Sein Weizenglas war leer, das des Jüngeren noch halb voll.

»Ich melde mich wieder«, verabschiedete sich der Jüngere.

»Okay. Halt die Ohren steif. Bis dann.« Der Alte klopfte dem anderen auf die Schulter und machte sich aus dem Staub.

»Du traust dich doch eh nicht«, stichelte Annemarie.

Kristina kniff ihre Augen zusammen, schnappte sich ihr Weinglas und stand auf.

»Hey! Das war nicht so gemeint. Du kannst mich doch nicht alleine lassen!«

Kristina wandte sich noch einmal ihrer Freundin zu. Annemarie füllte den Ledersessel vollkommen aus. *Tonne*, hatte der letzte Typ sie genannt. Viel fehlte wirklich nicht. Mit ihren geröteten Pausbäckchen, dem Doppelkinn und dem fast weinerlichen Blick gab sie heute eine bemitleidenswerte Figur ab. Normalerweise blieb Kristina in solchen Momenten bei ihrer Freundin, aber heute überwog ihr Ehrgeiz. Und überhaupt, sie spürte schon den ganzen Nachmittag ein eindeutiges Verlangen zwischen ihren Schenkeln. Heute durfte es mal wieder so weit sein, und hieß es letztendlich nicht *Den Mutigen hilft das Glück*?

»Erst stachelst du mich an«, sagte sie daher, »und dann passt es dir nicht. Komm schon, Anne. Ich probier' jetzt mein Glück.« Ohne auf Annemaries Reaktion zu warten, ließ Kristina sie sitzen.

Sie beobachtete Mister Cappy genauer, als sie sich der Theke näherte. Er starrte in sein Bier und blickte nicht einmal auf, als sie sich neben ihn an die Bar drängte und absichtlich seinen Oberschenkel streifte. Erst als sie auf demselben Hocker Platz nahm, auf dem der Alte gesessen hatte, sah er auf.

»Ja?«, fragte er.

Begeisterung sah anders aus. Doch so schnell ließ sich Kristina nicht entmutigen.

»Darf ich mich zu dir setzen?«

»Du sitzt doch schon«, entgegnete er trocken und nahm einen Schluck von seinem Bier.

Vielleicht hatte Anne doch recht, und der Kerl war homo.
»War das gerade dein Freund?«, fragte Kristina daher geradeheraus. Direktheit kam oft am besten an.
Irritiert musterte er sie jetzt. »Der Mann, der gerade gegangen ist?«
Sie nickte.
»Herrgott nein! Das ist ein alter Freund der Familie. Aber wie kommst du ...?« In dem Moment schien er zu begreifen, dass Kristina ihre Chancen auslotete. Seine Augen weiteten sich vor Verstehen. »Ach so. Du willst wissen, ob ich hetero bin. Ja, das bin ich.« Er grinste, aber Kristina entging nicht, dass es gekünstelt war. Mister Cappy hatte offensichtlich kein Interesse an ihr.
Aber so schnell warf sie nicht das Handtuch. Sie spürte Annemaries bohrenden Blick im Rücken, und die Blöße einer so rapiden Abfuhr wollte sie sich nicht geben.
»Und was treibt ein so gut aussehender Mann alleine an einem Samstagabend in der Kneipe?«, wollte sie wissen.
Er zog die Mundwinkel nach unten und zuckte mit den Schultern. »Nicht viel. Ein bisschen ausspannen. Der Tag war ziemlich anstrengend. Und du?«
»Das Gleiche. Wenn mich die Mädchen von Montag bis Freitag drangsalieren, brauch' ich am Wochenende Abwechslung.«
»Die Mädchen?«
»Ich bin Lehrerin. Die Kids werden von Jahr zu Jahr anstrengender, doch das will immer keiner glauben. Aber die Zeiten ändern sich. Manche haben schon gar keinen Respekt mehr, und entsprechend komme ich abends fix und fertig nach Hause.« Kristina ließ ihr Weinglas zwischen den Fingern im Kreis rotieren.
»Aber normalerweise hat man doch auch Jungs, oder?«, fragte er neugierig.
»Na klar. Aber ich arbeite an einer Mädchenrealschule.

Katharina-von-Alexandria. Wirst du wahrscheinlich noch nie gehört haben. Ist so eine schnieke Privatschule benannt nach einer Heiligen, wo nur Wohlhabende ihre Kinder reinstecken. Aber die Kleinen sind – auch wenn sie mich fertigmachen – so süß.«

»Das glaub' ich dir aufs Wort.«

Die Erinnerung an ihre Mädels zauberte ein warmes Lächeln auf Kristinas Gesicht. Erst gestern vor dem Unterricht war eine ihrer Schülerinnen der 5C – Pia Stein – mit schüchternem Blick zu ihr gekommen und hatte ihr eine selbst gebastelte Dankeskarte überreicht. Mit ausgeschnittenen Herzchen und Blüten und einem süßen Sprüchlein darin.

Kristina leerte den Rest ihres Weins und sah dann wieder Mister Cappy an. Dieser musterte sie von oben bis unten … und schien sie das erste Mal als Frau wahrzunehmen. Sie meinte zu spüren, wie seine Augen sie aus der Jeans und ihrer Bluse schälten. Ihn hüllte ein Sex-Appeal ein, der vorher nicht da gewesen war. Eine Gänsehaut lief ihr den Rücken hinab, und sie unterdrückte ein zufriedenes Lächeln.

In dem Moment lächelte er und reichte ihr die Hand. »Hatte ich mich überhaupt schon vorgestellt, Frau Lehrerin?«

»Nicht, dass ich wüsste.« Sie erwiderte den Händedruck mit einem breiten Grinsen.

»Lucas«, sagte er, seine Stimme war warm und wohltönend, überhaupt nicht mehr abweisend wie zu Beginn. »Aber bitte englisch betont wie der Regisseur von *Star Wars*.«

Sie nickte. »Kristina«, entgegnete sie und frohlockte innerlich. Jetzt würde sie es Annemarie zeigen.

3

Montag, 14. Juli – 16.36 Uhr

Ein Wassertropfen löste sich von der Decke und tropfte Kriminalhauptkommissar Walter Brandner ins Gesicht. Grimmig wischte er sich das Nass mit der Schulter von der Wange.

»Das ist ja eine schöne Bescherung«, knurrte er, während er die fleckig feuchte Kellerdecke anblickte, an der sich immer mehr Tropfen sammelten und der Schwerkraft nachgaben. Er wandte sich dem Handwerker zu, der neben ihm die Folgen des Wasserrohrbruchs begutachtete. »Wie wollen Sie das trocken bekommen?«

»Ganz einfach, Herr Brandner: Wir bohren im Erdgeschoss ein paar Löcher in den Boden und stellen Trockner auf. Das macht richtig gut Lärm, aber auch richtig gut warm. Anders bekommen Sie die Pisse nicht mehr aus dem Gemäuer. Seien Sie froh, dass wir das Leck reparieren konnten, sonst könnten Sie Ihr Pipi weiterhin nicht hinunterspülen.« Der Kerl im olivfarbenen Overall grinste und zog ein gelbgrünes Taschentuch aus der hinteren Hosentasche. Mit einem entschlossenen Trompeten schnäuzte er sich. Nachdem er kurz hineingeblickt hatte, steckte er es wieder weg.

Walter schüttelte sich. Die Vorstellung von tosenden Windmaschinen in seinem Bad behagte ihm überhaupt nicht. Aber es war typisch. Ein Wasserrohrbruch geschah genau dann, wenn man ihn am wenigsten brauchen konnte. Da stand man morgens auf, um auf die Arbeit zu gehen, und dann begann es *irgendwo* zu rauschen, nachdem man die Spülung der Toilette gedrückt hatte. Und das Rauschen hatte nicht mehr aufgehört. *So unvorhersehbar ist das Leben,* dachte Walter. Erst gestern Abend hatte er noch mit Ricky telefoniert und ihm auf seine Nachfrage versichert, dass er heute im Dienst sein würde. Stattdessen starrte er nun die feuchte Kellerdecke an, aus der sonst was herabtropfte. Vielleicht sollte er den Jungen anrufen. Nicht, dass Ricky noch auf die Idee kam, ihn im Dezernat zu besuchen und dann vor einem verwaisten Schreibtisch stand.

Abermals tropfte ihm etwas ins Gesicht. »Und wann können Sie mit Ihrem ... *Lärm* anfangen?«, fragte er genervt.

Der grobschlächtige Handwerker schaute auf die Uhr und fuhr sich anschließend mit einer Hand durch die flaumigen Haare. »Wenn wir heute noch loslegen, könnten wir vielleicht einen Trocknungsgang starten, bevor sich die Nachbarn wegen Ruhestörung beschweren.« Sein Taschentuch fuhr heraus, gefolgt von einem Trompetenstoß. Das Tuch verschwand wieder. »Hab' mich wohl irgendwo angesteckt«, plauderte der Handwerker weiter. »Ist im Sommer immer das Gleiche auf dem Bau. Man schwitzt wie ein Schwein, und dann verkühlt ma–«

Das Läuten eines Telefons unterbrach ihn. Erst als es an Walters Hüfte vibrierte, registrierte er, dass es sein Diensthandy war. Er würde sich nie an die ständige Erreichbarkeit gewöhnen. Immer so ein *Ding* dabeizuhaben. Er holte das Telefon aus der Handytasche an seinem Gürtel und runzelte die Stirn. Leonore rief an. Das war ungewöhnlich. Wenn er mal Urlaub hatte oder krank war, meldete sie sich nur aus wirklich triftigen Gründen. Zum Beispiel wenn es eine Leiche gab, das Dezernat brannte oder die Welt kurz vor dem Kollaps stand.

»Dienstlich«, entschuldigte er sich und wandte sich zum Gehen. »Und fangen Sie mit dem Trocknen an.«

»Und wo sollen wir die Löcher bohren? Ist Ihnen das egal? Haben Sie noch Fliesen aus dem Badezimmer? Das wäre super, weil dann können wir hinterher die kaputten damit austauschen.«

Das Telefon quengelte. »Machen Sie einfach«, antwortete Walter nach kurzem Zögern und ließ den Mann stehen. Hastig hob er ab.

»Na endlich!« Seine Kollegin tönte augenblicklich aus dem Telefon. »Ich brauche dich hier, Walter. Du musst kommen. Sofort! Die Hölle ist ausgebrochen.«

Walter hielt besorgt auf der Kellertreppe inne. Leonore klang ernst. Verdammt ernst. Das würde kein Gespräch werden, das einen redseligen Handwerker was anging. »Warte«, sagte er deshalb. »Ich bin gleich wieder am Apparat.«

Mit schnellen Schritten eilte er hinauf ins Erdgeschoss. In der Küche angekommen, ließ er sich seufzend auf einen Stuhl am Esstisch sinken. »Jetzt bin ich da. Was ist los? Du klingst angespannt.«

»Angespannt! Ich drehe gleich durch, wenn du es genau wissen willst. Du musst kommen, Walter. Wann kannst du hier sein?«

»Ich habe einen Wasserrohrbruch im Haus. Ich kann eigentlich nicht weg.«

Leonore schnaubte am anderen Ende der Leitung. »Vergiss den Wasserrohrbruch. Selbst wenn du im Sterben liegen würdest, müsstest du dich aufrappeln und hierher kriechen. Ich glaube, dein Albtraum hat begonnen.«

Walters Herzschlag beschleunigte deutlich. »Welcher?«, fragte er, obwohl er genau wusste, welchen Leonore meinte.

»Hast du irgendetwas genommen? Seit fünfzehn Jahren erzählst du mir regelmäßig vor den Sommerferien von deinem Albtraum. Erst vor drei Tagen hast du wieder davon gesprochen, und jetzt fragst du mich: *Welcher?*«

Stille legte sich über die Leitung. Walter hörte das Pochen seines Herzens und das Trompeten des Handwerkers auf der Treppe.

»Ist wieder ein Mädchen verschwunden?«, fragte er schließlich. Schweiß brach ihm auf der Stirn und am Bauch aus.

»Nicht eines.«

Irritiert wanderte Walters Blick umher und blieb an den Überresten seines Mittagessens hängen, das vor ihm stand. Gebratener Speck mit Rührei. Beides lag beinahe unberührt auf dem Teller, in all der Handwerkerhektik vergessen. Der Speck glänzte fett und rot und tot. Das Ei darunter sah wie Gehirnmasse aus. Walter wurde schlecht. Trotzdem fragte er: »Wenn keines verschwunden ist, was ist dann los?«

»Walter, es ist nicht *eines* verschwunden, sondern *acht*. Eine fünfte Klasse der Katharina-von-Alexandria-Mädchenrealschule. Samt Lehrerin. Es fehlt von ihnen bisher jede Spur.«

Acht.

Walter wankte auf seinem Stuhl, als wäre er geschlagen worden. *Das sind zwei mehr als in all den Jahren zusammen!*

Acht.

Die Zahl wuchs vor seinem inneren Auge zu einer kathedralengleichen Monstrosität und kippte langsam auf ihn zu.

Acht Mädchen auf einmal.

»Und du bist sicher, dass sie verschwunden sind? Eine ganze Schulklasse?«

»Davon ist auszugehen. Sie waren heute Morgen auf dem Weg zum Zoo, kamen aber offenbar nie an. Alle Handys der Schülerinnen sind seitdem nicht mehr erreichbar. Die Eltern fressen mich gleich. Ich brauche deine Unterstützung.«

Acht.

Selbst in all den endlos langen Nächten, in denen er übermüdet die Decke angestarrt und auf den Schlaf gewartet hatte, in denen er sich die Haare gerauft und anschließend vor Panik, es könnte wieder passieren, hyperventiliert hatte, hatte er sich das nicht ausgemalt. Er spürte, wie auch das letzte bisschen Hoffnung – dieser Albtraum würde nie wieder zurückkehren – unter der herabstürzenden Acht zermalmt wurde.

»In zwanzig Minuten bin ich bei dir«, war alles, was Walter Brandner noch hervorbrachte. Kurz rieb er sich die pochenden Schläfen, dann machte er sich auf den Weg ins Präsidium.

4

Dienstag, 17. Juni – 22.39 Uhr

»Härter!«, stöhnte Kristina Lucas ins Ohr und krallte sich fest in seine muskulösen Oberarme. Sie hoffte, ihn damit anzustacheln. »Gib's mir!«

Er stieß jedoch nur monoton in sie hinein. *Wie ein lebloser Kolben in eine Maschine*, dachte sie. Das ging schon seit zwei Wochen so. Am Anfang hatte er sie gevögelt, als wäre der Liebesgott persönlich vom Himmel gestiegen. Er war abwechselnd zärtlich und fordernd gewesen, er hatte sein Gesicht zwischen ihren Schenkeln vergraben und sie in den siebten Himmel katapultiert. Lucas hatte sie so gut durchgenommen, wie es noch kein Mann getan hatte. Voller Leidenschaft und Inbrunst. Noch nie hatte sie sich so begehrt gefühlt. Aber eben nur am Anfang der Beziehung. Seitdem musste sie ihn zum Sex nötigen, und wenn er dann brummend in Fahrt kam, mutierte er zu einem stupiden Zweitaktmotor.

»Stopp!«, befahl sie genervt. »So geht das nicht.«

Lucas hielt mitten im Stoß inne. »Was?« Sein motziger Tonfall ließ sie den Kopf schütteln.

»Was ist los mit dir?« Kristina strich ihm durchs verschwitzte Haar. »Irgendetwas stimmt doch nicht. Seit zwei Wochen bist du wie ausgewechselt.«

Lucas blickte sie einige Herzschläge ausdruckslos an, dann zog er sich aus ihr zurück und rollte neben sie aufs Bett. Seufzend drehte sie sich zur Seite, um ihn anschauen zu können. »Willst du reden?«

Eine halbe Minute lang glotzte er nur an die Decke.

Kristina meinte schon, er würde jeden Moment aufstehen, sich anziehen und auf Nimmerwiedersehen verschwinden. Irgendwie würde es passen. Vielleicht hatte Annemarie doch recht, und alle Männer waren schwanzgesteuerte, gefühllose Hornochsen. Doch Lucas überraschte sie. Kristina sah, wie ihm Tränen in die Augen traten und er sie hastig wegwischte.

»Es hat nichts mit dir zu tun«, sagte er leise. »Es liegt an mir. Ich bin zurzeit einfach ... beruflich überfordert. Die Arbeit und so. Da kann ich mich abends einfach nicht auf dich konzentrieren.«

Sein plötzlicher Gefühlsausbruch rührte sie. Vielleicht war er doch aus anderem Holz geschnitzt als die restlichen Männer.

Kristina rückte näher an ihn heran und legte ihre Hand auf seine behaarte Brust. Sie ließ ihre Finger durch die krausen Löckchen gleiten. Sie mochte seine Haare.

»Du hast noch nie etwas von deiner Arbeit erzählt«, sagte sie sanft. »Sonst weichst du bei dem Thema aus. Vielleicht hilft es dir, wenn du mit mir darüber sprichst?«

Lucas schüttelte entschieden den Kopf. »Es hat mit einem Projekt über Sicherheitsvorrichtungen für Banken und große Unternehmen zu tun. Ich arbeite als Ingenieur in der Entwicklung, aber mehr darf ich dir nicht darüber erzählen. Eigentlich ist das schon viel zu viel. Vertragliche Schweigepflicht.«

»Oh.« Kristina hatte gewusst, dass er gut Geld verdienen musste, aber dass er als Ingenieur arbeitete, hatte sie nicht erwartet. Was verdiente man als Ingenieur? Einhunderttausend im Jahr? Zweihunderttausend? Mit Sicherheit, wenn man so viel Verantwortung trug. Sicherheitsvorrichtungen für Banken. Lucas war ein Volltreffer. Ihn musste sie halten, dann hatte sie ausgesorgt. Da konnte Annemarie noch so über seine Cap und seine *Bürohengsthände* lästern. Überhaupt verstand Kristina nicht, wie Annemarie auf schwielige

Bauarbeiterpranken stehen konnte, anstatt auf zarte und gepflegte *Ingenieurs*hände.

»Aber das ist sicher nur eine Phase«, fügte Lucas in dem Moment hinzu und lächelte dünn. Zu dünn für Kristinas Geschmack, aber er hatte über seine Probleme gesprochen. *Immerhin ein Ansatz, an dem man arbeiten kann*, dachte sie. *Aber typisch Mann. Probleme immer nur in sich hineinfressen und nach außen hin den starken Mann markieren.* Sie würde ihn schon umerziehen. Was bei Kindern klappte, ging auch mit gestandenen Männern.

»Das kriegen wir schon wieder hin«, sagte sie und hörte auf, seine Brusthaare zu kraulen. »Zusammen schaffen wir das.« Sie ließ ihre Finger langsam über seinen Bauch und die kitzelnden Haare nach unten wandern. Als sie in seinem Schritt ankam, schob er ihre Hand überraschenderweise zur Seite.

»Gib mir bitte noch ein paar Minuten, ja? Ich muss erst meine Gedanken ordnen.«

Kristina nickte enttäuscht, rollte sich ebenfalls auf den Rücken und bedeckte sich mit dem dünnen Bettlaken. Gemeinsam blickten sie so die Decke von Kristinas Zwei-Zimmer-Apartment an. Kristina musterte die Raufasertapete, die billigen Deckenleuchten vom Discounter und schließlich den IKEA-Schrank aus Sperrholz, der neben dem Bett stand. *Praktisch, aber billig.* So lautete schon immer ihre Devise. Als Lehrerin an einer Privatschule – ohne Verbeamtung – konnte sie sich keine großen Sprünge leisten. Es hätte sie daher brennend interessiert, wie es in Lucas' Wohnung aussah. In einer *Ingenieurswohnung!*

»Wie geht eigentlich die Renovierung voran?«, fragte sie daher irgendwann in die Stille hinein. »Wir waren noch nie bei dir. Langsam hätte mich schon interessiert, wie ein Mister Cappy so haust.«

Er zuckte neben ihr mit den Schultern. »Wird noch ein paar Wochen dauern. Ehrlich gesagt, bin ich ganz froh, dass ich so oft hier sein kann. Im Chaos wohnt es sich nicht so gut. Aber bitte hör auf, mich Mister Cappy zu nennen.«

»Warum? Du würdest die Mütze sogar im Bett aufbehalten, wenn ich sie dir nicht abnehmen würde. Und dabei hast du so schöne, volle Haare.«

Jetzt drehte er sich zu ihr herum, lächelte und stützte seinen Kopf auf die eine Hand. Seine andere wanderte unter das Laken und blieb auf ihrem Bauch liegen, warm und verheißungsvoll.

»Willst du mir nicht lieber was von der Schule erzählen?«, fragte er. »Die Sommerferien stehen doch in ein paar Wochen an. Gibt's da nicht immer so nette Veranstaltungen? Wandertage? Ausflüge? Projekttage? Als ich noch klein war ... hatte ich das alles nicht.« Seine Stimme brach seltsam weg, doch Kristina registrierte das nur am Rande, denn seine Hand glitt millimeterweise über ihren Bauch nach unten.

»Hmmm«, brummte sie. »Es gibt am Anfang des Schuljahres einen Wandertag. Da ist die ganze Schule unterwegs. Da werden verschiedene Ziele bestimmt, und dann können die Mädchen klassenübergreifend wählen, wo sie hinwollen. Das fördert das Gemeinschaftsgefühl.« Seine Hand erreichte ihren Schamhügel, und seine Finger strichen durch die kurz getrimmten Haare. Dort verharrten sie.

»Und Annemarie und ich planen jetzt am Schuljahresende einen zusätzlichen Ausflug für eine unserer Klassen«, fuhr Kristina fort. »Vierzehnter Juli, wenn mich nicht alles täuscht. Wir wollen zum Zoo. Kannst du dir vorstellen, dass ein Großteil der Klasse noch nie im Zoo war? Noch nie einen Affen oder ein Krokodil in natura gesehen hat. In der heutigen Zeit?«

Er schüttelte den Kopf. »Und wie läuft so ein Ausflug ab?« Seine Hand bewegte sich weiter. Zeige-, Mittel- und Ringfinger fanden den Beginn ihrer Spalte.

Kristina schloss seufzend die Augen. »Interessiert dich das wirklich?«

»Erzähl einfach weiter«, raunte er ihr ins Ohr. »Deine Stimme macht mich an.« Sein Mittelfinger strich zart über ihre Perle.

»Oh ... ja ... wo war ich? Ach ja. Der Zoo. Das wird sicher ein toller Ausflug. Wir fahren mit dem Zug. Mit der 5C kann man das machen. Die ist so angenehm. Hmmm ...«

»Angenehm? Wieso?« Seine Fingerspitze kreiste nun sanft hin und her.

»So klein«, stöhnte Kristina. »Nur acht Mädchen. Das ist überschaubar ... ohh! Ahhh!« Sein Finger glitt abrupt in ihre Süße hinein.

»Nur acht?«, fragte er. »Nur acht Mädchen? Nicht mehr?« Seine Stimme zitterte vor Erregung.

»Nur acht«, keuchte sie und wölbte ihm ihr Becken entgegen. »Die kleinste Klasse, die ich je hatte. Hat sich dieses Schuljahr so ergeben. Und sie sind alle so süß. Das wird ... fan-tas-tisch.« Sie hielt es nicht länger aus. In seinem Schritt fand Kristina eine gewaltige Erektion. Diese zuckte bereits. Endlich. Sie hatte gewusst, dass sie ihn schon wieder hinbekommen würde. Zufrieden lächelte sie, schwang sich rittlings auf ihn und stieß ihn hart in sich hinein.

5

Montag, 14. Juli – 16.51 Uhr

»Was wollen Sie unternehmen?«
»Das Warten macht mich wahnsinnig!«
»Tot! Mit Sicherheit sind sie alle tot!«
»Haben Sie Kinder, Frau Goldmann? *Haben Sie Kinder?*«
Das Klingeln in ihren Ohren dröhnte so stark, dass Leonore für einen Moment die Augen schloss. Sie unterdrückte den Impuls, sich zusätzlich die Ohren zuzuhalten und laut zu brüllen. Vierzehn aufgebrachte und der Hysterie nahe Erwachsene in ihrer Abstellkammer, die sich Büro schimpfte, waren eindeutig zu viel. Der Großteil redete gleichzeitig auf sie ein, drei Mütter schluchzten um die Wette, und vier Väter diskutierten mit flammend roten Köpfen und geschwollenen Adern auf der Stirn in einer Lautstärke, dass Leonore sich wünschte, den Gehörschutz aus dem Schießtraining mit ins Büro genommen zu haben.

»Ruhe bitte!«, sagte sie laut, doch es schien niemanden zu interessieren.

»Haben Sie die Medien informiert?«
»Sind schon Polizisten auf der Straße?«
»Wir brauchen Hubschrauber! Wärmebildkameras! Spürhunde!«

Der letzte Kommentar kam aus dem Lager der vier Väter.

Leonore schüttelte hoffnungslos den Kopf und klatschte laut in die Hände. »Bitte, meine Damen und Herren, beruhigen Sie sich.«

»Beruhigen? Wären Sie ruhig, wenn Ihre Tochter

verschwunden wäre?« Einer der Väter trat nach vorn. Seine Hände ballten sich zu Fäusten, und seine Halssehnen traten hervor, als er die Kiefer aufeinanderquetschte. Er stand kurz vor der Explosion. Beinahe hätte Leonore zur Pistole gegriffen.

Sie besann sich jedoch und musterte den bärtigen Mann mit einem kühlen Blick. »Nein, ich wäre ebenfalls nicht ruhig. Ich kann Sie verstehen, aber wenn Sie alle hektisch durcheinanderreden, kann ich meine Arbeit nicht machen.«

»Arbeit? Sie stehen hier dumm rum wie eine Pute, während unsere Töchter verschwunden sind! Sie werden von Steuergeldern bezahlt. Von *meinem* Geld. Kommen Sie also in die Hufe, *Madam*, und bewegen Sie Ihren Arsch!«

Noch bevor Leonore antworten konnte, hörte sie die Bürotür scheppern und eine Stimme durchs Büro donnern: »WENN ICH NOCH EINE BELEIDIGUNG HÖRE, LASS ICH SIE ALLE RAUSWERFEN!«

Die versammelte Menge zuckte zusammen. Achtundzwanzig Augen richteten sich wie Synchronschwimmer auf den Neuankömmling.

Nur Leonores nicht. Walters Stimme kannte sie gut genug. Sie schickte ein Dankesgebet zum Himmel, dass er endlich da war.

»Und wer bitte schön sind Sie?«, wollte der Bärtige wissen. Seine Stimme klang immer noch angriffslustig, aber leicht verunsichert.

Walter baute sich vor ihm auf und taxierte ihn mit seinem Raubvogelblick. »Ich bin Kriminalhauptkommissar Walter Brandner und werde zusammen mit meiner überaus fähigen Kollegin Frau Goldmann diesen Fall leiten. Wir benötigen von Ihnen als Erstes eine Liste aller verschwundenen Mädchen mit Namen und Beschreibungen, was die Kinder heute Morgen getragen haben. So detailreich wie möglich. Aktuelle Fotos wären von Vorteil, damit wir schnellstmöglich die

Beschreibungen an alle Streifenpolizisten rausgeben können. Als Zweites benötigen wir eine Telefonliste – welches Kind hat ein Handy? – und die entsprechenden Nummern dazu. Wir werden unverzüglich mit Ihrem Einverständnis alle Handys orten lassen. Drittens benötigen wir Ihre Kontaktdaten. Wir richten hier eine Anlaufstation ein, in der zwei Polizeipsychologen extra für Sie rund um die Uhr zur Verfügung stehen werden, doch es ist Ihnen natürlich freigestellt, nach Hause zu gehen und sich selbst an der Suche zu beteiligen.«

Sofort redeten alle wild durcheinander, doch als Walter beide Hände hob, verstummte die Horde wieder.

»Bevor wir jedoch damit anfangen, ziehen wir in den großen Konferenzraum um. Hier im Büro werden wir nur alle verrückt. Also bitte, folgen Sie uns. Und verlieren wir keine Zeit. Wenn es um Kinder geht, zählt jede Minute.«

Ohne die Reaktion abzuwarten, machte Walter auf dem Absatz kehrt und schritt entschieden zur Tür. Leonore folgte und zollte ihm heimlich Respekt. Sie hätte diese Meute Eltern nie so schnell in den Griff bekommen wie Walter. Aber sie war auch zwanzig Jahre jünger – gerade mal 42 – und strahlte nicht die Autorität aus, die Walter an den Tag legte, wenn er wollte. Wenn er mit stockgeradem Rücken, breiter Heldenbrust (zumindest sah man immer noch, dass er in der Jugend bestens trainiert gewesen war), eng anliegendem Lederholster samt Dienstwaffe und entschiedenem Polizistenblick aufmarschierte, konnte ihm keiner im Dezernat das Wasser reichen. Aber Leonore entging nicht, dass seine Wangen blass wirkten und ein blaugrauer Schatten um seine Augen lag.

Als Walter die Bürotür öffnen wollte, hörte Leonore einen anderen Vater laut sagen: »Brandner? Wie der Brandner Kaspar? Ihren Namen kenne ich. Haben Sie nicht damals bei den Fällen der vermissten Mädchen die Ermittlungen geleitet?«

Walters Hand verharrte Zentimeter vor dem Türgriff, dann drehte er sich herum und versuchte, den Sprecher ausfindig zu machen, doch dieser kam ihm zuvor und sagte: »Ja, Sie sind es. Eindeutig. Sie waren damals mehrfach in der Zeitung und sogar in den Nachrichten. Wann war das? In den Neunzigern. Ich erinnere mich. Die Sommerferienkinder. Sie waren der zuständige Kommissar.«

Eine drückende Stille legte sich über den Raum. Jeder schien die Luft anzuhalten. Walter blickte den Mann ausdruckslos an und sagte trocken: »Genau der bin ich. Haben Sie damit ein Problem?«

Der Vater nickte heftig. »Sehr wohl!«

»Und warum?«

»Keines der Mädchen ist je wieder aufgetaucht. Wer garantiert uns, dass nicht *Sie* mit dem Verschwinden was zu tun hatten?«

Leonore stöhnte innerlich auf. Die Worte waren ausgesprochen. Der wunde Punkt getroffen. Dieser Trottel von Vater hatte Wind gesät und würde Sturm ernten, wenn die jüngeren Eltern Details über die Sommerferienkinder wissen wollten. Siebzehn Jahre war der letzte Fall nun her. Als Leonore im Frühjahr 1999 – zwei Jahre nach dem letzten Fall – Walters SOKO zugeteilt worden war, hatte sie sich erstmals mit den Sommerferienkindern beschäftigt. Immer wieder wurden die Akten hervorgeholt, und verschiedene Beamte schauten sich den Fall an, doch neue Zusammenhänge wurden nie gefunden. Schon lange war Gras über die Sache gewachsen – außer für Walter und die Eltern der damals verschwundenen Mädchen. Und nun riss dieser Kerl den Boden auf und grub die alten Leichen aus.

»Dieses Mal werde ich die Kinder finden«, presste Walter knurrend durch die Zähne hervor. »Darauf können Sie Gift nehmen.«

6

Mein innerer Kampf ist verloren, die Kraft verbraucht.
An jenem 17. Juni war es um mich geschehen.
Ich wusste es sofort, denn allein die Vorstellung war überwältigend: acht hilflose Mädchen, nur begleitet von dieser fetten Annemarie und meinem naiven Weibsstück.
Was für eine Versuchung! Der blanke Horror.
(Ein Traum!)
Ich spüre, wie die Grenzen wieder verschwimmen. Es zerreißt mich …
Ich sitze plötzlich direkt an der Quelle. Ich will gar nicht mehr anders. Ich muss es tun, auch wenn sich etwas in mir windet wie ein einsamer Wurm.
Aber weg mit diesem zaghaften Zweifel, denn es kommt noch besser: Der Ausflug wird zwei Tage nach meinem Geburtstag stattfinden. Ein legendäres Geschenk! Eines, das ich mir seit Jahren wünsche: das Paradies auf Erden.
Oh, ich sehe sie schon vor mir, die acht Blüten, aufgereiht wie Perlen auf einer Kette. Ich werde sie pflücken, eine nach der anderen.
In jener Nacht schwelgte ich in dieser Vorfreude. Mein Herz hämmerte so stark, als Kristina mich bestieg, dass ich meinte, einen Infarkt zu erleiden. Ich hatte die Augen geschlossen und war hinabgetaucht in meine Erinnerungen.
Ich versuchte mir vorzustellen, dass nicht dieses dralle Weibsstück mit ihrer riesenhaften Modeschmuckkette – Kugeln so groß, dass ein Pferd daran ersticken könnte – auf mir herumpflügte, sondern ich mein Messer in einen zarten Körper stieß und die rhythmischen Bewegungen vom

Vor- und Zurückschnellen der blutigen Klinge stammten. *Fump. Fump. Fump.* Rein in das Fleisch. Immer wieder, bis ... ich auf eine Seinsebene gelangte, wo mich nichts weiter ausfüllte als reine Ekstase.

Oh, wie musste ich mich am Ende jenes Aktes beherrschen, dass ich nicht meine *Ingenieurshände* um ihren Hals legte und dieses fröhlich stöhnende, auf und ab wippende Fickfleisch zum Schweigen brachte. Oder ihr die glänzenden Kugeln ihrer Kette eine nach der anderen in den Hals schob.

Ihre tiefen Grunzer verscheuchten im entscheidenden Moment meine Vorstellungskraft, ließen all die bittersüßen Erinnerungen davonstieben wie aufgescheuchte Mücken.

Aber was schreibe ich da? Jener Akt war nur der Auftakt eines

(abscheulichen)

genialen Plans, der Vorgeschmack auf etwas viel Königlicheres. Bald wird es so weit sein, und dann steige ich auf in den Olymp, wo ich mich vor Ambrosia nicht mehr retten kann.

Acht Mädchen. Eine reiner als die andere, und alle werde ich ... ja, wie hatte es mein Mephisto so treffend beschrieben?

»Feuertrunken wirst du jetzt ihr Leben nehmen«, hatte er geflüstert, der alte Bock.

Mich überkommen Hitzeschauer, wenn ich nur an die kommenden Tage denke. Ich zähle bereits die Stunden, bis es endlich losgeht. Die Bühne für den großen Auftritt ist bereitet. Es fehlen nur noch die Akteure.

Der einzige Faktor, der mich frösteln lässt, ist die Unwägbarkeit des Lebens. Natürlich ist alles durchdacht, aber trotzdem kann so viel schiefgehen. Was, wenn nur ein Kind zu spät kommt? Oder wenn diese fette Qualle Annemarie nicht ihrer Sucht verfällt? Oder wenn ...

Nein. Alles wird klappen, genau so, wie ich es geplant habe. Es ist so simpel, so genial. Trotzdem höre ich wieder den Wurm in mir, wie er sich schmatzend in meine Gedanken frisst und Platz schafft für die Saat des Zweifels.

Ich muss den Blick nach vorn richten. Was ich dort am Horizont glitzern sehe, lässt die gefräßige Made in mir verstummen.

Ich sehe den spiegelnden See. Dort stehen Tannen und Eichen und Birken und Fichten. Es riecht nach Moos und Holz. Das Gemurmel eines Bächleins hüllt alles ein, begleitet vom
(Bimmeln der Totenglocken)
Nein! Fresse, du Wurm!
vom Bimmeln der Kuhglocken. Ich sehe die Sonne als feurigen Opal, wie sie hinter den gezackten Wipfeln und Gipfeln verschwindet und sich in ringförmigen Wellen im See auflöst. Und in der Mitte sehe ich sie liegen, meine acht Blüten, leuchtend rot und schmerzend rosig. Mit gestreckten Gliedern, voller Saft und wartend.

Es ist der Blick in
(die *Hölle*!)
Verdammt, du sollst endlich still sein!

Noch einmal: Es ist der verheißungsvolle Blick in den Himmel. Ins Paradies. Und das Beste: An dieser Himmelspforte gibt es keinen übel gelaunten Erzengel, der einem den Spaß verderben will. Und auch keinen Mephisto mehr. Nein, hier gibt es nur mich und meine Mädchen.

7

Montag, 14. Juli – 17.09 Uhr

Wie im Kindergarten, ärgerte sich Walter, blickte auf seine Armbanduhr und dann mit versteinerter Miene zu den u-förmig aufgestellten Tischen, an denen die aufgebrachten Eltern saßen und den Worten des Dezernatsleiters Louis Rochell lauschten. *Uns läuft die Zeit davon. Herrgott!*

»Es gibt überhaupt keinen Anlass zur Sorge, meine Damen und Herren«, flötete Louis gerade. *Von wegen.* »Das Duo Goldmann und Brandner ist mein bestes Ermittlerteam im Haus und kann die höchste Aufklärungsquote vorweisen. Bessere Leute bekommen Sie nicht, und je mehr Zeit Sie mit alten Geschichten vergeuden, desto weniger bleibt unseren Ermittlern, Ihre Kinder aufzuspüren. Wir wollen Ihre Mädchen finden.«

Einige Eltern – vorwiegend die Mütter – nickten zustimmend. *Man muss ihnen nur jemanden mit einem prächtigen Titel – Anwärter auf die Stelle des Polizeivizepräsidenten, uh, oh! – vor die Nase setzen, der ihnen sagt, wo es langgeht, und schon spuren sie.* Wie Walter das ankotzte.

Walter konnte sich nicht länger zusammenreißen. Er klopfte mit dem Fingernagel auf seine Armbanduhr und erhob sich. Er musste Druck machen. Sie vergeudeten kostbare Zeit. »Wenn es bei Kindesentführung zu Mordfällen kommt, sterben sechsundsiebzig Prozent innerhalb der ersten *drei* Stunden. Neunzig Prozent innerhalb der ersten vierundzwanzig Stunden. Ihre Töchter sind seit vier Stunden überfällig. Vielleicht wurden sie bereits heute Vormittag auf dem Weg zum Zoo entführt. Dann wären wir schon bei etwa … neun Stunden. Wir haben keine Zeit für diesen Firlefanz. Lassen Sie uns endlich loslegen.«

Alle starrten ihn an. Zwei Mütter begannen wieder zu schluchzen.

Louis funkelte mit zusammengezogenen Augenbrauen herüber. »Was Herr Brandner auf seine charmante Art sagen will: Vertrauen Sie ihm und Frau Goldmann. Die beiden verstehen ihr Handwerk. Und jetzt mache ich mich unverzüglich an die Organisation weiteren Personals. Möglicherweise benötigen wir eine Hundertschaft oder sogar einen Hubschrauber. Auf Wiedersehen!« Damit rauschte der Dezernatsleiter aus dem Konferenzraum. Seine Worte wurden mit zustimmendem Gemurmel quittiert. Nur der Bärtige und der Mann, der Walter mit den Sommerferienkindern in Verbindung gebracht hatte, schwiegen, die Arme vor der Brust verschränkt.

Leonore räusperte sich und übernahm das Wort: »Sie haben es gehört, meine Damen und Herren. Wir dürfen keine Zeit verlieren, daher fasse ich den bisherigen Kenntnisstand kurz zusammen. Sie haken bitte sofort ein, falls Sie Ergänzungen anbringen möchten.« Vereinzeltes Nicken. »Also gut: Heute Mittag kehrte die Klasse 5C der Katharina-von-Alexandria-Mädchenrealschule von einem Schulausflug nicht zurück. Die Gruppe bestand aus acht Mädchen: Leonie Wagner, Hannah Koch, Alina Schumacher, Pia Stein, Pauline Martinsson, Sarah Bergmann, Jule Wozniak und Bahar Arslan, die zusammen mit ihrer Lehrerin Kristina Wimmer den Zoo besuchen wollten. Ein Anruf beim Zoo ergab, dass man sich nicht explizit an die Gruppe erinnert. Möglicherweise sind sie nie dort angekommen. Ein Kollege ist bereits auf dem Weg, um das zu klären. Weiterhin wissen wir, dass alle, ich betone *alle*, Handys der Kinder ausgeschaltet sind. Oder haben Sie mittlerweile eines erreicht?«

Alle schüttelten den Kopf.

»Das ist ungewöhnlich. Wir brauchen also als Erstes Ihr Einverständnis, um unverzüglich Ortungen in die Wege zu leiten. Das werden unsere Kollegen übernehmen.« Leonore deutete auf zwei junge Beamte, die an einem Nebentisch gelauscht hatten. »Auch werden die beiden Herren im Anschluss die detaillierten Beschreibungen der Mädchen aufnehmen und an alle Streifenwagen durchgeben.«

»Und was machen Sie in der Zwischenzeit? Kaffee trinken?« Der Kommentar kam vom Bärtigen.

Leonore schien etwas erwidern zu wollen, doch Walter kam ihr zuvor und sagte barsch: »Wir fahren zur Schule. Die Direktorin erwartet uns bereits. Wir benötigen alle Informationen über die Klassenlehrerin Frau Wimmer und die Planung des Schulausflugs. Wahrscheinlich ist die Klasse wohlauf und *nur* irgendwo verschollen. Die Entführung einer ganzen Klasse ist doch recht unwahrscheinlich.«

»Wo sollen sie denn abgeblieben sein?«, jammerte eine Mutter. »Sie wollten mit dem Zug fahren. Die Strecke ist doch so einfach.« Sie brach in unkontrollierte Schluchzer aus, und ihre Nachbarin legte ihr tröstend den Arm um die Schultern.

Walter und Leonore tauschten einen Blick, dann wedelte er einen der Kollegen zu sich. »Gregor, bitte schicken Sie unverzüglich verfügbare Kollegen an die Bahnhöfe entlang der Strecke. Ich möchte wissen, ob jemand die Klasse aussteigen, einsteigen oder sonst was hat tun sehen. Lassen Sie auch die umliegenden Bereiche absuchen: Kneipen, Eisdielen, Restaurants, Parks, Museen. Vielleicht ist die Lehrerin, weiß Gott warum, irgendwo eingekehrt und hat die Zeit vergessen.«

Gregor nickte und stürmte aus dem Raum. Walter ließ den Blick über die Menge schweifen. *Wie die Pinguine. Wenn jetzt wieder einer muckt, mucken sie alle.*

Doch es muckte keiner. Erleichtert fragte er: »Haben Sie sonst noch etwas für uns? Auch wenn es noch so unwichtig erscheint?«

Kollektives Kopfschütteln.

Walter nickte. »Also gut. Dann fahren wir zur Schule. In der Zwischenzeit werden sich unsere Kollegen um Sie kümmern. Danke.«

Walter wagte noch einen Blick auf seine Armbanduhr, während er zur Tür schritt. Statistisch blieben ihnen noch etwa fünfzehn Stunden. Pessimistisch gerechnet. Und er war bei Kindesentführungen mehr als pessimistisch. Falls die Kinder wirklich entführt worden waren, dann rannten sie mit dem Teufel um die Wette, und der war verdammt schnell auf den Beinen. Was ihm am meisten Angst bereitete, war der Umstand, dass es keine Lösegeldforderung gab. Sollte also jemand die Mädchen nicht wegen des Geldes ihrer Eltern geraubt haben, weshalb dann?

Es gab nur zwei Antworten: Sex oder Gewalt. Oder beides zugleich.

Walter meinte zu spüren, wie seine Hoden zu Eisklumpen zusammenschrumpelten. Noch nie in seinem Leben hatte er sich so elend gefühlt.

8

Sonntag, 13. Juli – 20.15 Uhr

Ein Schlüsselbund klimperte, gefolgt vom Geräusch der sich öffnenden Tür. Kristina blickte von ihren Biologieunterlagen auf, die sie morgen ihren Schülerinnen im Zoo vortragen wollte.

»Und, hat sich Annemarie über den Kuchen gefreut?«, fragte sie, als Lucas mit einem leeren Kuchenblech in den Wohnraum trat. Wie immer trug er seine Cap, dazu ein weißes T-Shirt und ausgewaschene Jeans. Er sah richtig gut aus.

»Und wie!«, grinste er breit. »Sie hat die Hälfte noch gefuttert, als ich dort war. Aber irgendwie hat sie blass ausgesehen.«

»Annemarie und blass? Bist du sicher? Vielleicht sollte ich sie anrufen, nicht dass sie morgen noch krank ist und unser Zooausflug ins Wasser fällt. Und was meinst du mit *die Hälfte*? Es war ein halbes Blech.«

»Langsam. Langsam«, lachte er. »So blass hat sie nun auch wieder nicht ausgesehen, dass du sie gleich anrufen musst. Vielleicht hab' ich mich auch getäuscht. Auf jeden Fall wollte sie unbedingt meine Backkünste testen, und offenbar hat es ihr geschmeckt. Sie hat wirklich ein Viertel Blech weggeputzt.« Sein Grinsen wich einem betretenen Gesichtsausdruck. »Dann war der Kuchen wenigstens nicht ganz für die Katz.«

»Ach, Schatz«, sagte Kristina mitleidig. »Du konntest ja nicht wissen, dass ich allergisch auf Zitrusfrüchte bin. Ich schwöre dir, ich hätte den Käse-Mandarinen-Kuchen liebend gern gegessen.« Sie ließ ihre Unterlagen auf den Tisch sinken und ging zu Lucas hinüber. Eng presste sie sich an ihn, spürte seine Wärme und blickte ihm tief in die Augen.

»Ich weiß deine Geste zu schätzen. Du wolltest mich überraschen, und nur das allein zählt! Offen gesagt, hat noch nie ein Mann für mich gebacken.«

Lucas lächelte schief, gab ihr einen Kuss und stellte das leere Blech zur Seite. Dann nahm er sie in den Arm und spielte mit ihrer Glasperlenkette. Die Kugeln klackerten leise.

»Trotzdem scheiße. Aber weißt du was, Liebes, ich erfülle dir heute noch einen Wunsch. Egal welchen. Komm schon, wünsch dir was.«

»Nein, Lucas. Das muss doch nicht sein. Du hast es so lieb gemeint, da kannst doch du nichts dafür.«

»Ist doch egal. Wünsch dir endlich was. Ganz egal was.«

»Ganz egal?«

»Na klar.«

»Ho, ho, ho«, polterte Kristina wie der Nikolaus. »So spendabel. Wie kommt's?«

Lucas' Gesichtszüge wurden schlagartig hart. Traurigkeit stahl sich in seine sonst so warmen braunen Augen. Kristina wurde flau im Magen.

»Immer wieder muss ich dran denken, dass jeder Tag unser letzter sein könnte«, sagte er todernst. Seine Finger ließen die Glasperlen lauter klackern. »Das Leben verfliegt so schnell, und ehe man sichs versieht, ist es vorbei. Oder es passieren schreckliche Dinge. Man sollte sich daher hin und wieder an die Vergänglichkeit des Lebens erinnern und den Augenblick genießen. Es könnte der letzte sein.«

Kristina blickte ihrem Freund in die Augen, bis sein Gesicht verschwamm. Sie spürte Tränen über ihre Wangen rinnen. Wie tiefgründig und vielschichtig er war. Was für ein Mann!

»Ja, das sollte man«, entgegnete sie mit brüchiger Stimme. »Das sollte man wirklich.«

Daraufhin lächelte er, wischte mit dem Daumen ihre Tränen beiseite und flüsterte: »Wünsch dir was, Baby.«

Seine sanfte Berührung jagte ihr eine Gänsehaut den Nacken hinab. Sie erschauerte in seinen Armen. Dann grinste sie. »Da fällt mir sicher was Ausgefallenes ein«, raunte sie, ihre Hand mit einem Mal in seinem Schritt. »Darauf kannst du dich verlassen.«

9

Montag, 14. Juli – 17.23 Uhr

»Ich hätte es keine Minute länger da drin ausgehalten.«

Leonore wischte sich den Schweiß von der Stirn und stapfte neben Walter durch die gefliesten Flure des Dezernats Richtung Ausgang. Erst jetzt sah sie im Licht der Neonbeleuchtung, wie blass Walter war. »Du siehst scheiße aus«, stellte sie fest.

»Schlechten Menschen geht es immer gut. Das solltest du langsam wissen.«

»Mach mir nichts vor. Seit fünfzehn Jahren sind wir ein Team, und so schlecht hast du schon lange nicht mehr ausgesehen. Bist du krank?«

Walter blieb abrupt stehen. »Nein!«, bellte er. »Aber wenn du die Fälle der Sommerferienkinder erlebt hättest, dann wüsstest du, wie es mir jetzt geht. Acht Mädchen sind verschwunden! Acht! Kannst du dir nur ansatzweise vorstellen, was mein Blutdruck da treibt?«

Leonore zuckte unter seinem plötzlichen Ausbruch zusammen. So kannte sie ihn gar nicht. Normalerweise war er ein ausgeglichener Mensch. Vielleicht sogar der ausgeglichenste, den sie kannte.

Walter bemerkte seinen Fauxpas und strich ihr besänftigend über die Schulter. »Tut mir leid, aber meine Nerven liegen blank, und dieser Trottel da drin musste ausgerechnet die alte Geschichte hervorkramen. Das hat uns locker eine halbe Stunde gekostet. Eine halbe Stunde! Die wir nicht haben!«

»Meinst du wirklich, dass die Kinder entführt wurden? Eine ganze Klasse?«

»Ich weiß es nicht«, antwortete er. »Aber ich rechne immer mit dem Schlimmsten in solchen Fällen; ich wollte es nur nicht den Eltern sagen. Passen würde es irgendwie. Ich hatte schon die letzten Tage so ein ungutes Gefühl in der Magengegend.«

»Du kannst auch einfach was Falsches gegessen haben«, entgegnete sie.

Der Kommentar trug ihr einen grimmigen Blick samt hochgezogenen Augenbrauen ein. Walter drehte sich daraufhin von ihr weg und eilte wortlos weiter.

Leonore seufzte und folgte ihm. Heute war einfach nicht ihr Tag. Sie beschleunigte ihre Schritte und wäre beinahe in Walter hineingerannt, als der abermals abrupt stehen blieb. Dieses Mal vor der Herrentoilette.

Er verzog das Gesicht zu einem gequälten Lächeln. »Ich weiß, dass du besorgt bist, Leonore. Aber bitte nicht um mich. Wie du am Telefon bereits gesagt hast: Selbst wenn ich im Sterben liegen würde, ich wäre da, und hier bin ich. Zumindest wieder in einer Minute.« Damit verschwand er in der Herrentoilette.

»Oh, Walter!«, seufzte Leonore, schüttelte kurz den Kopf und lehnte sich an die Wand. Sie schloss die Augen. Sie musste jede Minute sinnvoll nutzen. Die nächsten Stunden konnten die Hölle werden. Ihr Kopf dröhnte wie zu oft in den letzten Monaten, und Gedanken surrten wie ein Schwarm wilder Wespen durch ihre Gehirnwindungen. *Die MS*, dachte sie. *Irgendwann wird mein Hirn eine riesige vernarbte Entzündung sein.* Als Konsequenzen dieser Entzündungen, die ihr zentrales Nervensystem schädigten, würde sie eines Tages im Rollstuhl sitzen, vielleicht nicht mehr richtig sprechen können oder sich in die Hose scheißen, weil die Nervenbahn zum Schließmuskel nicht mehr funktionierte. Niemand konnte sagen, was sie erwartete. Einzig die Gewissheit blieb, dass es bergab ging. Jeden Tag konnte ein neuer Schub auftreten, mit der Gefahr, dass Ausfallerscheinungen zurückblieben.

Mit dieser Angst stand Leonore auf vertrautem Fuß, und heute würde sie sich nicht von ihr einschüchtern lassen.

Sie zwang sich, die Gespräche mit den Eltern Revue passieren zu lassen, versuchte, sich an die Fälle der Sommerferienkinder zu erinnern, und überlegte, wie sie vorgehen sollten. Das Wahrscheinlichste war, dass die Lehrerin mit der Schulklasse im falschen Zug gelandet war und vielleicht gerade in Hamburg Altona ausstieg. Wie sollte sonst eine ganze Schulklasse verschwinden?

Aber da waren die abgestellten Handys. Warum rief keines der Mädchen an? Ein stundenlanges Funkloch? Unwahrscheinlich. Und dann Walters Bauchgefühl. Wenn sie ehrlich zu sich selbst war, ging es ihr nicht anders.

Das Quietschen der Toilettentür riss sie aus ihren Gedanken. Walter kam heraus. »Packen wir's.«

Leonore nickte müde. Gemeinsam verließen sie das Präsidium.

Am Auto angekommen drückte Walter ihr den Wagenschlüssel in die Hand. Seine Finger zitterten und waren kalt wie frische Würste aus der Kühltheke. »Fährst du bitte?«

»Soll ich dich nicht doch zu einem Arzt bringen? Du siehst echt aus wie Milch.«

Walter schüttelte entschieden den Kopf. »Ich hab' gerade Blutdrucktabletten genommen. Es dauert, bis die wirken. Abgesehen davon brauchen mich die Kinder. Dieses Mal werde ich sie finden. Alle.«

»Wahrscheinlich sind sie gar nicht verschwunden. Sie werden lachend und quengelnd an der Schule warten, wenn wir eintreffen. Du wirst sehen.«

»Nein, Leonore. Sie werden nicht dort sein.« Der Nachdruck in seiner Stimme irritierte sie.

»Woher willst du das wissen?«

Er blickte sie an und doch durch sie hindurch in weite Ferne. »Irgendetwas ist heute passiert«, flüsterte er. »Ich weiß es einfach. Wir müssen uns beeilen. Den Mädchen läuft die Zeit davon. Ich habe so etwas im Urin.«

»Im *Urin*?«

Walter nickte grimmig und schwang sich auf den Beifahrersitz.

10

Montag, 14. Juli – 07.55 Uhr

»Das glaub' ich nicht.« Kristina blieb stehen, beendete das Telefongespräch und blickte Lucas an.

Dieser legte den Kopf schief und vollführte eine fragende Gebärde mit seinen Händen.

Kristina fand ihre Worte wieder. »Du hast dich gestern nicht geirrt«, stammelte sie. »Annemarie geht's elend. Sie hat sich die halbe Nacht die Seele aus dem Leib gekotzt und kann heute unmöglich mitkommen.«

Für einen Moment herrschte Schweigen, untermalt vom Rascheln der Blätter, die in der frischen Morgenbrise an den Ästen entlang des Fußwegs auf und ab schwankten.

»Und was bedeutet das?«, fragte er vorsichtig.

»Was das bedeutet?«, brauste Kristina auf. »Das kann ich dir sagen: Der Ausflug zum Zoo fällt ins Wasser. Die armen Mädels. Das kann doch nicht wahr sein!«

Hilflos blickte Kristina auf ihr Handy, das sie noch in Händen hielt. In Gedanken ging sie die anderen Lehrkräfte durch, aber soweit sie wusste, waren alle mit eigenem Unterricht verplant. Sie würde niemals in so kurzer Zeit eine Vertretung für Annemarie auftreiben. *Scheiße!* Ihr Puls beschleunigte sich. Wie sollte sie das nur den Mädchen beibringen? Sie hatten sich alle so gefreut. Sie sah bereits die langen Gesichter vor sich, wenn die Mädchen ihre gepackten Rucksäcke von den hängenden Schultern auf den Boden gleiten ließen.

»Ganz ruhig, Baby«, hörte sie Lucas neben sich sagen.

»Kannst du nicht alleine den Ausflug durchführen? Ich meine, acht Mädchen sind wahrlich keine große Gruppe.«

Kristina schüttelte den Kopf, dass ihre schwarzen Haare tanzten. »Das ist nicht zulässig. Laut Gesetz müssen immer zwei Erwachsene dabei sein. Daran halte ich mich.«

Lucas verfiel daraufhin in brütendes Schweigen, während sie sich gemeinsam wieder auf den Weg zur Schule machten. Die alte Villa, in der die Mädchenrealschule untergebracht war, spitzte mit ihren Rundbögen und Dacherkern am Ende der Straße hinter anderen Jugendstilhäusern und Haselnusssträuchern hervor. In fünf Minuten würden sie dort sein, etwas zu spät, aber immer noch gut in der Zeit. Aber was spielte das jetzt noch für eine Rolle? Ausgerechnet heute wurde Annemarie krank.

Das kann doch nicht wahr sein! Grimmig stapfte Kristina dahin.

Wahrscheinlich hatte Annemarie den ganzen Kuchen von Lucas hineingeschlungen und sich vor lauter Fett und Zucker den Magen verdorben. Sie wusste, dass sich Annemarie – wenn sie mal in Fahrt kam – nicht bremsen konnte.

»Und … wenn ich dich begleite?«, fragte Lucas plötzlich.

Kristina blieb überrascht stehen. »Das meinst du jetzt nicht ernst, oder?«

»Todernst. Wieso auch nicht? Du richtest dich nach dem Gesetz, und niemand ist enttäuscht. Und zu zweit werden wir wohl mit acht Mädchen fertig. Oder traust du mir das nicht zu?« Er klang gekränkt.

»Doch, natürlich. Aber jetzt bist du schon extra mit mir aufgestanden, obwohl du diese Woche freihast und renovieren wolltest, und begleitest mich zur Schule. Willst du wirklich den halben Tag dafür opfern?«

»Na hör mal, ich *opfere* überhaupt nichts. Im Gegenteil. Ich hätte bestimmt Spaß daran, dich zu begleiten«, sagte er, immer noch mit gekränktem Tonfall. »Abgesehen davon mag ich Kinder. Mir wäre der Ausflug zum Zoo eine willkommene Abwechslung. Daheim arbeite ich doch eh nur auf der Baustelle. Ob es einen Tag länger dauert, ist auch egal.«

Kristinas Herz schlug schneller. *Ist er tatsächlich bereit, Gekreische, Gekicher und Gelächter zu ertragen?* Sie musterte ihn ausgiebig, doch in seinem Gesicht lag nichts als freudige Erwartung. Seine Augen glitzerten sogar. *Er will, dass ich ihn mitnehme*, begriff sie. Und warum auch nicht? Wieso zögerte sie überhaupt? Gab es einen lieberen Mann auf der Welt? Einen Mann, der sich freiwillig einer Horde wildfremder Mädchen aussetzte?

»Bist du dir darüber im Klaren, was du dir da einbrockst?«, hörte sie sich selbst fragen.

Er nickte entschieden.

Kristina spürte, wie sich ihre Lippen zu einem breiten Grinsen verzogen. Mit einem glucksenden »Danke!« sprang sie ihm an den Hals. »Du bist der Beste!«

Er nahm sie fest in seine starken Arme. »Nicht der Rede wert. Aber vorher musst du mir noch verraten, wo es das nächste Klo gibt. Bevor ich mich in dieses Abenteuer stürze, muss ich dringend noch wohin.«

Kristina lachte noch, als sie sich von ihm löste. »Das sollte das geringste Problem werden, wenn du dir nicht zu viel Zeit lässt. Wir sind eh schon knapp dran. Komm, wir dürfen den Zug nicht verpassen.«

Lucas nickte, während Kristina nach seiner Hand griff und ihn eiligst Richtung Schule zerrte. Ihr Herz pochte laut in ihrer Brust.

Noch nie war sie so glücklich gewesen.

Nein, das stimmte so nicht.

Noch nie hatte *ein Mann* sie so glücklich gemacht.

Das war ein gravierender Unterschied.

11

Montag, 14. Juli – 17.50 Uhr

»Das ist außerordentlich merkwürdig.« Frau Carlsson, die Direktorin der Katharina-von-Alexandria-Mädchenrealschule, blickte von ihren Unterlagen auf. Ihre Stirn war ein zerklüftetes Auf und Ab von Hautfalten. »Eigentlich hätte Annemarie Jacobi die Klasse noch begleiten sollen. Sie ist eine unserer Lehrkräfte. Aber Frau Jacobi hat sich heute Morgen krankgemeldet. Deshalb ist mir schleierhaft, warum Frau Wimmer alleine mit den Mädchen aufgebrochen ist.«

»Ist das zulässig?«, wollte Walter wissen.

Die Direktorin nickte und verneinte zugleich. »Bis einschließlich der zehnten Jahrgangsstufe müssen immer zwei Begleitpersonen bei einem Schulausflug dabei sein, aber nur eine der Personen muss eine Lehrkraft sein.«

Leonore kniff die Augen zusammen und fragte: »Sie könnte also zusammen mit *irgendeinem* Erwachsenen die Schulklasse betreut haben? Das wäre gesetzlich erlaubt?«

»Richtig. Wenn Frau Wimmer eine geeignete Begleitperson dabeihatte, ist das in Ordnung. Normalerweise passiert so etwas selten, und die Lehrkraft lässt die Begleitperson von der Schulleitung genehmigen, aber solange Frau Wimmer nicht alleine war, hätte sie korrekt gehandelt. Bevor sie den Ausflug so kurzfristig absagt, hatte sie vielleicht jemanden aus ihrer Verwandtschaft an der Hand. Das wäre im Sinne der Klasse gewesen.«

Walter und Leonore tauschten einen vielsagenden Blick. »Frau Carlsson, wer könnte Frau Wimmer heute Morgen begleitet haben? Können Sie sich an irgendjemanden erinnern?«

Die Direktorin schüttelte entschieden den Kopf. »Ich bin erst gegen halb elf in die Schule gekommen. Ich hatte einen Auswärtstermin wegen Fördergeldern.«

Walter seufzte und ließ seinen Blick an der Direktorin vorbei durch ein Rundbogenfenster hinaus in den Pausenhof schweifen. Dort glitzerte die Sonne durch Haselnusssträucher und tauchte das Büro von Frau Carlsson in ein angenehm natürliches Licht. Es schien sogar nach Haselnuss zu riechen.

»Dann benötigen wir eine Liste aller Lehrkräfte samt Kontaktdaten, die heute hier waren«, sagte er und riss sich vom Anblick der Sträucher los. »Auch vom restlichen Personal wie Hausmeister und Sekretariat. Danach eine Liste aller Schülerinnen, die heute zur ersten Stunde Unterricht hatten. Wir brauchen Zeugen, die die Klasse gesehen haben könnten. Und zwar so schnell wie möglich.«

Frau Carlsson zuckte nervös mit der Schulter und schüttelte abermals den Kopf. »Wie stellen Sie sich das vor, Herr Brandner? Wollen Sie bei den Eltern anrufen und sagen, dass eine Schulklasse verschwunden ist? Das wird eine Hysterie verursachen. Wir sind eine Privatschule, wir leben von unserem guten Ruf.«

»Frau Carlsson! Es sind *acht* Mädchen verschwunden. Was glauben Sie, wie Ihre Schule dastehen wird, wenn die Mädchen tot sind und an die Presse gelangt, dass *Sie* nicht kooperiert haben?« Walter schäumte vor Wut.

»Das ist Erpressung!« Die Blicke der Direktorin hätten Holz spalten können, doch ihre Wangen wurden blass.

»Verstehen Sie bitte«, schaltete sich Leonore ein und versuchte, die Wogen zu glätten, »wir brauchen Informationen über Frau Wimmer und die Kontaktdaten von dieser Annemarie. Sie haben selbst gesagt, dass das alles merkwürdig klingt. Irgendetwas ist heute Morgen passiert. Und am besten wären Zeugen.«

Für sechs Herzschläge herrschte Schweigen, dann sagte die Direktorin entschieden: »Ich kümmere mich um die Zeugen. Sie werden wohl kaum das nötige Fingerspitzengefühl an den Tag legen, so wie Sie sich hier gebärden. In der Zwischenzeit können Sie Frau Jacobi einen Besuch abstatten. Hier ist ihre Adresse ... und die von Frau Wimmer.« Mit schwungvoller Schrift notierte sie zwei Anschriften auf einem Zettel und reichte ihn Leonore.

»Und was können Sie uns über Frau Wimmer mitteilen?«

»Offen gesagt: herzlich wenig. Sie wurde im Kollegium geschätzt und von den Schülerinnen akzeptiert. Ich habe bisher keine Beschwerde über sie erhalten. Auch war ihre Bewerbung lupenrein, sonst hätte sie gar keine Anstellung in unserem renommierten Hause erhalten. Als Angestellte zeigte sie sich äußerst gewissenhaft und sorgfältig. Damit hört mein Wissen aber auch schon auf. Am häufigsten habe ich Frau Wimmer mit Frau Jacobi zusammen gesehen. Ich denke, dass Sie von ihr am meisten über Frau Wimmer erfahren können.«

»Sie hatten also keine private Beziehung zu Frau Wimmer?«

»Nicht die geringste – wie im Übrigen zu all meinen Angestellten.«

Abermals tauschten Walter und Leonore einen Blick.

»Vielen Dank, Frau Carlsson. Sie haben uns sehr geholfen. Und Sie –«

»Ja, ja. Ich melde mich unverzüglich, sollte ich einen Zeugen auftreiben. Dafür habe ich ja Ihre Karte.« Sie tippte auf die Visitenkarte, die Walter ihr zu Beginn der Unterhaltung in die schlanken Finger gedrückt hatte und die jetzt auf dem Schreibtisch lag. »Auf Wiedersehen!«

Damit waren Leonore und Walter entlassen.

Als die Bürotür scheppernd ins Schloss gefallen war, sagte

Walter: »*Ja, ja* heißt: *Leck mich am Arsch!* So eine dumme Frau.«

»Reg dich nicht auf, Walter, du weißt doch, wie's läuft. Wie oft haben wir dieses *Mauern* bei Chefs und Managern? Jeder zweite ist so. Es darf ja kein Verdacht auf das Unternehmen fallen. Die Menschen zählen dagegen nichts.« Leonore zuckte mit den Schultern und blickte auf den Zettel mit den beiden Anschriften. »Wimmer oder Jacobi? Was sagt dein *Urin* dazu?«

Walter zuckte mit den Achseln. Er kochte innerlich. Am liebsten hätte er diese Carlsson am Kragen gepackt und so lange geschüttelt, bis sie Zeugen ausgespuckt hätte.

»Der schweigt«, sagte er mürrisch. »Aber wenn Frau Jacobi wirklich krank ist, werden wir sie zu Hause antreffen. Und seltsam ist das schon, dass sich diese Jacobi krankmeldet und genau am gleichen Tag die Klasse unter der Leitung von Frau Wimmer verschwindet. Und das, obwohl sie eine *ach so tolle* Vorzeigelehrkraft ist. Das passt hinten und vorn nicht zusammen. Aber vielleicht kann uns diese Frau Jacobi da etwas zusammenpuzzeln.«

12

Montag, 14. Juli – 08.24 Uhr

Das schaffen wir niemals, war Kristina mittlerweile klar. Sie zerrte die Kinder hinter sich her, marschierte mit weit ausgreifenden Schritten vornweg, und doch würden sie den Zug verpassen. *Wegen Lucas!* Erst schürte er alle Hoffnungen, und dann saß er zu lange auf dem Klo. *Das kann doch nicht wahr sein!*

Unterschiedlichste Gefühle wallten in ihr auf. Sie war böse auf ihn, und doch tat er ihr leid. Wahrscheinlich hatte er sich bei seinem gestrigen Besuch bei Annemarie angesteckt.

»Schneller, schneller, schneller!«, rief sie den Mädels zu. Sie wartete kurz, bis Lucas zu ihr aufgeschlossen hatte, dann sagte sie leise, so leise, dass nur er es hören konnte: »Wir verpassen den Zug.« Sie hörte, dass die Worte vorwurfsvoll klangen.

Auch Lucas bemerkte es, denn er schenkte ihr einen bemitleidenswerten Blick, dann schüttelte er aber entschieden den Kopf. »Das werden wir nicht. Ich kann das langsamste Kind tragen.«

»Das ändert nichts daran«, entgegnete sie. »In fünf Minuten fährt der Zug ab. Und wir müssen noch durch die Unterführung aufs andere Gleis. Vergiss es, Lucas.«

»Lass es uns wenigstens probieren, ja?« Er setzte eine grimmige Miene auf und marschierte weiter.

Kristina folgte ihm seufzend.

Während sie in Zweiergruppen dahinhetzten, legte sie sich die Worte zurecht, mit denen sie die Kinder gleich besänftigen würde. Es würde enttäuschte Gesichter geben. Das war so sicher wie das Amen in der Kirche.

***

Und es gab enttäuschte Gesichter. Sie erreichten den Bahnhof in dem Moment, als sich am anderen Gleis die automatischen Türen der Bahn fiepend schlossen. Sie konnten den Rücklichtern des Zugs hinterherwinken.

Alle Kinder schrien durcheinander. Einige blickten dabei dem kleiner werdenden Zug hinterher, und Jule weinte sogar.

»Frau Wimmer! Frau Wimmer! Was machen wir jetzt?«
»Die Raubtierfütterung!«
»Können wir nicht mit dem Bus fahren?«

Kristina wollte die Gruppe besänftigen, doch in dem Moment hellte sich Lucas' Miene auf.

»Das ist die Lösung!«, sagte er laut. »Ich weiß, wie wir pünktlich zum Zoo kommen.«

Alle Augen richteten sich auf ihn, doch er suchte nur Kristinas Blick.

»Hör zu«, sagte er. »Ich habe von der Firma aus einen Kleinbus. Acht Sitzplätze plus Fahrer. Wenn sich die drei schlanksten Mädchen eine Zweierreihe teilen, dann klappt das ohne Probleme. Wir fahren einfach! Scheiß auf den Zug.« Erwartungsvoll wartete er auf ihre Antwort. Auch die Klasse schien den Atem anzuhalten.

Der Mann ist einfach verrückt. »Nein, Lucas. Das geht zu weit. Wir können auch den nächsten Zug in einer Stunde nehmen.«

»Und die Raubtierfütterung verpassen?«, empörte er sich. Die Klasse raunte. »Komm, Baby, was spricht dagegen? Das Benzin zahlt die Firma, und überhaupt bringen mich die paar Euros nicht um. Und ich fahre ganz vorsichtig. Es wird nichts passieren.«

»Ja! Ja! Ja!«, ertönte es von allen Seiten, und die Mädchen drängten auf sie ein. Ein Mädchen sang sogar: »Ein Hoch auf unsern Busfahrer, Busfahrer!«

Kristina seufzte. »Also gut. Dann fahren wir mit dem Bus. Die Strafe zahlst aber du, wenn wir aufgehalten werden.«

Ein Jubelschrei erscholl, und Lucas grinste breit. »Wegen dem einen Kind. Da sagt kein Mensch was, aber ja, ich zahle die Strafe.«

»Wohin also?«

»In diese Richtung.« Er deutete in den Norden des Bahnhofs, wo das alte Industriegebiet lag.

Kristina stutzte. Als sie das letzte Mal bei einer Radtour durch das alte Industriegebiet geradelt war, hatte sie dort nur eine skurrile Werkstatt voller bärtiger, mit Öl verschmierter Unterhemdträger gesehen und eine einsame Dönerbude mit bunt blinkender Leuchtreklame. OPEN.

Sonst gab es dort nur verlassene Hallen mit zertrümmerten Fensterscheiben.

»Was willst du denn im alten Industriegebiet?«

Ungeduldig nahm Lucas seine Cap ab, strich sich durch die wirren Haare und setzte die Mütze wieder auf. »Da steht der Kleinbus«, erklärte er. »Meine Firma hat dort eine Garage gemietet. In der Nähe meiner Wohnung gab es leider nichts anderes. Gehen wir endlich?«

Kristina zögerte. Irgendetwas in ihr sträubte sich. Wieso benötigte ein Ingenieur einen Kleinbus mit so vielen Sitzplätzen? Weshalb stellte Lucas den Bus nicht einfach vor seiner Wohnung ab? Ihr wurde mit einem Mal bewusst, dass sie immer noch nicht bei ihm zu Hause gewesen war. Wo wohnte er überhaupt? Er hatte ihr die Wohngegend und die Straße genannt, doch die Hausnummer nicht. Eigentlich wusste sie viel zu wenig über Mister Cappy.

Wieso, weshalb, warum? Wer nicht fragt, bleibt dumm. Mit einem Mal war das Kinderlied der *Sesamstraße* in ihrem Kopf.

Kristina fröstelte es, doch in dem Moment nahm die kleine Pia Stein, die Süßeste der Klasse, sie bei der Hand und blickte mit ihren fast schwarzen Augen zu ihr auf.

»Kommen Sie, Frau Wimmer«, sagte das Mädchen. »Wir müssen uns beeilen, sonst verpassen wir die Raubtierfütterung.«

Und schon ging es dahin.

Kristina wurde von den Kindern an Lucas vorbeigezerrt, als würde man sie zum Marterpfahl begleiten. Lucas beobachtete sie dabei mit zusammengekniffenen Augen, dann folgte er ebenfalls.

Hat er etwas gemerkt?, fragte sie sich. *Und ... was überhaupt?* War er nicht vor zehn Minuten noch der beste Mann der Welt gewesen? Und jetzt misstraute sie ihm? Was war los mit ihr? Hatte Annemarie doch lang genug genörgelt, dass sie mittlerweile jedem Mann misstraute? Sie hätte Lucas ja nur mehr ausfragen brauchen, statt ihn ständig zum Sex zu drängen. Er war nun mal kein Mann, der sein Herz auf der Zunge trug.

Wieder ertönten die fröhlichen, jauchzenden Klänge hinter ihrer Stirn: *Wieso, weshalb, warum? Wer nicht fragt, stirbt dumm.*

Kristina erschauerte.

13

Montag, 14. Juli – 18.07 Uhr

»Das kann nicht sein!« Walter schlug so heftig auf das Armaturenbrett, dass Leonore zusammenzuckte und meinte, der Airbag müsste ihnen um die Ohren fliegen. Sie blickte entgeistert zu ihm hinüber und verpasste beinahe die Lücke im zähen Abendverkehr, um auf die Abbiegespur zu steuern. Gerade noch rechtzeitig quetschte sie den Wagen zwischen zwei Autos.

»Was ist los?«, fragte sie, als sie sich eingeordnet hatte.

»Die Ergebnisse der Handyortungen sind da ... oder besser gesagt: keine Ergebnisse. Alle Handys der Kinder sind nicht am Netz angemeldet. Die stillen SMS kommen nicht an.«

»Dann sollten wir schleunigst Frau Wimmers Handy orten lassen«, schlug Leonore vor.

»Ist schon geschehen. Eine Mutter hatte die Nummer, und Gregor hat sich gleich darum gekümmert. Ebenfalls nicht eingewählt.«

Die Ampel vor ihnen schaltete auf Rot. Leonore brachte den Wagen zum Stehen. »Bis wann können wir mit der Bestimmung des letzten Funkmastes rechnen?«, wollte sie wissen. »Ist Gregor da auch dran?«

Walter nickte. »Kann noch dauern, aber sie arbeiten unter Hochdruck. Der Provider ist nur wie immer ein Schnarchzapfen. Selbst bei Kindesentführung geben die nicht Gas, Herrschaftszeiten!«

»Sei froh, dass wenigstens Richter Schaller so schnell eine Verfügung eingeräumt hat.«

Walter strich sich die strähnigen Haare aus der Stirn und massierte sich die Schläfen. »Hätte er es nicht, wäre ich persönlich bei ihm aufgeschlagen. Acht Kinder! Ich kann es immer noch nicht fassen.«

Die Ampel schaltete auf Grün, und Leonore bog ab. Nach weiteren zweihundert Metern hatten sie ihr Ziel erreicht: einen riesigen Wohnblock mit grauer Fassade, grauen Fenstern, grauen Vorhängen aus dem Baumarkt und vereinzelten, ausgebleichten Sonnenschirmen auf den schmalen, grauen Balkonen, auf denen sich graugesichtige alte Männer und Frauen drängten. Irgendwo dazwischen wohnte Annemarie Jacobi.

Zu ihrem Glück betrat gerade ein junger Herr das Haus, und Walter und Leonore schlüpften hinter ihm ins Treppenhaus. Als sie die Wohnungstür mit dem Namensschild *Jacobi* gefunden hatten, fackelte Walter nicht lange und donnerte mit der Faust mehrmals gegen die Tür.

Bumm! Bumm! Bumm! »Aufmachen! Polizei!«

Nichts rührte sich.

Bumm! Bumm! Bumm!

Leonore drückte zeitgleich auf die Klingel, ließ es zehn Sekunden lang schellen.

»Vielleicht ist sie zum Arzt?«, mutmaßte sie, als sich nichts tat.

Walter schüttelte den Kopf. »Das stinkt zum Himmel!«

Erneut schlug er gegen das Türblatt. *Bumm!* »Komm schon! Polizei! Bei drei kommen wir rein! Gefahr in Verzug. Eins, zwei ...«

Die Tür wurde geöffnet. Ein feistes Gespenst im Bademantel musterte die beiden Polizisten aus einem käsig glänzenden Gesicht heraus. Der säuerliche Geruch von Erbrochenem wehte aus der Wohnung.

»Was wollen Sie?«, fragte die junge Frau matt. Leonore hatte Probleme, sie zu verstehen.

»Sind Sie Annemarie Jacobi?«

Das Gespenst nickte und hielt sich am Türrahmen fest.

»Können wir kurz reinkommen?«, fragte Leonore und hielt ihr ihren Dienstausweis unter die Nase.

Jacobi warf nur einen flüchtigen Blick darauf und sagte: »Lieber nicht. Mir geht es beschissen. Nicht, dass Sie sich anstecken.«

»Das ist mir ziemlich egal.« Walter drängte sich entschieden an Frau Jacobi vorbei und verschwand im ersten Zimmer.

»Hey, was soll das?«, empörte sich die Lehrerin matt, doch Leonore hob beschwichtigend die Hand.

»Reine Routine. Frau Jacobi, wann haben Sie Frau Wimmer das letzte Mal gesehen?«

Irritiert schwenkte Annemaries Kopf zwischen Leonore und Walter hin und her, der gerade ins zweite Zimmer stürmte.

»Kristina? Freitag in der Schule. Wieso fragen Sie?«

Leonore seufzte. »Weil Frau Wimmer heute mit ihrer Klasse verschwunden ist.«

Jetzt schien Frau Jacobi komplett durcheinander zu sein. Sie schwankte leicht und lehnte ihren massigen Rumpf gegen die Wand. »Verschwunden? Was reden Sie da für wirres Zeug? Ich habe noch heute Morgen mit ihr telefoniert und ihr gesagt, dass ich krank bin.«

»Wann war das?«

»Kurz vor acht. Sie war noch auf dem Weg zur Schule. Können Sie mir bitte verraten, was passiert ist?«

»Das ist ganz einfach, Frau Jacobi: Ihre Freundin ist heute Morgen ohne Sie mit der 5C aufgebrochen und nicht mehr zurückgekehrt. Haben Sie eine Ahnung, wo sie sein könnte?«

Annemarie sog scharf die Luft ein. »Sie ist alleine los? Das würde sie nie machen. Kristina hält sich immer an die Regeln.« Sie strich sich Schweiß von der Stirn, während die andere Hand über ihrem Bauch ruhte. Offenbar hatte sie Schmerzen.

»Versuchen Sie, sich zu konzentrieren«, beschwor Leonore sie. »Wo könnte sie hin sein? Oder fällt Ihnen jemand ein, den sie als Begleitperson mitgenommen haben könnte?«

In dem Moment kam Walter aus einem dritten Zimmer zurück in den Flur marschiert. »Nichts!«

Wieder wanderte Annemaries Blick zwischen ihnen hin und her. Dabei wogte ihr Doppelkinn. »Vielleicht hat Lucas sie begleitet.«

»Lucas?« Leonore und Walter sagten den Namen wie aus einem Mund.

»Ja, Lucas. Kristinas aktueller Freund.«

Der Name ließ keinerlei Assoziation entstehen. Leonore versuchte, einen Zusammenhang herzustellen, doch da war keiner.

»Haben Sie von diesem Lucas Kontaktdaten?«, fragte Walter währenddessen.

»Nein. Sie hat ihn ja auch erst seit ein paar Wochen oder so. Ich habe ihn drei- oder viermal gesehen. Das letzte Mal gestern Abend. Er war kurz hier.«

»Hier bei Ihnen?«

Frau Jacobi nickte.

»Und was wollte Frau Wimmers Freund bei Ihnen?«

»Er brachte mir ein Stück Kuchen vorbei.«

»Kuchen?«

»Ja. Er hatte als Überraschung für Kristina Käse-Mandarinen-Kuchen gebacken und wusste leider nicht, dass sie keine Zitrusfrüchte verträgt. Er hat mir daraufhin ein großes Stück gebracht, weil er ihn alleine gar nicht essen konnte. Ich liebe Käse-Mandarinen-Kuchen.«

Und jeden anderen Kuchen auch. Den Kommentar verkniff sich Leonore und schämte sich dafür. Sie wusste selbst, wie schnell Pfunde ansetzten. »Und dann?«

»Was *und dann*? Lucas ist wieder gegangen. Glauben Sie, ich mache mich an den Freund meiner besten Freundin ran? So weit kommt's noch.«

»Niemand glaubt das, Frau Jacobi. Wir müssen aber momentan davon ausgehen, dass Frau Wimmer und die Schulklasse nicht freiwillig verschwunden sind. Was können Sie uns also noch über Lucas erzählen? Wie sieht er aus? Wie heißt er mit vollem Namen?«

»Ich habe keine Ahnung, wie er heißt.« Dabei schürzte Annemarie ihre Lippen. Die Bewegung ließ tiefe Grübchen in ihren Wangen entstehen. »Er ist etwa einen Meter achtzig groß. Vielleicht auch fünfundachtzig. Sportliche Figur. Hat dunkle Haare und einen Dreitagebart. Offenbar mal ein Glücksgriff für Kristina.« Leonore hörte Neid in Annemaries Stimme.

»Was für Haare?«, bellte Walter.

Annemarie sah verängstigt zu ihm hinüber. »Woher soll ich das wissen? Er trug immer so eine Cap, wenn wir aus waren.«

»Eine Cap?«

»Eine Baseballmütze.«

»Haben Sie ein Bild von ihm?«, fragte Leonore. »Heutzutage macht man doch ständig Selfies.«

Annemarie verneinte. »Da war Lucas sehr eigen. Er wollte nicht fotografiert werden. Er meinte, dass er strikt gegen soziale Netzwerke, den gläsernen Menschen und diesen Poser-Kram sei. Verrückt, oder?«

»Was wissen Sie noch über ihn? Seinen Beruf vielleicht? Hat er Hobbys erwähnt? Hat er vielleicht Eigenheiten? Tattoos? Muttermale?«

»Sie stellen vielleicht Fragen. Kristina ist seine Freundin, nicht ich. Sie erzählte mir nur ganz stolz, dass er Ingenieur sei und momentan seine Wohnung renovieren würde. Und dass er gut im Bett sei. Sehr gut sogar. Davon sprach sie ständig.«

»Hat sie denn nie etwas Konkretes erzählt? Beste Freundinnen reden doch über allerlei Dinge.«

Annemarie schüttelte den Kopf. »Erzählt hat sie wenig. Das hat mich gewundert, denn es war nicht zu übersehen, dass sie im siebten Himmel schwebte. Ich vermute, dass Lucas das nicht wollte. Er war sehr schweigsam, wenn ich dabei war.«

»Und wo waren Sie dabei?«, fragte Walter. »Gingen Sie zusammen aus? Haben Sie ein Stammlokal?«

Abermals schüttelte Annemarie den Kopf. »Wir gehen jede Woche in eine andere Kneipe. Wir wollten ja Männer kennenlernen.« Ihr Gesichtsausdruck wurde bitter. »Seit Kristina aber Lucas hat, bin ich abgemeldet. Wie schon gesagt, wir waren fast nie zusammen aus.«

»Können Sie sich trotzdem an die Kneipen und die Tage erinnern? Es wäre wirklich wichtig.«

Annemarie runzelte die Stirn, dachte nach, verzog jedoch das Gesicht und schüttelte den Kopf. »Spontan weiß ich das jetzt nicht. Wir waren einmal im *Bamboo* und einmal im *Moon*. Aber mein Hirn fühlt sich gerade an wie Grießbrei. Kann ich Sie anrufen, falls mir noch etwas einfällt? Ich möchte mich nun wirklich wieder hinlegen.«

Walter warf Leonore einen Blick zu. Offenbar roch er etwas. »Seit wann geht es Ihnen eigentlich schlecht?«, fragte er. »Am Freitag waren Sie ja noch in der Schule, oder?«

»Seit gestern Abend.« Annemarie schaute zu Boden. »Seit ich den Kuchen verdrückt habe.«

»Den *Kuchen* von diesem Lucas?«

Das Doppelkinn wippte auf und ab. »Ich konnte einfach nicht widerstehen. Ich habe ... alles gegessen ... und er schmeckte so gut. Ein Traum. Danach wurde mir ziemlich übel.«

»Wie groß bitte war das Stück?«

Ganz schüchtern lugte Frau Jacobi zu Walter hinauf, während ihre Hände ein großzügiges Rechteck vor ihrem Bauch formten. »Ein halbes Blech.«

Betreten blickte nun auch Leonore zu Boden. Ihr fielen die Plüschhausschuhe in Miss-Piggy-Form auf, in denen Frau Jacobis Füße steckten.

»Hat dieser Lucas gestern darauf bestanden, dass Sie den Kuchen essen?«, wollte Walter wissen.

Annemarie überlegte kurz, dann nickte sie. »Er hat sogar darauf bestanden, dass ich den Kuchen sofort probiere. Frisch wäre er doch am allerbesten, hat er gesagt.«

»Und haben Sie?«

»Natürlich. Mindestens die Hälfte habe ich weggepu…, gegessen. Erst dann ist Lucas gegangen. Er war so glücklich, dass jemand seinen Kuchen aß, nachdem Kristina ja nicht konnte.«

»Ist das Blech noch hier?«

»Das hat er mitgenommen, wieso?«

»Und was ist mit dem Teller und dem Besteck?«

»Ich verstehe nicht ganz … das … das habe ich in die Spülmaschine gepackt, wie immer. Was soll damit sein?«

»Haben Sie die Spülmaschine schon eingeschaltet?«

»Ja. Gestern Abend noch. Warum?«

Jetzt nickte Walter grimmig. »Danke, Frau Jacobi. Bitte halten Sie sich für weitere Fragen zu unserer Verfügung. Ein Kollege wird sich wegen eines Phantombildes melden.«

Damit stapfte er davon.

»Machen Sie sich nichts draus. Er ist immer so«, fügte Leonore hinzu, reichte Frau Jacobi eine Visitenkarte und wünschte ihr gute Besserung.

***

»Wir haben ihn«, sagte Walter, als Leonore zu ihm aufschloss. »Lucas. Das ist unser Entführer.«

»Ich weiß nicht, Walter. Sie hat ein halbes Blech gegessen. Da wäre mir auch schlecht geworden.«

»Hast du ihre Figur gesehen? Die putzt mehr weg, ohne dass ihr schlecht wird. Der Kuchen war vergiftet. Irgendetwas hat er reingemischt. Glaub es mir, Leonore! Ich kann es zwar nicht beweisen, aber dieser Lucas ist unser Mann.«

»Lucas. Lucas. Mensch, Walter. Mit diesem Namen und der Beschreibung gibt es wahrscheinlich Hunderte Treffer. Willst du die alle überprüfen?«

»So viel Zeit bleibt uns nicht. Wir geben die Daten an Gregor durch. Soll er schauen, was er herausfinden kann. Wir fahren derweil zu Frau Wimmers Wohnung. Vielleicht hat er irgendeine Spur hinterlassen.«

»Und wenn nicht?«

»Dann lass ich mir etwas einfallen. Aber es ändert nichts an den Tatsachen: Wir haben es mit einem Irren zu tun, der eine ganze Schulklasse in seiner Gewalt hat. Mit einem *unbekannten* Irren. Hoffen wir, dass wir so schnell wie möglich etwas Konkretes über Lucas herausfinden.«

14

Scheiße, war das knapp!

Ich bin mir beim letzten Mal selbst entglitten. Plötzlich schrieb nicht mehr ich, sondern *Lucas*. Das Monster. Zum Glück hat er nicht kapiert, was vor sich ging.

Jetzt habe ich ihn gerade unter Kontrolle, aber seine Gedanken sind trotzdem da und verwirren mich. Ich bin hin- und hergerissen. Einerseits finde ich meinen Plan schrecklich, andererseits kann ich es kaum mehr erwarten.

Er kann es kaum mehr erwarten. *Er* malt sich die Szenerie in allen Details aus.

Er malt sich aus, wie ich den Mädchen die Sicherheitsgurte anlege. Vier übernimmt Kristina, und vier übernehme ich. Oh, wie werden meine Hände da vor Vorfreude beben. Ganz nah werde ich meinen Kopf an eine von ihnen bringen, so nah, dass ihre nach Erdbeershampoo duftenden Haare meine Schläfen berühren, dass ich ihr Leben spüren kann, während ich nach dem Stecker für den Gurt zwischen ihnen suche. Ich sehe nackte Knie, die ungeduldig aneinanderklopfen. Sonnengebräunte Beine. Hier und da blaue Flecken, aber daran erkennt man die Unerschrockenen, welche sich am besten wehren …

Wenn wir dann alle sicher verstaut haben, werfe ich noch einen langen Blick in diese lachenden, erwartungsvollen Gesichter, atme ihren Duft in mich hinein. Ich sehe die Sonne auf feuchten Lippen glitzern, Haare in Blond und Rot und Braun und Schwarz leuchten, und dann muss ich mich von dieser göttergleichen Pracht abwenden, bevor mein holdes Weibsstück Verdacht schöpft.

So malt *er* sich das aus.

Und es geht in seiner Vorstellung noch weiter: Ich werde mit meiner unbezahlbaren Fracht aufbrechen, die Reise zur *Insel der Seligen* antreten, zu meinem eigenen *Elysion*. Es ist der sagenumwobene Ort, der nur den Helden vorbehalten ist, die von den Göttern geliebt werden. Und wie muss ich wohl von den Unsterblichen geliebt werden? Ich, ein Sohn des Teufels höchstpersönlich?

Ich werde für einige Stunden durch ewigen Frühling wandeln, im Schatten von Weihrauchbäumen dem Lautenspiel und den Qualen der Kleinen lauschen, und all meine Leiden mit ihrem Lebensnektar ins Vergessen verbannen.

Was widern mich diese blumigen Worte an. Diese Untugend habe ich von meinem Mephisto übernommen. Wenn auch sonst nichts von ihm bleibt als Asche und Staub, seinen Hang zu schwülstigen Worten werde ich einfach nicht los, auch wenn er so überflüssig ist wie ein Kropf in der Kniekehle.

Aber ich vergeude hier wertvolle Zeit. Es geht um *meinen* Plan, nicht um seine widerlichen Gedanken.

Wir fahren also los, und dann werde ich erst einmal Kristina ausschalten. Dafür habe ich stinkeinfaches Flunitrazepam besorgt. Die Tropfen werden sie für einige Zeit ins Nirwana befördern.

Gut, oder? Der Plan könnte auch von Mephisto stammen.

Mephisto.

Mit ihm fing alles an.

Mephisto war derjenige, der mir die erste *Blüte* reichte, die ich *pflücken* durfte. Er hat diesen besonderen Moment so geschickt eingefädelt. Meinen ganz persönlichen Initiationsritus, wenn man es so ausdrücken möchte, den Übergang zum Erwachsenen, die Einweihung in die Mysterien des Lebens, wo mich dieses glühende Prickeln heimsuchte und wo dieser unstillbare Durst zum Leben erwachte. Wo *ich* mich für einen Augenblick in einen Racheengel verwandelte.

In klaren Momenten frage ich mich, ob ich auch ohne meinen Mephisto so geworden wäre.

Ich erinnere mich an den einzigen Sommerurlaub mit ihm, an eine Reise in die Toskana. *Bella Italia*. Im Schatten knorriger Pinien residierten wir in einem weiß getünchten Bungalow, nur einen Steinwurf vom glitzernden Nass entfernt.

Direkt neben uns wohnte Arina, eine Nymphe mit honigfarbener Haut, zierlichen Armen und rötlich-braunem Pagenkopf. Sie war vierzehn und ich fünfzehn Jahre alt. Wir freundeten uns schnell an, denn die Gesellschaft von Gleichaltrigen ist doch der des Teufels vorzuziehen (und der von Eltern, was in diesem Alter gleichbedeutend mit dem Teufel ist), und offenbar verliebte sie sich dabei unsterblich in mich. Wir verbrachten im feinen Sand des Strandes jede Minute miteinander, aber immer in Sichtweite ihrer argwöhnischen Mutter. Was hätte ich doch für ein durchtriebener Jüngling sein können. Wenn sie gewusst hätte.

Ihre Tochter dachte da anders. Sie räkelte sich bei jeder Gelegenheit und versuchte, mich verstohlen zu berühren. Ihre Finger gruben sich durch den Sand, um meine Wange zu streicheln, ihr braun gebranntes Knie fand zufällig meinen Oberschenkel, und einmal streiften sich unsere salzigen Lippen im Schutz einer Luftmatratze eines vorbeimarschierenden Paares. Ich platzte schier vor Überreiztheit, und ihr erging es nicht anders, denn mehrmals sah ich, wie sie sich ihre Finger unbeholfen in den Schritt drückte.

Ich bin sicher, dass wir irgendwann eine Gelegenheit gefunden hätten, bei der wir ihren Eltern für ein oder zwei Stunden entkommen wären, um ein nettes Plätzchen zu suchen. Eine verlassene Bucht, eine einsame Bank im Wald oder sogar eine öffentliche Stranddusche. Dort wäre es dann geschehen …

So oder so ähnlich stelle ich mir den normalen Verlauf eines Ferienabenteuers vor, doch mich hatte Mephisto bereits verdorben. Statt sich heimlich davonzuschleichen und mit ihr Zärtlichkeiten auszutauschen, nahm ich Arina nach dem flüchtigen Hauch jenes Kusses bei der Hand und zerrte sie ins Wasser – es würde unsere Körper vor den Blicken ihrer Mutter verbergen. Als es tief genug war und wir schwimmen mussten, drückte ich sie unter Wasser, auf dass sich ihre Lungen mit dem salzigen Tod füllen sollten.

Leider rettete mich mein Mephisto vor mir selbst. Er war mit einem Mal bei uns, drängte sich lachend dazwischen, zog eine prustende Arina an die Oberfläche, paddelte umher und überspielte den Übergriff mit einem Witz. Hätte er es nicht getan, würde ich heute in einer Zelle sitzen.

Aber so reisten wir nur am selben Abend ab und verließen Bella Italia, und ich laufe immer noch frei herum. Ich, ein Lustmörder. *Lucas* der Lustmörder.

Nennen wir doch das Problem beim Namen.

Am Anfang füllten mich abgrundtiefe Rache, kalte Wut und brodelnder Hass aus. Ich wurde davon gelenkt wie eine Puppe. Später jedoch wurde das Töten zum Genuss. Man darf das aber nicht verwechseln: Was man im Allgemeinen Sex nennt, ist überhaupt nicht mein Thema – auch heute nicht. Aber *der Moment des Todes* erregt Lucas und somit mich. Dieser einzigartige Moment, wenn sie ihr Leben aushauchen, wenn die Augen brechen, wenn das Blut in einer Fontäne hervorspritzt und mein Gesicht sprenkelt, wenn ich ihr Leben auf meinen Lippen schmecken kann. Das ist wahrer Sex. Reinste Macht.

Aber zu alt dürfen sie nicht sein, denn dann ... verlieren sie ihren Reiz. Dann wäre es nur ein *einfacher* Mord.

In mir schlummert also ein Triebtäter der schlimmsten Sorte, und vor ihm habe ich Angst. Nackte Angst. Irgendwann wird er vielleicht ganz von mir Besitz ergreifen, und dann ist niemand mehr da, der *mir* helfen kann.

Die meisten stellen sich bei einem Mörder einen

grobschlächtigen Trottel vor. Oder einen Söldnertypen mit geschorenem Armee-Schädel und Tattoos auf den bergigen Oberarmen. Oder den schmächtigen, blassen Pullunder-Träger mit bis zum Bauchnabel hochgezogener Jeans und dicker Nickelbrille – der muss der Mörder sein. Geht gar nicht anders.

Ich erfülle keines dieser Klischees. Niemand würde mich also dem Aussehen nach als Mörder verdächtigen. Jeder würde gelassen neben mir an der Bar sitzen, ein Glas Weißwein zwischen den kalten, einsamen Händen. Jede Frau würde wie Kristina mit mir anstoßen – Cheers! – und auf einen netten Abend trinken. Vielleicht sogar weiterdenken: ansehnliche Figur, gepflegte Hände, warme, braune Augen. Sieht zwar etwas zerzaust aus, aber auf gepflegte Art zerzaust. Scheint ein netter Kerl zu sein.

Nach dem zweiten Glas würde die Frau dann einen Schritt weitergehen: Ist sogar noch eloquent, dieser Lockenkopf samt seinem Dreitagebart. Ein junger Professorentyp. Oder *Ingenieur.* Zumindest gebildet. Belesen. Wohlverdienend. Spätestens jetzt würde ein One-Night-Stand mit mir in Betracht gezogen, mit mir und dem Monster.

Mephisto würde jetzt die Frage stellen, ob denn irgendjemand anders sei? Sind wir nicht alle ein bisschen ... Triebtäter? Hegt nicht jeder von uns sehnlichste Wünsche, oft schier unerfüllbare? Dunkle Schatten im Herzen?

Was unterscheidet uns also von einem normalen Menschen?

Ich verrate es: Es ist nur eine Kleinigkeit, nur eine Banalität. Ich erfülle mir meine Wünsche. Unter Zwang, aber ich erfülle sie mir. Ich ... nein, *Lucas* stillt seinen Durst, während der Rest der Menschheit keuchend und mit Sand in der Fresse unter der sengenden Glut des Verlangens verhutzelt.

Ich vergeude schon wieder Zeit, aber meine Gedanken sind einfach so wirr. Sie vermischen sich mit denen von Lucas, vermengen sich zu einem ekelerregenden Brei.

Ich war bei meinem Mephistopheles stehen geblieben. Mit ihm fing alles an. Damals war ich empfänglich für seine säuselnden Worte, aber was will man von einem Kind anderes erwarten?

Ich kehre nun zurück zu jenen schicksalshaften Tagen, oder wie Mephisto sich selbst ankündigen würde:

Trompeten bitte! Schmetternde Fanfaren!

Hier bin ich – prächtig und in vollem Glanz,

verschleiert, wie es dem Teufel gern beliebt.

Hereinspaziert! Hereinspaziert!

So fing alles an.

15

Montag, 14. Juli – 09.04 Uhr

Lucas hatte nicht gelogen. Die Garage war da und auch der Kleinbus. Überhaupt hatte er Kristina noch nie die Unwahrheit erzählt, soweit sie das beurteilen konnte. Sie war sich zwar sicher, dass er ihr nicht alles anvertraute, aber was er sagte, stimmte.

Während Lucas den Wagen durch die Stadt manövrierte, fragte sich Kristina abermals, wieso sie so ein ungutes Gefühl in der Magengegend verspürte. Wie ein liebender Vater hatte er sich um die Mädchen gekümmert und sie zusammen mit ihr im Wagen verstaut. Er hatte gelächelt, Witze gerissen und Bahar sogar den Schuh gebunden. Was passte ihr also nicht?

Er ist zu nett. Viel zu umsorgend. Annemarie hätte ihn schon längst in den Wind geschossen, aber Kristina mochte das eigentlich. Sie hatte das Gefühl, dass er sehr genau wusste, was er wollte. Das gefiel ihr an Männern. Und trotzdem legte er kein Machogehabe an den Tag, wie so viele andere vor ihm. Er hörte zu, wenn sie reden wollte, er löste Probleme, wenn welche anfielen – und das auf pragmatische Art und Weise –, aber er konnte ihr auch sagen, wo es langging, wenn sie übers Ziel hinausschoss. Was also versuchte ihr ihre weibliche Intuition zu vermitteln? Warum meinte sie, eine Gefahr zu verspüren?

Kopfschüttelnd sah Kristina aus dem Fenster. Sie fuhren gerade eine der Hauptverkehrsadern auswärts Richtung Stadtumgehungsstraße. Großgeschäfte zogen an ihnen vorbei: ein Fliesenleger, ein Baumarkt, einige größere Industriebetriebe.

Es ist einfach Annemaries ständiges Gerede von schlechten Männern, war sich Kristina sicher. Es konnten nicht alle scheiße sein. Das glaubte sie einfach nicht.

Ein gelbes *M* kam auf ihrer Straßenseite in Sicht. Auch den Mädchen entging es nicht. »McDonald's! McDonald's!«, rief Jule, und der Rest stimmte mit ein.

Kristina drehte sich zu ihnen herum. »Wir können jetzt nicht halten. Ihr wollt doch die Raubtierfütterung sehen, oder nicht? Die beginnt schon in nicht mal einer Stunde. Aber wenn ihr alle ganz, ganz brav seid, dann können wir vielleicht auf dem Rückweg halten. Wenn es nicht zu spät wird.«

Sie ließ den Blick über die acht enttäuschten Gesichter schweifen.

Fast Food. Warum liebten alle Kinder diesen Mist?

Zu ihrem Erstaunen knackte der Blinker. Sie fuhr zu Lucas herum. Dieser grinste bis über beide Ohren, während er den Kleinbus in die Einfahrt bugsierte.

»Was soll das?«, fuhr sie ihn an. »*Ich* bin hier immer noch die Lehrerin!«

»Und ich bin der Fahrer«, entgegnete er fröhlich. Die Kinder jubelten. Leiser und mit einem plötzlich ernsten Gesichtsausdruck sagte er zu Kristina: »Und ich muss noch mal aufs Klo. Abgesehen davon hab' ich nicht mal was zu trinken dabei. Ich spring' schnell rein, kauf' eine Runde Cheeseburger und Coke und bin in drei Minuten wieder da. Okay, Baby?« Er parkte den Bus im hintersten Winkel des Parkplatzes zwischen hohen Büschen und Hecken.

»So … so geht das nicht!«, zischte Kristina. »Du kannst nicht meine Autorität vor der Klasse untergraben.«

Lucas stieg unbeeindruckt aus, wandte sich zu ihr um und zuckte mit den Schultern. »Ich hatte heute Morgen auch nicht geplant, eine Spritztour in den Zoo zu machen. Mach dich locker. Die Raubtierfütterung schaffen wir ohne Probleme. Ich bin gleich wieder da.«

Damit ging er. Kristina blickte ihm böse hinterher.

***

Keine fünf Minuten später kehrte Lucas zurück. Er trug eine große Papiertüte unterm Arm und einen Getränkehalter mit sechs Bechern, den er auf das Dach des Busses stellte. Dann öffnete er mit einem Lächeln auf den Lippen die Seitentür und meinte: »So, Kinder, jetzt gibt's die Raubtierfütterung.« Aus der Tüte zauberte er für jedes Kind einen Cheeseburger. Anschließend verteilte er vier Becher voller Cola. »Immer zwei Mädchen trinken zusammen eine«, sagte er entschieden. »Ihr wisst selbst, dass zu viel Zucker schädlich ist.«

Zu Kristinas Überraschung gab es keine Beschwerden. Die Mädels nickten nur eifrig, schienen zufrieden zu sein und machten sich heißhungrig über die Burger her. Hätte Kristina das gesagt, wäre gleich das Gezanke losgegangen. Warum wirkten Männer immer bestimmter?

Ihre Gedanken wurden unterbrochen, als Lucas einstieg und ihr ebenfalls eine Coke und einen Cheeseburger in die Hände drückte. »Für dich, Baby«, flötete er.

Kopfschüttelnd nahm Kristina ihr Fast Food entgegen. Sie hörte Eiswürfel im Becher klimpern und das Verpackungspapier rascheln. »Du bist einfach verrückt.«

»Daran wirst du dich gewöhnen müssen.« Er lächelte, dann startete er den Wagen und steuerte zurück auf die Hauptstraße.

Als er zehn Minuten später auf die Umgehungsstraße bog, hatten Kristina und die Kinder ihre Burger verputzt und mit der Cola hinuntergespült. Kristina ließ die Papiertüte herumreichen und den Müll einsammeln.

Als der Kleinbus weitere zwanzig Minuten später vom Hauptverkehrsweg in eine Landstraße einbog, ging es Kristina gar nicht mehr gut. Ihr war übel, und sie war müde. Ihr Kopf pochte, als würde ein fieser Handwerker einen Presslufthammer hinter ihren Ohren betätigen. Sie fragte sich am Rande, warum sie überhaupt abbogen. Wieso fuhren sie Richtung Wald? Nahm Lucas eine Abkürzung zum Zoo? Sie waren doch bald dort, oder? Sie wollte eine entsprechende Frage stellen, doch ihre Lippen formten die Worte nicht mehr. Ihre Zunge schien eine Mullbinde zu sein.

Ihr letzter Blick galt Lucas. An den Rändern ihres Blickfeldes waberte es bedrohlich schwarz, und sie sah nur noch sein Gesicht am Ende des Tunnels. Er grinste, aber irgendwie erinnerte sie sein Grinsen an … einen Wolf.

Und mit einem Mal war nichts mehr.

16

Montag, 14. Juli – 18.32 Uhr

Walter schaute auf das zerwühlte Bett in Frau Wimmers Schlafzimmer. Es gab eine extrabreite Bettdecke, die für zwei Personen reichte, dazu zwei Kopfkissen, von denen eines vom Bett gefallen war, eine Packung Kondome und einen Pott Vaseline. An der Wand hing ein gerahmtes Aktfoto in Schwarz und Weiß, das Kristina Wimmer zeigte. *Wirklich erotisch*, dachte Walter. Er versuchte, sie sich zusammen mit dem unbekannten Lucas im Bett vorzustellen. Wie sie rittlings auf ihm saß, den Kopf stöhnend in den Nacken gelegt, und wie ihr die schwarzen Haare über den Rücken flossen. Er versuchte, sich darunter Lucas auszumalen, ausgestreckt und seine Hände an ihren Hüften. Was könnte er für ein Typ sein? Auf welche Art von Mann stand Frau Wimmer?

Die Wohnung gab keinerlei Antwort auf diese Frage.

Abgesehen von den Spuren sexueller Betätigung und einer zweiten Zahnbürste im Spiegelschrank des Bads gab es nichts. Es gab keinerlei Dokumente, keine Fotos, keine Notizzettel, keine Telefonnummern, nichts. Es war, als hätte Frau Wimmers Bettgenosse sehr genau gewusst, wie man so wenig Spuren wie möglich hinterlässt. Es war zum Haareausreißen.

Walter hörte Leonores Schritte im Schlafzimmer.

»Die Spurensicherung ist verständigt«, sagte sie. »Sie werden hier Fingerabdrücke und DNS von ihm finden.«

Walter schnaubte. »Mit Sicherheit, aber wie lang dauert die Auswertung? Mindestens zwei Tage. Und irgendwie glaube ich nicht, dass wir seine Fingerabdrücke oder seine DNS in unserer Datenbank haben. Den Abgleich können wir uns daher eigentlich sparen, denn damit können wir den Täter nicht aufspüren, sondern nur nach einer Festnahme eindeutig überführen. Dann sind die Mädchen aber ...« Walter brach den Satz ab. Er wollte es nicht schon wieder aussprechen. Wenn man zu oft vom Teufel redete, würde er auftauchen.

»Vielleicht bringt die Festnetzauswertung von Frau Wimmers Telefon etwas«, hoffte Leonore. »Irgendeine verwertbare Spur wird dieser Lucas schon hinterlassen haben.«

»Ich kann dir verraten, was die Auswertung bringen wird: Dass Frau Wimmer in den letzten Wochen hauptsächlich auf ein Prepaid-Gerät angerufen hat und von dort angerufen wurde. Wer es wagt, eine ganze Schulklasse in aller Öffentlichkeit zu entführen, wird wohl kaum von seinem registrierten Handy aus telefonieren.«

»Wahrscheinlich hast du recht.« Leonore lehnte sich an die Wand an und schloss die Augen. »Aber ich hoffe einfach, dass wir *irgendetwas* finden.«

»Hoffnung«, sagte Walter und dehnte das Wort, als wäre es etwas Fremdes. »Das ist etwas für Träumer, aber nicht für Polizisten im Dienst.« Er wandte sich ab und wollte gerade aus dem Schlafzimmer treten, als Leonores Diensthandy die Stille der Wohnung zerriss. Sie nahm ab und lauschte eine halbe Minute gespannt. Ihre Gesichtsfarbe wechselte dabei von Buttermilchweiß auf Kalkweiß, zudem biss sie sich mehrmals auf die Unterlippe. Dann legte sie auf.

»Und?« Walter blickte sie an. Sein Herz pochte gegen seine Rippen. Leonore würde ihm jetzt sagen, dass man acht Mädchenleichen entdeckt hatte, alle auf grausame Weise ermordet. Dass er, wie die letzten Male, zu spät kam. Sein persönlicher Mädchenzähler würde von sechs auf vierzehn springen, obwohl die Sommerferienkinder nie gefunden worden waren. Aber auch hier war Hoffnung nur etwas für Optimisten. Walter war Realist.

»Das war Gregor«, antwortete Leonore. »Sie haben endlich die Auswertung der Funkmasten zusammengetragen, an denen die Kinder und Frau Wimmer zuletzt eingewählt waren. Deine Theorie bestätigt sich.« Ihre Stimme bebte.

»Und weiter?« Auch seine Stimme zitterte.

»Alle neun Handys waren gegen acht Uhr vierzig an einem Funkmast eingewählt. Dann erlöschen alle Signale gleichzeitig.«

»Zehn Minuten nach Abfahrt des Zuges«, flüsterte Walter. »Ein Funkloch?«

Leonore schüttelte den Kopf. »Sie waren nicht im Zug, sondern im alten Industriegebiet im Norden des Bahnhofs. Ihr Weg führt eindeutig von der Schule zum Bahnhof und von dort ins Industriegebiet.«

»Ins alte Industriegebiet? Da gibt es doch überhaupt nichts außer ... Bauruinen.«

»Und Mietgaragen. Gregor hat das bereits überprüft. Wir haben einen Umkreis von circa fünfhundert Metern. In dem ganzen Areal gibt es an die achtzig Mietgaragen. Er hat sofort begonnen, die Besitzer zu überprüfen, aber das kann Tage dauern, auch weil viele Garagen auf Firmen registriert sind.«

Walter schwieg lange Zeit. Auch Leonore sagte nichts mehr. Nur das beständige Ticken einer Wanduhr war zu hören.

Sein Blick fiel wieder auf das zerwühlte Bett, in dem es Kristina Wimmer mit ihrem Entführer getrieben hatte. Die Flecken auf dem Laken waren unübersehbar. Es roch sogar noch nach Sex.

Vielleicht steckt Frau Wimmer mit dem Entführer unter einer Decke?, fragte er sich. *Bonnie und Clyde in Bayern.* Oder deckte Frau Wimmer nur einen kranken Psychopathen?

Stattdessen sagte er: »Ich will eine Hundertschaft mit Spürhunden im alten Industriegebiet. Wenn die Kinder irgendwo dort versteckt oder vergraben oder sonst etwas sind, werden wir sie finden.«

»Ich kümmere mich darum«, entgegnete Leonore und wählte bereits eine Nummer auf ihrem Handy.

Walters Aufmerksamkeit wurde derweil abermals auf die Wanduhr gelenkt, auf das beständige Ticken. Zwanzig vor sieben. Die Kinder waren seit zehn Stunden entführt. Er spürte, wie sich sein Magen zusammenzog und in einen steinharten Klumpen verwandelte.

Er wollte selbst ins Industriegebiet. Er wollte an den Ort, wo das letzte Handysignal aufgezeichnet worden war. Er wollte ... ja, was eigentlich? Er wollte einfach dort sein. Vielleicht würde er eine Kleinigkeit erspähen, die den jungen Kollegen und Kolleginnen entgangen war. Vielleicht ...

Walter schluckte schwer, dann beschied er Leonore mit einem Handzeichen, dass sie ihm folgen sollte, und machte sich Richtung Wagen auf.

Hoffnung. Das Wort erschien in grellgelben Lettern vor seinem inneren Auge, als er die Wohnung verließ. War er nicht selbst ein Träumer? Waren nicht alle Menschen so? Wo stünde die Menschheit, wenn es keine Hoffnung gäbe?

Walter hatte darauf keine Antwort, aber er spürte ganz tief in seinem Herzen, dass auch er hoffte. Das würde ihm irgendwann zum Verhängnis werden.

17

Ich hielt den Atem an und presste meine Nase an den honiggelben Spalt zwischen Tür und Angel, um besser sehen zu können. Der kalte Fußboden ließ meine nackten Fußsohlen unangenehm kribbeln, doch ich ignorierte das Prickeln.

»Das ist doch eine wundervolle Idee, nicht wahr, Peter?« Meine Mutter klatschte begeistert in die Hände und strahlte ihren Mann an.

»Ganz toll«, brummte der Angesprochene, wobei er sein Gesicht hinter seinem Bierglas versteckte.

»Was passt dir denn jetzt schon wieder nicht? Du warst doch schon oft genug oben auf der Alm und bei der Bootshütte. Da ist es so traumhaft. Der See, das Bächlein, die ganze Natur.«

»Lass gut sein, Marianne. Ich hätte mir gleich denken können, dass mein Vorschlag nicht gut ankommt.« Onkel Heinrich lehnte sich in dem Wohnzimmersessel zurück, kramte eine Packung Marlboro aus der Hemdtasche und steckte sich eine Zigarette an. »Ich dachte nur, dass Patrick sich über einen Ausflug ins Grüne mit Picknick, Grillwürstchen, Baden im See und selbst gemachter Limonade freuen würde.«

»Spar dir deinen Atem, Bruder.« Vater knallte das Bierglas auf den Wohnzimmertisch, sodass das Bier über den Rand schwappte. »Du willst den Kleinen doch nur wieder mit deinem Bald-Oldtimer beeindrucken. Mit deinen Grill*künsten* und dem ganzen Schickimicki. Ich kann es nicht mehr hören und sehen.«

»Peter! Reiß dich zusammen! Du bist peinlich.« Mutter

wandte demonstrativ den Blick ab, hinüber zu Heinrich. Dieser hob die linke Augenbraue, schenkte ihr einen seltsamen Blick und zog an seiner Zigarette. Als der Rauch sein Gesicht umhüllte und seine grau melierten Locken im wabernden Dunst aussahen wie zwei Ziegenhörner, sagte er: »Wir sollten Patrick fragen. Immerhin geht es um *seinen* Geburtstag. Er ist der Mittelpunkt. Vielleicht will er auch gar nicht zur Bootshütte.«

Vater schnaubte verächtlich. »Selbst wenn du vorschlägst, die Metzgerei Schnödebeck zu besuchen, willigt der Junge ein. Er vergöttert dich, Heinrich.«

»Ich bin ja auch sein Taufpate. Den sieht er nur alle heilige Zeit.«

Wieder ein Schnauben von Vater. »Wenn's so wäre. In letzter Zeit lungerst du viel zu oft hier herum.« Der Blick, der unter seinen zusammengezogenen Augenbrauen zwischen Mutter und Onkel Heinrich hin und her wanderte, sprach Bände.

»Jetzt reicht's aber wirklich!« Mutter sprang auf die Beine und sah aus, als würde sie gleich ihrem Mann eine schallende Ohrfeige verpassen. Ihre ausgestreckten Hände bebten für einen langen Augenblick seitlich neben ihren Hüften. Doch statt auszuteilen, strich sie nur den Saum ihres Rockes glatt. »Sei froh, dass sich dein Bruder so um Patrick und Katja kümmert. Andere Kinder haben keinen so fürsorglichen Onkel.«

»Stinkreich würde besser passen.« Vater erhob sich ebenfalls vom Sofa, angelte sich das Bierglas vom Tisch und schlurfte direkt auf den Ausgang zu, hinter dem ich mich verbarg. »Ich werde jetzt ins Bett gehen. Macht, was ihr wollt.«

Mein Herz hämmerte, als Vater auf mich zukam, und ich wusste, dass ich verschwinden sollte, doch ich wollte unbedingt wissen, wohin es an meinem Geburtstag ging.

»Komm schon, Peter«, sagte Onkel Heinrich. »Dann mach du einen Vorschlag, und Marianne soll Patrick morgen fragen, was er lieber möchte – ohne ihm zu sagen, von wem welcher Vorschlag stammt.«

Vater blieb zwei Meter vor der Tür stehen, die Schultern gesenkt und nach vorn gewölbt. Sogar seine wilde Lockenpracht schien schlaff an seinem Kopf zu kleben. Langsam drehte er sich zu seinem Bruder um.

»Es ist vollkommen egal, was ich vorschlage. Sobald *deine* Hütte erwähnt wird, ist die Entscheidung gefallen. Der Junge ist alles andere als blöd. Die Fragerei könnt ihr euch sparen. Er wird sich so oder so für den Ausflug in die Berge entscheiden.«

»Ganz genau!«

Das war der Moment, in dem ich die angelehnte Wohnzimmertür aufdrückte und barfüßig aus dem Flur ins Wohnzimmer tapste. »Ich will zur Hütte!«

Drei Köpfe wandten sich mir zu, und ich konnte ihre Mienen lesen wie die der Figuren in meinen Petzi-Büchern. Meine Mutter sah überrascht aus, mein Vater verdrehte die Augen, und Onkel Heinrich lächelte zufrieden, den Zigarettenstummel noch keck zwischen den Fingern.

»Wieso schleichst du hier durch den Flur, statt zu schlafen, junger Mann?« Mutter hatte sich gefangen und kam mit erhobenem Zeigefinger auf mich zu. In ihren Augen blitzte es jedoch verschwörerisch.

Ich stemmte meine kleinen Fäuste in die Hüften, die vom himmelblau gestreiften Schlafanzug eingehüllt wurden, und entgegnete: »Wenn ihr so einen Lärm macht, muss ich doch nachsehen, ob alles in Ordnung ist.«

Mein Onkel fing schallend an zu lachen, und Mutter nahm mich lächelnd auf den Arm, strich mir über die kalten Füße. Nur Vater fand das alles gar nicht lustig. Sein Blick huschte zwischen uns allen hin und her, blieb lange auf Onkel

Heinrich haften, und ich meinte, ihn etwas wie »scheißfreundlich« nuscheln zu hören. Viel mehr aber interessierte mich der anstehende Ausflug ins Grüne. Es sollte *mein Tag* werden. Immerhin wurde ich sieben. Da war ein Picknick auf der Alm meines Onkels mit knusprigen Würsten und eisgekühlter Limonade genau das Richtige. Ich würde zusammen mit meiner großen Schwester im See baden, Kieselsteine übers Wasser hüpfen lassen und meiner Mutter vielleicht einen der schwarzen Mistkäfer in den Rock schmuggeln.

Was Besseres konnte ich mir gar nicht ausmalen. Insofern erinnere ich mich auch nicht mehr an den Rest des Abends. Ich weiß nur noch, dass mir Onkel Heinrich beim Gehen einen Kuss auf die Stirn drückte und mir die Haare wuschelte. Danach brachte mich meine Mutter zurück ins Bett.

Von meinem Vater sah ich an jenem Abend nichts mehr. Er hatte sich still und leise aus dem Staub gemacht; wie so oft, wenn er im Schatten seines großen Bruders stand. Aber davon verstand ich damals noch nichts. Für mich gab es nur noch eines: zwei endlos lange Tage über die Bühne bringen, bis endlich der Geburtstag vor der Tür stand. Der Tag, an dem ich sieben werden würde und an dem sich die Welt verändern sollte. Drastisch und dramatisch.

18

Montag, 14. Juli – 10.01 Uhr

»Ich bin *Gus* – euer *Bus*!«

Die Mädchen quiekten, als Lucas bei *Gus* und *Bus* lange die Hupe drückte. Eines winkte ihm sogar von hinten lachend zu, was er im Rückspiegel bemerkte. Er schmunzelte mechanisch und fragte sich, ob es nicht doch einfacher gewesen wäre, auch ihnen K.-o.-Tropfen zu verabreichen und eine stille Fahrt zu genießen, als hier den mächtigen Animateur zu geben. Aber das unkalkulierbare Risiko, dass eines der Mädchen vor Kristina ohnmächtig hätte werden können, hatte ihn abgeschreckt. Am Ende hätte Kristina noch anhalten wollen, oder die Kinder wären hysterisch geworden und die Situation wäre aus dem Ruder gelaufen. So war es dann doch besser. Spielte er also den großen Entertainer.

Hell is gone and heaven's here
There's nothing left for you to fear!
So come on let me entertain you!

Summend ließ er seinen Blick über die acht zarten, hilflosen Geschöpfe schweifen, drückte ein weiteres Mal die Hupe – was mit einem lauten Gekreische von hinten quittiert wurde – und gönnte sich einen Moment der Träumerei. Er stellte sich vor, wie er sie bald töten würde. Vielleicht würde er sogar mit einer im See baden und sie dabei unter Wasser drücken, genau so, wie er es damals mit Arina hatte tun wollen. Das wäre sicher eine interessante Erfahrung. Wie lange dauerte das Ertrinken? Wie lange würde sie mit ihren Armen und Beinen strampeln? Würde der Moment länger anhalten, als wenn er das Messer wie einen Steppschuh tänzeln ließ?

Ein Parkplatz tauchte vor ihnen in Fahrtrichtung auf, nur eine kurze Ausfahrt, an deren Rand es zwei Bänke, einen Tisch und einen Mülleimer gab. Der Rastplatz war verwaist. Lucas kam eine grandiose Idee.

Als der Wagen fast daran vorbei war, stieg er in die Bremse und bog mit quietschenden Reifen entgegen der Fahrtrichtung in den Rastplatz ein.

»Kehrtwende!«, brüllte er.

Die Mädchen kreischten noch lauter. Kristina, die neben ihm ohnmächtig auf dem Beifahrersitz hing, wurde in seine Richtung geschleudert, bis der Gurt ihren Körper ruckartig zurückhielt. Ihre schwarzen Haare flogen durch die Luft.

»Kehrtwende!«

Er riss das Steuer abermals herum, bugsierte den Wagen mit ächzenden Stoßdämpfern zurück auf die Straße. Dort gab er Bodenblech und schoss am Parkplatz vorbei. Kristinas schlaffer Oberkörper wurde hin und her geworfen, wobei ihr Kopf hart gegen die B-Säule krachte.

»Was ist denn mit Frau Wimmer los?«, kam plötzlich von hinten die Frage. »Ist sie krank?«

»Sie schläft. Ihr geht es nicht gut«, antwortete Lucas und setzte eine ernste Miene auf. Noch brauchte er die Mädchen auf seiner Seite, noch sollten sie glauben, dass er der liebe Freund war, der mit ihnen zum Tiergarten fuhr. Zu einem ganz besonderen Zoo in den Bergen. Eine Falkenshow sollte die Kinder erwarten, samt Fütterung. Sie hatten es ihm abgenommen. Er unterdrückte angesichts seines Plans ein Lachen. »Wenn wir da sind, kann sie sich etwas ausruhen. Dann wird es ihr bald besser gehen.«

Das schien die Mädchen zu besänftigen. Doch ungeduldig wie sie waren, fragte eine von ihnen: »Wann sind wir denn endlich da? Ich habe Hunger.«

»Du hattest doch erst einen Cheeseburger«, entgegnete er verwundert und fügte hinzu: »Aber es dauert nicht mehr lang. Dann gibt's wieder etwas zu essen. Jetzt wollen wir erst einmal ein Lied singen. Seid ihr dabei?«

»O ja! Ein Lied!«

Lucas schaltete den CD-Spieler des Kleinbusses an, den er vorher präpariert hatte.

»Und dann die Hände zum Himmel, kommt lasst uns fröhlich sein!«, tönte es aus den Lautsprechern.

Lucas riss ebenfalls seine Hände nach oben, obwohl eine scharfe Linkskurve auf sie zurauschte. Hinter der Leitplanke sah er einen grün gesprenkelten Abgrund, und darüber spannte sich der wolkenlose Himmel auf, der die entfernteren Berge in rauchiges Blau tauchte.

Er riss seinen Blick von dem Postkartenpanorama los, wandte seine Aufmerksamkeit dem Rückspiegel zu. Alle acht Mädchen taten es ihm kreischend gleich und streckten ihre Hände in den Himmel, als wollten sie eben jetzt zu voller Pracht gedeihen. Er sah das pralle Leben: strahlendes Lächeln, rosige Wangen, Freude in glänzenden Augen.

Dann war die Kurve heran. Im letzten Moment besann er sich des Abgrundes, von dem ihn nur eine Leitplanke trennte, packte das Lenkrad und steuerte den Bus scharf um die Kurve, höher hinauf in die Berge, dem Paradies entgegen.

Kristinas Kopf schlug dabei mit einem hörbaren *Tock!* gegen die Fensterscheibe, doch keiner außer ihm bemerkte es. Die Mädchen waren zu sehr mit ihren Händen und dem Liedtext beschäftigt.

»Wir klatschen zusammen, und keiner ist allein! Und dann …«

Lucas grinste wieder. Was für ein Glückspilz er doch war!

19

Die Sonne glitzerte durch den prächtigen Kugelahorn und warf gesprenkelte Lichtmuster über die Einfahrt. Ich stand bereits in der Haustür, trat von einem Bein aufs andere und konnte es kaum mehr erwarten, dass es losging. Ich schaute auf meine goldene Taschenuhr, deren Minutenzeiger sich endlos langsam durch die Kurve quälte. Ich hatte sie erst ein paar Augenblicke zuvor von meinen Eltern geschenkt bekommen. Sie war ein wertvolles Erbstück meines Opas, doch Vater hatte gemeint, dass man mit sieben Jahren Verantwortung für sein Eigentum übernehmen müsse. Abgesehen davon brauchte ein Junge eine Uhr. Punkt.

Ich sah das genauso.

Im Hausflur hörte ich Mutter und Katja wegen irgendetwas streiten, während Vater lautstark in der Garage herumfuhrwerkte. Mein Gehör lauschte jedoch dem blubbernden Knattern, das aus der Ferne zu vernehmen war. Es kündigte meinen Onkel an.

»Er kommt!«, jubelte ich und sprang hinaus in den schattigen Hof und von dort in das gleißende Sonnenlicht des 12. Juli.

Mein Vater lugte aus der Garage heraus, die Augen wegen der Helligkeit zusammengekniffen, und schüttelte den Kopf. Dann verschwand er wieder und bestückte unseren pipigelben Audi 100 Avant für den Ausflug zu Heinrichs Hütte mit Getränken und Badesachen.

Das Motorgeräusch schwoll an, und schon schoss das Cabrio meines Onkels um die Ecke. Die Sonne spiegelte sich in der polierten Karosserie, in dem blutroten Lack mit diesen zeitlosen Formen. Die verchromte Stoßstange schimmerte darunter wie flüssiges Silber, und der Stern thronte ganz vorn, flankiert von den runden Scheinwerfern.

Ich liebte dieses Auto. Einen Mercedes 300 SL.

Und genau wie das Auto schimmerte und funkelte, so strahlte Heinrich Höller hinter dem Steuer. Seine Locken tanzten im Fahrtwind einen Tango, das Hemd stand ihm einen Knopf zu weit offen, und dieses süffisante Lächeln samt leicht gefurchter Stirn schien eingemeißelt zu sein. Ein deutscher Roger Moore.

Ich vergötterte ihn. Er hatte immer gute Laune, war nie griesgrämig wie Vater, scherzte gern und viel, und er nahm sich Zeit für mich und meine Schwester. Das tat mein Vater auch, aber auf … distanziertere Art und Weise. Weniger fröhlich.

Der Benz rollte in unsere Einfahrt. Der Motor erstarb, und Onkel Heinrich schwang sich aus dem Wagen.

»Alles Gute, Patrick!«, rief er, und schon hing ich glucksend an seinem Hals.

Ich löste mich von ihm, holte die Taschenuhr aus der Hosentasche und zeigte sie ihm voller Stolz. »Von Mama und Papa. Na ja, eigentlich von Opa.« Dabei hielt ich ihm das Zifferblatt so nah vor die Augen, dass er schielte.

Onkel Heinrich lachte. »Die alte Waltham von Vater. Ein würdiges Geschenk, mein Junge. Die musst du aber immer gut an der Gürtelschlaufe festmachen, damit du sie nicht verlierst. Hier … dafür ist die Kette da.« Er fummelte daran herum, dann lächelte er. »Und kannst du die Uhrzeit schon lesen?«

Ich nickte und schüttelte den Kopf gleichzeitig. »Es geht so«, sagte ich schnell und fügte hinzu: »Hast du mir was mitgebracht?« Heinrichs Geschenke waren legendär.

»Alles zu seiner Zeit, Junge«, sagte er und rieb mir den Kopf. »Wenn wir an der Bootshütte sind, bekommst du dein Geschenk. So lang musst du dich noch gedulden.«

»Musst du denn sogar die Kinder in deine Spielchen mit reinziehen?« Mein Vater stand mit verschränkten Armen neben der Garage und sah zu uns herab. »Kannst du nicht einmal ein normales Geschenk dabeihaben? Muss es denn immer dieser Auftritt sein?«

Onkel Heinrich und Vater musterten sich für einen Augenblick wie zwei Boxer vor dem ersten Schlag. Ich befürchtete schon, dass sie wieder streiten würden, doch Onkel Heinrich zuckte nur mit den Schultern und meinte: »Ging leider nicht anders. Ich konnte es nicht im Auto verstauen. Es war zu groß«

Vater seufzte laut, schüttelte den Kopf und verschwand im Haus. »Mein ach so toller Bruder ist da«, hörte man ihn rufen.

»Lass dir den Tag nicht vermiesen, Patrick«, sagte Onkel Heinrich leise zu mir, und zum ersten Mal erkannte ich kein Lächeln in seinem gebräunten Gesicht. »Dein Vater liebt dich über alles. Er würde für dich bis zum Mond fliegen und sogar noch weiter, wenn es sein müsste.«

»Aber warum mag er dich nicht, Onkel Heinrich?«

Heinrich seufzte und legte beide Hände auf meine Schultern. »Das ist eine lange Geschichte. Es geht um die Firma, die wir damals von unserem Papa – deinem Opa – übernommen haben. Aber es ist eine traurige Geschichte. Nichts für einen so prächtigen Geburtstag. Ich erzähle sie dir ein anderes Mal, wenn du willst, okay? Wenn wir alleine sind.«

»Na gut«, antwortete ich und ließ mich noch mal von ihm fest drücken.

In dem Moment kam Katja aus dem Haus geschossen. »Onkel Heinrich! Onkel Heinrich!« Und schon hing auch meine bezaubernde Schwester an ihm, lachte über beide Sommersprossenwangen und ließ sich die goldblonden Haare streicheln.

»Und wie weit sind die beiden Damen?«, fragte Heinrich lächelnd. »Startklar?«

»Ihr könnt schon losfahren, wenn ihr wollt.« Mutter war im Schatten des Eingangs erschienen, die Arme vor der Brust verschränkt. »Peter braucht noch ein paar Minuten, dann kommen wir nach.«

»Super. Dann brechen Patrick und ich auf.«

»Ich will auch mit dem Cabrio fahren!« Katja verschränkte die Arme genauso wie Mutter.

»Das Thema hatten wir doch schon«, seufzte Mutter. »Der Mercedes hat nur zwei Sitze. Es kann nur einer mit Heinrich fahren, und das ist heute Patrick. Er hat Geburtstag.«

»Das ist unfair!« Katja stampfte mit dem Fuß auf und zog eine Schnute. »Ich habe auch bald Geburtstag.«

»Im November, Liebes. Das dauert noch etwas. Aber vielleicht kannst du mit Patrick bei der Rückfahrt tauschen«, schlug Mutter vor. »Dazu musst du deinen Bruder nur lieb –«

»Wir fahren einfach ein andermal zu zweit, ja?«, unterbrach mein Onkel den Vorschlag. »Wenn das Wetter die nächsten Tage passt, hole ich dich ab, und wir fahren zusammen Eis essen. Nur wir beide. Spaghettieis vielleicht?«

Hinter Katjas Stirn ratterte es für einen Moment, dann verzog sie ihr Gesicht wieder zu einem Lächeln. »Abgemacht!«

Ich sagte dazu nichts. Warum auch? Ich durfte gleich in den 300er SL steigen und an der Seite meines Onkels über die Straßen brettern, mir den Fahrtwind um die Ohren peitschen lassen und als Erster an der Hütte sein. Vielleicht schon in den glasklaren Almsee springen. Sollte Katja ruhig ein Eis abbekommen. Das gönnte ich meiner Schwester von ganzem Herzen.

20

Montag, 14. Juli – 18.46 Uhr

Obwohl die Sonne noch hoch am Himmel stand und das alte Industriegebiet in Gold und Glut tauchte, wirkte die Umgebung auf Leonore wie ein inszenierter Schauplatz aus einem Sonntagabendkrimi: Garagencontainer reihte sich an Garagencontainer, dazwischen eilten Polizeibeamte hin und her, Graffiti schrien von den geriffelten Containerwänden Obszönitäten, und alles zusammen duckte sich unter zwei aufragenden Schornsteinen eines stillgelegten Industriebetriebs.

Während Leonore auf Walter wartete, trat sie gedankenversunken gegen einen Asphaltbrocken, der aus dem Boden gebrochen war. Mit einem leisen Klackern sprang er davon, pochte gegen ein achtlos hingeworfenes Metallrohr und verschwand unter einem der Polizeifahrzeuge. Leonore strich sich den Schweiß von der Stirn und seufzte. Am liebsten wäre auch sie einfach verschwunden.

Sie schwitzte nicht nur unter ihrem Pony, sondern am ganzen Körper, sogar am Hintern, und alle paar Minuten spürte sie einen Anflug von Schwindel. Die Welt schien dann einen Herzschlag lang zur Seite zu kippen, bis sie mit einem Ruck zurück in die Ausgangslage sprang. Hitze und Multiple Sklerose gingen schwer Hand in Hand. Je wärmer es wurde, desto deutlicher spürte sie die Auswirkungen. Aber was konnte sie dagegen tun? Nach Island auswandern? Nein. In Deutschland hatte sie ihre Arbeit, und die war das Einzige, was ihr geblieben war, nachdem Hannes sie von heute auf morgen sitzen gelassen hatte – wegen der MS. Die

Erinnerung an ihren früheren Lebensgefährten brach genauso eklig hervor wie der Schweiß an ihrem Hintern.

»Was glauben Sie, was hier passiert ist?«, fragte Gregor und trat neben sie. Er war gekommen, um ihr und Walter die Auswertungen zu zeigen.

Leonore sah zu ihrem jungen Kollegen auf, überrascht und gleichzeitig erleichtert, dass er ihre Grübelei unterbrach.

Gregor war ein Getriebener. Immerzu fummelten und drückten seine kräftigen Hände an irgendetwas herum. Nur wenn er länger reden musste, verschränkte er die Arme unter der breiten Brust. Jetzt spielte er mit seiner Gürtelschnalle.

»Ich habe keine Ahnung«, entgegnete sie. »Mir ist schleierhaft, wie man neun Handys auf einmal deaktivieren kann.«

»Vielleicht ein Störsender?«

Leonore musterte den Assistenten ihrer SOKO genauer. »Kennen Sie sich damit aus?«

Gregors Hände verschränkten sich vor der Brust, während er zum Polizeiwagen trottete. »Ja und nein«, beschied er ihr. »Ich weiß, dass es sie gibt und dass sie mittlerweile illegal von vielen Kaufhäusern benutzt werden, um den Kunden keinen Empfang zu ermöglichen. Man könnte ja günstigere Anbieter im Internet suchen und woanders kaufen.«

Neugierig schlenderte Leonore neben ihm her. »Und so was lässt sich in ein Auto einbauen?«

»Alles lässt sich in ein Auto einbauen. Ich habe erst vor ein paar Wochen einen Mafiafilm gesehen, da hatten die Gangster einen solchen Störsender in ihren Kleinbus eingebaut, damit ihre Geiseln nicht angepeilt werden konnten. So könnte es hier auch sein.«

»Ein Kleinbus mit Funkstörsender.« Leonore schüttelte den Kopf. »Mit welch einem kranken Typen haben wir es nur zu tun?«

»Muss es denn immer ein Mann sein?« Gregor hatte seine Stimme gesenkt, und seine Hände gingen wieder auf ruhelose Wanderschaft.

»Sie meinen?«

Gregor seufzte. »Auch eine Frau könnte die Täterin sein. Wieso gehen alle immer davon aus, dass Männer die Bösen sind? Was ist zum Beispiel mit Frau Wimmer? Sie könnte die Klasse doch auch entführt haben.«

Leonore blickte Gregor einige Sekunden lang an, dann zuckte sie mit den Schultern. »Ihr Gerechtigkeitssinn ehrt Sie, Gregor. Auch Frauen können Verbrecher sein. Aber im Moment steht Frau Wimmers mysteriöser Freund ganz oben auf unserer Liste. Er ist die einzige Spur, die wir bisher haben. Deshalb hat diese Ermittlungsrichtung Priorität. Aber um Ihren Gedankengang aufzugreifen: Falls dieser Lucas nicht der Entführer ist, was könnte Frau Wimmer mit den acht Mädchen wollen? Können Sie mir das verraten?«

»Kinderhandel vielleicht? Sie könnte die Mädchen über die Grenze in den Osten schaffen. In zwei bis drei Stunden wäre man mit dem Auto in Polen.«

Leonore fröstelte es allein bei der Vorstellung, wie Frau Wimmer ihre Vertrauensposition als Lehrerin missbrauchen und einen ganzen Bus voller nichts ahnender Mädchen ins nächste Kinderpuff liefern könnte. Sollten die Kinder Deutschland verlassen haben, würde ihre Suche beinahe ein Ding der Unmöglichkeit werden.

»Sie sind nicht im Ausland.« Walter kam zwischen zwei Garagen hervor und um den Wagen herum. Schweiß rann ihm von der Stirn in die Augenbrauen und von dort an seinen Wangen herab. Sein Hemd hatte bereits einen dunklen Fleck mitten auf der Brust.

»Woher wollen Sie das wissen, Herr Brandner?« Gregor verschränkte wieder seine Arme und lehnte sich gegen den Kotflügel. »Ich meine, auch die Sommerferienkinder könnten damals ins Ausland gehandelt worden sein. Vielleicht gab es jetzt eine Großbestellung irgendeines reichen Perversen.

Heutzutage kann man alles kaufen. Handgefertigte Kondome aus Japan. Schamhaarextensions aus China. Ein neues Herz auf dem Schwarzmarkt. Es gibt nichts, wofür man keinen Händler finden würde.«

Walter Brandner trat an Leonores Seite. »Sie machen gute Arbeit, Gregor«, sagte er und klang erschöpft. »Aber Kinderschieberbanden suchen sich selten die Kinder wohlhabender Eltern aus. Die schnappen sich die sozial Schwachen, bei denen wenig nachgefragt und noch weniger ermittelt wird. Hier haben wir es entweder mit dem schläfrigsten Erpresser der Welt zu tun, falls noch eine Lösegeldforderung eingeht, oder mit einem kranken Monster, das Kinder zum Frühstück verschlingt. Ich tippe auf das Monster.«

»Sie sind der Chef«, meinte Gregor leise. »Ich wollte nur meinen Beitrag beisteuern.«

»Was Sie auch mehr als vorbildlich tun«, sagte Walter. »Uns rennt nur die Zeit davon. Deswegen müssen wir Prioritäten setzen. Die wahrscheinlichste Spur zuerst.« Er seufzte. »Machen Sie mit der Auswertung der Mieter weiter, vielleicht finden wir einen Zusammenhang. Leonore und ich fahren zurück ins Präsidium und benachrichtigen die Eltern. Sie müssen wissen, dass ihre Kinder geraubt wurden.«

Walter setzte sich in Bewegung, trottete ein paar Schritte auf seinen Dienstwagen zu, dann taumelte er plötzlich.

Leonore und Gregor sprangen gleichzeitig in Walters Richtung, der aufs linke Knie sank, als wollte er dem Wagen einen Heiratsantrag machen.

»Walter!«, rief Leonore und griff stützend unter seine Achseln. »Was ist?«

»Nichts«, brummte er und stemmte sich schwankend wieder auf die Beine. Sein Gesicht glänzte vor Schweiß, war aber aschfahl. »Nur … die Hitze.«

Er streifte die helfenden Hände zur Seite, öffnete die Beifahrertür und ließ sich in den Wagen plumpsen.

21

Onkel Heinrich zwinkerte mir zu. »Deine Mutter wird sich wie immer die ganzen Serpentinen lang Sorgen machen, obwohl das der schönste Teil der Strecke ist. Dieser Ausblick. Du wirst gleich sehen.«

Ich streckte ihm die Zunge heraus. »Ich kenne den Weg, Onkel Heinrich. Bald sind wir an der Brücke, und dann geht's noch mal steil bergauf. Ich habe keine Angst vor dem Abgrund. Da ist doch eine Leitplanke dazwischen, auch wenn Mami das letzte Mal meinte, dass sie Angst hatte, dass uns ein Auto von der Straße und *über* die Leitplanke schieben könnte.«

Mein Onkel lachte. »Niemand schiebt unsere Autos von der Straße. Das gibt es nur im Fernsehen.«

Ich nickte und sah zu, wie Heinrich seine Zigaretten aus der Hemdtasche hervorholte und sich eine während der Fahrt ansteckte. Der Wind zerrte den Rauch sofort davon.

»Du weißt schon, dass Rauchen ungesund ist? Mami sagt immer —«

Da lichtete sich der Fichtenwald, und der Mercedes schoss in den gleißenden Sonnenschein. Einen Moment lang konnte ich kaum atmen; die Aussicht war überwältigend. Ich wusste zwar, was mich erwartete, aber jedes Mal war ich hin und weg. Es war die Wirklichkeit gewordene Ansichtskarte.

Heinrich zeigte nach vorn, die Zigarette zwischen den ausgestreckten Fingern. »Dort kommt ein Aussichtsplatz. Wollen wir kurz halten?«

Ich nickte begeistert. »Sehen wir ein paar Hirsche?«

»Eher nicht, Junge«, sagte Heinrich lachend und steuerte

den Wagen von der Straße auf den Parkplatz.

Ich sprang aus dem Auto. Heinrich folgte mir.

»Komm!«, rief ich. »Dort drüben ist irgendwo deine Alm mit dem See und der Bootshütte, oder?« Ich beugte mich über das Geländer, zeigte nach Südwesten, auf einen bewaldeten Hang eines Berges in der Ferne. Dahinter ragte die gezackte Spitze eines noch höheren Berges in den Himmel. Vor uns breitete sich ein Tal aus, über das sich eine Brücke auf steinernen Rundbögen spannte. Die Hänge fielen steil bergab, schwindelerregend steil, und mir wurde kurz übel, als ich den Blick nach unten wagte. Ich begriff die Tiefe nicht, aber ich hatte das Gefühl, selbst hinabzustürzen, immer tiefer, den kantigen Felsen am Grund der Schlucht entgegen. Die Talhänge schienen zu kippen, der Himmel rauschte mir entgegen, oben wurde unten, unten wurde oben, und ich wollte schreien …

Heinrich legte seine Hände auf meine Schultern. »Alles okay, Junge?« Seine Berührung löste meinen Blick vom Abgrund. Er kniete neben mir.

»Mir geht es gut.«

»Ist dir schwindlig geworden? Du bist plötzlich ganz blass um die Nase.«

»Es ist nichts, Onkel Heinrich. Mir war nur … ganz kurz übel. Vielleicht von der Höhe. Es geht schon wieder.«

Heinrich musterte mich noch einen langen Augenblick, dann lächelte er wieder. »Okay. Dann fahren wir weiter. Wir wollen ja vor deinen Eltern auf der Hütte sein. Dein Geburtstagsgeschenk begutachten.«

Dieser Gedanke ließ mich wieder lächeln, doch ein Schatten des bösen Gefühls des Sturzes blieb zurück.

Als wir mit dem Wagen über die Brücke schossen, links und rechts nur Luft und Adler und der klare Blick auf die Berge, schloss ich die Augen. Ich spürte den Abgrund unter uns, unter der Brücke. Er lockte. Er rief nach uns …

Und dann holperte der Wagen über die Dehnungsfuge, und wir waren auf der anderen Seite, wo Heinrich nach rechts in die Serpentinenstraße abbog. In einer Reihe von S-Kurven stieg die Straße an, schmiegte sich an die Flanke des Berges. Heinrich schaltete einen Gang nach unten. Ohne Mühe schoss der Benz dahin. Nach rechts fielen die Felsen steil ab. Links von der Straße ragte eine nackte Felswand empor, so hoch, dass ich den Kopf in den Nacken legen musste, um das Ende zu erspähen.

Ein Warnschild verkündete: VORSICHT STEINSCHLAG!

»Werde ich Steine fallen sehen, Onkel Heinrich?« Begierig blickte ich nach vorn und hoffte, welche *schlagen* zu sehen.

»Hoffentlich nicht, Junge.« Heinrich lachte. »Mit einem Cabrio ist Steinschlag nicht gerade lustig. Aber ich habe noch nie einen erlebt und fahre oft genug zur Hütte. Mach dir also keine Sorgen.«

Die machte ich mir auch nicht. Zumindest nicht wegen eines Steinschlags. Nur der Abgrund rechts von mir störte mich immer noch. Hin und wieder verlief die Straße so, dass ein kleinerer Berg zwischen seinen großen Brüdern hervorspitzte, er war vielleicht noch zwanzig Minuten entfernt. Mit jeder Kurve kam er näher. Ich wusste, dass am Hang des Berges das prächtige Almhaus meines Onkels lag. Von dort aus lief man auf einem Waldweg noch etwa fünf Minuten in einen verborgenen Talabschnitt hinein, bis man wiederum einen kleinen Almsee erreichte, an dessen Ufer eine kleine Bootshütte stand.

Das war unser Ziel. Es war der schönste Ort, den ich auf Erden kannte.

22

Montag, 14. Juli – 19.08 Uhr

»Geht es wieder?«

Walter Brandner nickte matt. Er drückte sich das feuchte Tuch gegen die Stirn und schloss die Augen. *Verdammter Blutdruck*, schimpfte er still.

»Soll ich dich nach Hause fahren?«, fragte Leonore besorgt.

Walter öffnete die Augen und verfolgte einen Moment lang den Verkehr, der an ihrem Dienstwagen vorbeizog. Dann wischte er sich mit dem nassen Lappen über das Gesicht. Die Kühle tat gut.

»Wir müssen die Kinder finden«, antwortete er. »Es geht schon wieder.«

»Bist du sicher?« Leonore klang wenig überzeugt.

»Nein«, gab er seufzend zu. »Ich weiß auch nicht, was mit mir los ist. Dieser Fall kostet mich einfach zu viele Nerven. Oder ich werde zu alt für diesen Job. Ich bin nicht mehr so belastbar wie früher.«

Walter klappte die Sonnenblende nach unten und betrachtete sich im Spiegel. Er sah aus wie ein bärtiges Gespenst. Mit Schweiß auf der Nase. Selbst seine Haare klebten strähnig an der Stirn. Am schlimmsten waren die blaubraunen Ringe samt dunklen Falten, die seine Augen umzingelten. Wann waren aus den Lachfältchen diese schartigen Krähenfüße geworden? Und wann hatte sich Asche in seinem Haar ausgebreitet?

Hastig wandte Walter seine Aufmerksamkeit wieder dem Verkehr zu. Seine Gesundheit und sein Alter waren im

Moment das geringste Problem. Die Eltern mussten über die neuesten Erkenntnisse informiert werden.

Als hätte Leonore seine Gedanken gelesen, fragte sie: »Soll ich mit den Eltern sprechen? Du siehst wahrlich bescheiden aus.«

»Nein, Leonore. Es ist meine Pflicht als Hauptkommissar, und ich trage dafür die Verantwortung. Ich komme schon damit zurecht. Es ist ja nicht das erste Mal.« *Wahrlich nicht.* Er verfiel in brütendes Schweigen.

Einige Minuten später fragte Leonore in die Stille hinein: »Wie wollen wir eigentlich weiter vorgehen? Wir haben im Endeffekt nichts. Die Auswertung der Mietgaragen wird noch Stunden, wenn nicht sogar Tage dauern. Willst du an die Presse?«

»Was meinst du?«

Leonore zuckte mit den Schultern. »Vielleicht hat jemand heute Morgen in der Nähe des Industriegebiets etwas bemerkt. Acht Kinder und eine Lehrerin bringt man ja nicht in einem Kleinwagen unter. Da muss es mindestens ein Kleinbus gewesen sein, wie Gregor anmerkte. Irgendjemand könnte etwas gesehen haben.«

»Wahrscheinlich. Wenn mir die Eltern ihren Segen geben, werde ich noch für die Acht-Uhr-Nachrichten eine Pressemeldung herausgeben lassen.« *Und alle Eltern der Stadt in Angst und Schrecken versetzen,* fügte Walter in Gedanken hinzu.

Er seufzte laut und meinte: »Hat sich eigentlich die Direktorin gemeldet? Sie wollte doch Zeugen auftreiben.«

»Leider nein. Ich glaube auch nicht, dass da noch etwas kommt, aber ich werde nachhaken. Diese Direktorin ist viel zu sehr auf das Image ihrer Schule bedacht.«

»Dann wird sie bestenfalls in einer Stunde im Fernsehen sehen, was sie davon hatte.«

Leonore nickte grimmig. »Wollen wir vorher noch eine Kleinigkeit essen? Auch wenn ich keinen Appetit habe, mir kracht der Magen.«

Die Erwähnung von Essen ließ auch Walters Magen laut gurgeln. Wann hatte er zuletzt gegessen? Mittags etwas Ei und Speck, nicht wirklich viel wegen des Wasserrohrbruchs. Das war fast sieben Stunden her. Appetit hatte er auch keinen, aber irgendwann mussten sie etwas essen. Der Abend konnte noch sehr lang werden. Erneut röhrte sein Magen.

»Das ist eine gute Idee«, gab er zu. »Fahr rechts raus. Da vorn kommt eine Dönerbude.«

»Nicht lieber McDonald's? Der würde auch auf dem Weg liegen.«

»Keinen Ami-Mist. Döner passt schon.«

»Da fällt mir ...«

»Was?«

»Ach ... nichts.«

»Was fällt dir ein?«

»Ein Witz.«

»Zum Döner?«

»Ja.«

»Ein guter?«

»Nein.«

»Erzähl ihn trotzdem.«

»Bist du sicher? Der ist gerade heute mehr als makaber.«

»Egal. Es ist eh schon alles im Eimer.«

»Also gut: Was hört man, wenn man an einer Muschel lauscht?«

»Keine Ahnung.«

»Meeresrauschen. Und was hört man, wenn man an einem Döner lauscht?«

»Hmm ...«

»Das Schweigen der Lämmer.«

Darauf sagte keiner mehr etwas.

23

Das Almhaus war der Traum eines jeden Alpenurlaubers.

Rot-weiß karierte Vorhänge lugten hinter den Fensterkreuzen hervor, und davor gedieh in jedem Fenster eine wahre Blütenpracht. Ein Gedicht in Flieder, Sonnengelb und Purpur. Begleitet wurde unsere Einfahrt auf den Parkplatz vom beständigen Bimmeln der Kuhglocken, deren Besitzerinnen unterhalb des Hauses hinter einem Gatter gemächlich weideten.

Es war eine Schande, dass das Almhaus leer stand. Es wurde nur einmal pro Woche von einem Hausmeister in Schuss gehalten und von Heinrich hin und wieder für Ausflüge benutzt. Ich erinnerte mich vage an das Jahr davor, in dem Heinrich seinen vierzigsten Geburtstag hier feierte. Ich hatte das erste Mal einen Schluck Bier aus seinem Maßkrug probieren dürfen und angewidert das Gesicht verzogen.

Heinrich gehörte das Grundstück, aber er hatte es nicht wegen des Almhauses gekauft, sondern wegen der Bootshütte hinten am See. Sie war das wahre Kleinod, der Inbegriff von Abgeschiedenheit, Ruhe und Idylle.

»Da wären wir.« Mein Onkel zog die Handbremse an und stieg aus.

Ich folgte ihm. »Mein Geschenk! Mein Geschenk! Mein Geschenk! Du hast gesagt, ich kriege es, wenn wir da sind.«

»An der *Hütte*, nicht am *Haus*. Aber erst müssen wir noch für deinen Vater den Bollerwagen holen. Sonst muss er alles durch den Wald tragen.« Heinrich lächelte einnehmend, umrundete das Almhaus und öffnete einen Schuppen, der sich an die Rückseite des Hauses schmiegte.

Ich wollte ihm in den Schuppen hinterherlaufen, doch er bugsierte bereits einen rot gestrichenen Bollerwagen heraus. Dieser sah aus wie ein Kindersarg auf Rädern, nur ohne Deckel und mit einer Deichsel, an der man ihn ziehen konnte. Die Gummireifen waren dreckverklebt. Auch innen war der Bollerwagen ganz fleckig. Aber das wunderte mich nicht. Onkel Heinrich war ja öfters hinten an der Hütte und transportierte alles Mögliche durch den Wald.

»Darf ich ihn ziehen? Bitte, Onkel Heinrich!«

»Na klar«, sagte er und ließ mich mit dem Bollerwagen losmarschieren, während er den Schuppen wieder verriegelte. »Aber nur zum Parkplatz. Dein Vater soll den Bollerwagen nutzen.«

»Und unsere Sachen? Ich dachte, wir grillen. Hast du denn nichts dabei?«

»Die Würste sind schon hinten in einer Kühlbox. Ich war gestern hier und habe alles vorbereitet. Für meinen Jungen soll doch der Tag perfekt sein.«

Ich blieb stehen und fiel ihm um die Taille. »Du bist der beste Onkel der Welt!«

»Und du der beste Neffe der Welt.« Er strich mir durchs Haar, wie meine Mutter das immer tat. »Wir halten zusammen, Patrick. Für immer. Komme, was wolle.«

Ich drückte mich fest an seinen Bauch.

Ich liebte ihn über alles.

***

Meine Schwester hörte ich als Erstes. Sie jauchzte und kam im Pferdchengalopp angesprungen. Ich erhaschte durch die Bäume hindurch einen Blick auf sie.

Weiter entfernt vernahm ich meine Mutter rufen: »Aber erst abkühlen! Du kannst dir einen Schock holen, wenn du so überhitzt ins Wasser springst!«

Katja rief ein »Ja-aa« und erreichte in dem Moment das Kiesufer neben der Hütte. Wie angewurzelt blieb sie stehen und glotzte mich an.

Meine Wangen schmerzten bereits. Ich saß mit dem breitesten Grinsen, das ich zustande brachte, in dem knallroten Ruderboot, das ein paar Meter vom Ufer entfernt im See dümpelte. Ein Seil war am Bug angeknüpft, verschwand im Wasser und tauchte vor der Hütte wieder auf, wo es an einem Pflock befestigt war. In großen Lettern stand auf dem Rumpf: PATRICK.

Es war *mein* Ruderboot, mein Eigentum. Seit fünfzehn Minuten. Eines der legendären Geschenke von Onkel Heinrich.

»Ein Boot! Ein Boot!« Katja konnte nicht mehr an sich halten. Ihre Schuhe flogen davon. Sie riss sich den Rock und das Oberteil herunter. Ihr quietschbunter Badeanzug kam zum Vorschein, und schon sprang sie kreischend ins Wasser.

Jetzt sah ich meine Mutter angerannt kommen. Als auch sie mich im Boot sitzen sah, die Ruder ins Wasser getaucht, die Sonne warm auf meinen nackten Schultern, wurde sie aschfahl im Gesicht. Sie fiel beinahe in Ohnmacht.

»Heinrich!«, brüllte sie hysterisch. »Was macht der Junge in einem Boot? Ogottogott!«

Heinrich kam lässig aus der Hütte. Er trug nur eine allzu knappe Badehose mit Blumenmuster und Birkenstocks. In der einen Hand hielt er eine Zigarette, in der anderen ein Glas Limonade. Eiswürfel glitzerten darin.

»Mach dir keine Sorgen. Ich habe ihn die ganze Zeit im Auge.«

Fassungslos schüttelte Mutter den Kopf. »Patrick kann noch nicht schwimmen! Bist du von allen guten Geistern verlassen? Und warum steht da *Patrick*?«

Onkel Heinrich grinste bis über beide Ohren. Mutter legte den Kopf schief, und ihr Mund ging ganz langsam auf. »Du hast … nein … du hast dem Jungen nicht ein *Ruderboot* geschenkt?«

»Doch, genau das habe ich«, entgegnete er. »Mach dich locker, Marianne. Ich habe ihm verboten, weiter als zehn Meter rauszufahren. Abgesehen davon ist das Boot angeleint. Es kann maximal zwanzig Meter hinaustreiben. Was soll schon passieren? Im Extremfall kann man es hereinziehen, oder man ist in dreißig Sekunden hingeschwommen.«

Mutter sagte etwas zu ihm, doch ich verstand sie nicht mehr, denn Katja erreichte das Boot und zog sich prustend an Bord. Es schaukelte gefährlich, doch ich lachte nur.

»Ahoi!«, rief ich begeistert und patschte mit den Rudern in den See, dass das Wasser nur so spritzte.

Derweil war mein Vater, den Bollerwagen im Schlepptau, ebenfalls aus dem Wald getreten. Sein Hemd klebte fleckig an seiner Brust.

»Was zum Teufel ist hier los?«, fragte er und blickte von Mutter zu mir, dann zum aufgemalten Namen und abschließend zu seinem Bruder. Seine Miene verfinsterte sich, als zöge eine Gewitterfront darüber.

»Ich habe schon immer gewusst, dass mein Bruder bescheuert ist.« Mehr sagte er nicht. Er ließ Mutter und Onkel Heinrich stehen und zog den Bollerwagen vor die Eingangstür der Hütte. Dann verschwand er darin, und ich sah ihn eine ganze Zeit nicht mehr. Aber was interessierten mich auch die Erwachsenen und ihr ständiges Gestreite? Katja und ich waren auf dem See! Schiff ahoi! Die Sonne brannte vom Himmel, das Wasser war kalt und klar, und ich sang lauthals: »Er hat ein knallrotes *Ruder*boot!«

***

Die Röstaromen ließen mir das Wasser im Mund zusammenlaufen. Das Fett der Bratwürste zischte auf dem Rost. Ich stand mit der Fleischzange vor dem Grill, neben mir mein Vater, der mich anleitete.

»Du darfst sie nicht die ganze Zeit drehen. Lass sie liegen, bis sie auf der einen Seite schön braun sind. Dann einmal wenden.«

»Aber das ist doch langweilig«, empörte ich mich.

Mein Vater lachte und griff nach seinem Bier, das neben dem Grill auf einer Ablage stand. »Grillen hat nichts mit Herumhampeln zu tun, wie Heinrich das macht. Man braucht dazu Ruhe und Geduld.«

Ich runzelte die Stirn und unterdrückte den Impuls, die Bratwürste wieder zu drehen. »Wie lange brauchen die noch?« Ich hatte Hunger.

»Locker noch zehn Minuten. Dein Onkel hat zu wenig Kohlen in den Grill getan, da kommt zu wenig Hitze. Schau, sie zischen zwar, aber nur hier in der Mitte.« Prüfend hielt mein Vater die Hand über den Rost, dann nickte er und rief: »Heinrich! Hast du noch Kohlen?«

Mein Onkel kam hinter der Hütte hervor, wo er irgendetwas herumgewerkelt hatte. »Reichen die nicht?«

Vater trank von seinem Bier und schüttelte den Kopf. »Das sind zu wenig. Hast du keine mehr?«

»Nicht hier. Vorn im Almhaus ist noch ein Sack. Ich hole ihn.«

»Darf ich mit?« Sofort drückte ich meinem Vater die Fleischzange in die Hand, doch Onkel Heinrich schüttelte den Kopf.

»Ich geh schnell selbst. Bleib du ruhig hier beim Grill, damit du was von deinem Vater lernst.« Er zwinkerte mir zu, dann stapfte er davon.

»Beeil dich«, rief ihm mein Vater noch hinterher. »Sonst werden die Bratwürste nie fertig.«

Ohne sich herumzudrehen, winkte er ab. Dann verschluckte ihn der Wald. Ich sah ihm noch einen Moment hinterher.

»Warum kannst du dich nicht immer so mit Heinrich verstehen?«, fragte ich, während mein Vater die Bierflasche gegen einen Metallhaken austauschte, um in den Kohlen herumzustochern. Er hielt in seinem Tun inne und musterte mich ausgiebig, dann sah er kurz zu Katja und Mutter hinüber, die im Ruderboot saßen und kichernd auf uns zusteuerten. Sie waren mitten auf dem See. Offenbar hatte meine Mutter Gefallen am Rudern gefunden.

»Weil mein Bruder zwar ein netter Kerl ist, aber maßlos übertreibt«, sagte er schließlich. »Ich möchte dich mit einem Bewusstsein für Geld und Wertschätzung erziehen. Deswegen auch die Taschenuhr. Du musst lernen, gut darauf aufzupassen. Heinrich hingegen macht alles ständig kaputt mit seinen Luxusgeschenken und seinem Getue. Er hat keinen Sinn für Geld. Er kauft sich einfach, was er will.«

»Aber wir haben doch auch Geld … nur nicht so viel wie Heinrich? Und ich mag unseren Audi.«

Das ließ meinen Vater schmunzeln, doch sein Gesicht wurde gleich wieder ernst. »Geld ist nicht gleich Geld, Patrick. An deinen Großvater kannst du dich sicher nicht mehr erinnern. Er starb an Krebs, als du gerade ein Jahr alt warst, aber du weißt, dass er uns seine Firma vererbte: *Uhren Höller.*«

»Die ihr dann verkauft habt?«

»Richtig. Das hat dir Mutter schon einmal erzählt, nicht? Na ja, auf jeden Fall haben Heinrich und ich damals beschlossen, die Firma nicht weiterzuführen, wobei Heinrich den Ton vorgab. Er ist ja auch der Ältere von uns. Abgesehen davon waren wir beide keine Uhrenmacher wie dein Opa und hatten auch wenig dafür übrig. Wir verkauften die Firma. Jeder erhielt die Hälfte des Erlöses.«

Daraufhin schwieg mein Vater und starrte in die armselige Glut, die nur die mittleren drei Würste bräunte.

»Dann müsstet ihr aber gleich viel Geld haben«, stellte ich nach einiger Zeit fest, was meinen Vater nicken ließ.

»Bis dahin schon. Dann jedoch hat mich Heinrich zu diesen Aktiengeschäften überredet. Er hatte mit einem Teil seines Erbes gute Gewinne erzielt. Er war schon immer ein Zocker, und ich war auch irgendwann Feuer und Flamme dafür. Also kauften wir Aktien. Hätte ich doch nur auf Marianne gehört.«

Die Bitterkeit in seiner Stimme verwirrte mich, und ich fragte. »Was sind Aktien?«

»Das ... sind Anteile an Firmen. Wenn es der Firma gut geht, wird dein Teil mehr wert. Wenn ... es der Firma schlecht geht, dann ... hast du nichts mehr.«

»Und deinen Firmen ging es schlecht?«

Vater nickte langsam, wobei er die Lippe schürzte. »Sehr schlecht«, sagte er schließlich leise. »Ich verlor fast alles von meinem Erbteil.«

»Und Onkel Heinrich nicht? Seinen Firmen ging es gut?«

»Ja. Er verdiente sich mit seinem Scheißglück eine goldene Nase.«

So weit verstand ich ihn, aber ... »Warum bist du dann böse auf ihn? Wenn ich mir von meinem Taschengeld ein Eis kaufe, und es fällt mir aus der Waffel, dann bin ich doch nicht böse auf Katja.«

Vater wollte etwas antworten, doch in dem Moment sprang meine Schwester platschend vom Boot ins seichte Wasser und kam herübergerannt. Sie packte mich und zerrte mich fort von meinem Vater.

»Komm, wir gehen noch baden«, rief sie begeistert.

»Aber nicht zu lange«, warf Mutter beim Aussteigen aus dem Boot dazwischen.

Das ließ ich mir nicht zweimal sagen. Als ich bis zum Bauchnabel im kühlen Nass stand, blickte ich zu Vater zurück. Dieser stand mit gesenktem Haupt am Grill und starrte in die Kohlen, sein Bier auf Halbmast. Mutter trat neben ihn und legte ihren Arm um seine Schultern. Sie sagte etwas zu ihm, doch ich verstand die Worte nicht, denn in dem Moment schaufelte Katja mir einen Schwall Wasser ins Gesicht.

Ich prustete und wandte mich ihr zu.

»Das kriegst du zurück!«, gackerte ich, doch bevor ich es meiner großen Schwester heimzahlen konnte, blickte ich nochmals zu meinen Eltern. Mutter stand eng an meinen Vater gelehnt, den Kopf an seiner Schulter.

Irgendetwas berührte mich ... tief im Herzen, als ich beide so sah, speziell meinen Vater. Noch nie hatte er so mit mir gesprochen. Wie von Mann zu Mann. Noch nie war er mir so *nahe* gewesen. Mir wurde ganz warm, und ich lächelte.

***

»Wo bist du so lange gewesen? Hast du die Kohlen mit dem Spaceshuttle auf dem Mond geschürft?«

Heinrich ignorierte den Kommentar meines Vaters und stellte den Sack Kohlen vor seine Füße. »Der nette Herr Hausmeister hat den Sack im Schuppen versteckt. Offenbar gefiel er ihm nicht im Flur des Almhauses.«

Vater runzelte die Stirn, während er auf die schwarz verschmierten Hände seines Bruders blickte. »Und nebenbei hast du wohl auch noch deinen Wagen repariert. Wir verhungern hier fast.«

»Red nicht so viel, kleiner Bruder, sondern befeuer lieber den Grill. Auch mir kracht der Magen. Und sei froh, dass ich die Kohlen überhaupt gefunden habe. Ganz hinten im Schuppen zwischen den alten Traktormotoren hat er sie versteckt. Den Burschen werd' ich mir zur Brust nehmen.«

Kopfschüttelnd stapfte Onkel Heinrich hinter die Hütte. Man hörte Wasser plätschern und unverständliche Flüche.

Ich trat an die Seite meines Vaters, der den Sack Kohlen aufriss, den Rost samt Würstchen zur Seite hob und dann frische Kohlen in den Grill füllte, direkt auf die noch glühenden Überreste in der Mitte. Eine schwarze Wolke stob ihm entgegen. Er bemerkte mich und meinte: »Jetzt wirst du bald eine richtige Glut sehen, Sohn. So grillen Männer.«

Hinter der Hütte hörte man Onkel Heinrich erneut motzen. Katja und Mutter gesellten sich zu uns. Gemeinsam bestaunten wir, wie Vater behänd die Kohlen zusammentürmte, an der Belüftung des Grills schraubte und eine Drachenglut entfachte.

Ein paar Minuten später zischten alle Würstchen. Auch Onkel Heinrich kam wieder zu uns. Er hatte den gröbsten Dreck abgewaschen, doch seine Finger waren immer noch braunschwarz verfärbt.

»Traktoröl und Grillkohle«, entschuldigte er sich. »Um das abzubekommen, brauch' ich wohl mehr als Regenwasser.«

Die Art und Weise, wie er es sagte, brachte alle zum Lachen. Sogar meinen Vater. Dann waren die ersten Bratwürste kross.

Natürlich bekam das Geburtstagskind als Erstes seine Portion. Heißhungrig fiel ich darüber her. Ich war durch und durch glücklich. Der Knoten zwischen meinem Vater und mir schien geplatzt zu sein, und meine ganze Familie saß gesellig beisammen am Haus am See. *Wenn es doch immer so sein könnte*, wünschte ich mir.

Aber es sollte das letzte Mal sein.

24

Montag, 14. Juli – 10.47 Uhr

Die Holzfassade war fleckig und verwittert. Immer noch lugten die rot-weiß karierten Vorhänge hinter den Fenstern hervor, aber die Scheiben starrten vor Dreck, und Fensterblumen gab es schon lange keine mehr. Nur die morschen Holzkästen unterhalb der geschnitzten Fensterbretter zeugten von der früheren Pracht, und der vertraute Klang des beständigen Kuhglocken-Orchesters wehte noch immer über die Alm zum Haus herüber.

Lucas zog die Handbremse, ließ das Fenster nach oben gleiten, durch das der würzige Geruch von Gras und Kuh hereingedrungen war, und stieg erleichtert aus. Die Mädchen waren die letzten Minuten kaum noch zu bändigen gewesen. Auch jetzt plapperten sie wild durcheinander, in einer Lautstärke, dass Lucas meinte, sein Kopf müsse bald platzen. Er schlug die Tür hinter sich ins Schloss und umrundete den Bus, den er vor dem Almhaus auf dem Wendehammer geparkt hatte. Er öffnete den Kofferraum und überprüfte, ob der Störsender noch einwandfrei arbeitete. Die grün leuchtende LED wischte alle Sorgen vom Tisch. Wenn bis jetzt niemand die Kinder hatte orten können, dann war es nun zu spät. Hier auf der Alm gab es keinen Empfang. Die Abgeschiedenheit war perfekt. Der alte Hausmeister, der sich früher um das Haus gekümmert hatte, war vor ein paar Jahren verstorben, und seitdem kümmerte sich niemand mehr darum. Lucas schloss den Kofferraum wieder.

Als Nächstes öffnete er die Beifahrertür. Sofort ertönten

Fragen und Klagen, doch Lucas ließ sie über sich hinwegbranden als wäre er ein Fels.

Kristina hing immer noch ohnmächtig im Sicherheitsgurt. Ein glänzender Speichelfaden verband ihren Mundwinkel mit ihrer Schulter. Mit einer schnellen Bewegung zog Lucas ihre Augenlider nach oben und prüfte ihre Pupillen. Sie starrten stupide ins Nichts. Alles verlief nach Plan.

»Ich bringe eure Lehrerin ins Haus«, sagte er mit besorgter Stimme zu den Kindern. »Sie muss sich unbedingt hinlegen und ausruhen. Ihr ist die Fahrt nicht bekommen. Bleibt brav sitzen, ich bin gleich wieder da.«

Noch bevor die Kinder ihn weiter mit Fragen bombardieren konnten, schloss er die Beifahrertür und eilte hinters Almhaus. Er hatte keine Angst, dass die Mädchen entkamen – die Türen waren mit Kindersicherungen verriegelt, und weit und breit ums Almhaus gab es nichts außer Wald und Wiesen –, aber er wollte Kristina so schnell wie möglich verstauen. Er wusste nicht, wie lange die K.-o.-Tropfen noch wirkten.

Lucas erreichte den Schuppen, entriegelte das Zahlenschloss und schlüpfte hinein. Der Gestank von altem Öl, feuchtem Holz und Moder hing in der Luft. Lucas ignorierte den Dunst und holte den Bollerwagen hervor. Der Wagen sah immer noch aus wie damals, nur waren etwa zweitausend weitere Dreckflecken dazugekommen.

Lucas zog den Bollerwagen hinter sich aus dem Schuppen und zurück zum Wagen. Abermals öffnete er die Beifahrertür, ignorierte das Geplapper, schnallte Kristina ab und hob sie vorsichtig aus ihrem Sitz. Die Kinder klebten mit ihren Gesichtern an den Scheiben, pressten ihre Nasen platt und hinterließen fettige Handabdrücke auf dem Glas. Lucas ließ sich nicht aus der Ruhe bringen. Er hievte Kristina in den Bollerwagen, verriegelte den Bus und karrte dann ihren Körper zum Haupteingang des Hauses.

Der Schlüsselbund klimperte, als er aufsperrte. Dann rollte er sie in die Düsternis des Flures bis zur offen stehenden Kellertreppentür. Dort hob er ihren schlaffen Körper heraus und trug sie die sieben Stufen hinab wie einen Kartoffelsack. Achtlos ließ er sie im ersten Kellerraum, in dem früher Kartoffeln und Äpfel gelagert worden waren, auf den Steinboden gleiten. Kellerasseln huschten aufgeschreckt davon.

Lucas atmete einmal tief durch. Die Luft war staubig und roch erdig. Durch die Hanglage befanden sich die Fenster der Nordseite von außen gesehen auf Bodenhöhe und waren mit massiven Eisengittern versehen, damit keine Tiere hereinkamen. Kristina konnte also nicht entkommen.

Zufrieden schnappte er sich von einer Ablage zwei Stricke, die er bei seinen Vorbereitungen dort deponiert hatte, und fesselte Kristinas Arme und Beine. Er zog die Stricke fest, bis sie richtig stramm saßen. Dann erhob er sich und blickte einen langen Moment hinab auf Kristinas hilflosen Leib, auf die weiblichen Rundungen, den Hintern und die Brüste. Ihr schwarzes Haar hing ihr wirr um das blasse Gesicht, das im Staub des Bodens lag. Speichel lief aus ihrem offen stehenden Mund. Nach normalen Maßstäben war Kristina eine hübsche Frau, doch Lucas empfand nichts. Nur der Wurm des Zweifels rebellierte, wollte aufbegehren, doch Lucas erstickte dessen wütende Schreie im Keim.

»Um dich kümmere ich mich später«, sagte er mit fester Stimme in die Stille. »Jetzt sind die Kleinen dran. Du weißt gar nicht, was du mir da für einen Traum erfüllt hast, meine Liebe. Du kannst dir gar nicht vorstellen, wie sehr sich ein Mensch vor Sehnsucht aufzehren kann.«

Dann machte Lucas auf dem Absatz kehrt, verließ den Kellerraum, verriegelte das gusseiserne Schloss und stieg nach oben. Auch dort sperrte er die Tür zur Kellertreppe ab. *Vorsicht ist die Mutter der Porzellankiste.* Das hatte sein Onkel

Heinrich immer gesagt. Damit hatte der alte Mann wenigstens einmal recht gehabt.

Als Lucas in Gestalt von Patrick Höller zurück in den Sonnenschein des Sommermorgens trat, grinste er zufrieden. Ihm kam sogar eine fröhliche Melodie in den Sinn, die er vor sich hin pfiff, als er zum Kleinbus zurückkehrte.

Die Mädchen warteten bereits auf ihn.

25

»Ich will auch im Cabrio mitfahren!« Dicke Tränen kullerten über Katjas Wangen, als wir alle zusammen vor dem Almhaus standen und die beiden Wagen für die Rückfahrt beluden.

»Schatz«, sagte Mutter mit sanfter Stimme. »Dein Onkel hat dir doch extra einen Nachmittag in der Eisdiele versprochen. Er wird dich abholen, und dann könnt ihr einen besonders langen Umweg zu Angelo fahren. Nicht wahr, Heinrich?«

»Na klar«, sagte er und ging vor Katja in die Hocke. »Abgemacht, meine kleine Eisprinzessin?«

Die Worte besänftigten meine Schwester nicht im Geringsten. »Das ist mir egal«, quäkte sie. »Ich will jetzt!« Sie verschränkte die Arme und drehte uns allen den Rücken zu. Ihre Schultern bebten.

»Wenn wir uns ganz dünn machen, passen wir beide auf den Beifahrersitz«, schlug ich vor. Ich wollte auf keinen Fall auf die Fahrt verzichten, aber ich konnte auch meine Schwester nicht weinen sehen.

»Das kommt überhaupt nicht infrage«, stellte Mutter klar.

»Nur bis zur Brücke? Dann kann Katja wieder zu euch umsteigen. Wir sind auch ganz brav so lange.« Hoffnungsvoll sah ich meine Mutter an, doch sie schüttelte nur den Kopf und zu meinem Erstaunen auch mein Onkel. Mir fiel auf, dass er blass aussah.

»Beide können auf keinen Fall mitfahren«, sagte er, und sein Tonfall klang endgültig. Er würde keinen Widerspruch dulden. »Der Gurt reicht nicht für beide, und wenn bei einem

Cabriolet ein Unfall passiert, müssen die Insassen besonders gut angegurtet sein. Ich könnte es nicht ertragen, wenn einem von euch etwas passieren würde. Ich werde Patrick mitnehmen, und damit hat es sich.«

Katja begann laut zu schluchzen. »Das ist unfair!«, plärrte sie. »Unfair! Unfair! Unfair!«

»Dann fahrt ihr beide bei *uns* mit! Basta!« Mein Vater wuchtete die Heckklappe des Audis in die Verriegelung, dass alle zusammenzuckten. »Diese elende Streiterei, wer mit dem Cabrio fahren darf. Ich kann es nicht mehr hören. Es ist auch nur ein Auto!«

Ich spürte Tränen in meinen Augen und wollte gerade etwas sagen, doch Onkel Heinrich legte mir die Hand auf die Schulter. »Das kannst du nicht machen, Peter«, sagte er ruhig. »Ich habe es Patrick versprochen, und was ich verspreche, das halte ich auch.«

Die beiden Brüder starrten sich an. Die gute Stimmung war wie weggeblasen. Ich sah wieder die Gewitterwolken vor Vaters Stirn brodeln, doch dann nickte er zu meiner Überraschung.

»Du hast recht. Was man versprochen hat, das hält man auch. Patrick fährt mit dir zurück, und du, Katja, mit uns. Keine Widerrede. Heinrich geht extra mit dir zu Angelo. Das ist mehr als gerecht.«

Damit war der Streit vom Tisch. Katja schlüpfte sofort in den Audi. Wenn Vater in diesem Ton sprach, würde man seine Laune nur verschlimmern, wenn man weiterquengelte. Ich hörte Katja leise schniefen, doch in dem Moment war mir das egal. Was man verspricht, das hält man auch. Daran gab es nichts zu rütteln.

Und dann fuhr der Audi los. Mein Vater hinter dem Lenkrad, Mutter auf dem Beifahrersitz und Katja hinter ihr.

Onkel Heinrich und ich folgten mit dem Benz, den Wind in unserem Haar.

26

Montag, 14. Juli – 11.14 Uhr

Jucken. Schaben. Trippeln. Dunkelheit.

Keuchen. Husten. Stricke. Heiserkeit.

Ein Lichtstrahl. Er blendet. Was ist los? Wo bin ich?

Flirrender Staub. Eine Assel. Igitt! O Gott!

Geh weg! Nein. Komm nicht näher! Wage es nicht. Komm nicht näher!

Nur eine Kellerassel. Nicht mehr. Weg! Weg!

Herzklopfen. Ein Keller. Es hämmert. Warum bin ich hier? Wie bin ich hierhergekommen?

»Lucas. Lucas? Lucas!«

Eine Fahrt mit dem Auto. Ein Abgrund. Ein Wald voller Fichten und Ulmen im Nebel. Wirklich?

Der Geschmack von Staub. Cola. Cheeseburger. *Widerlich.*

Spucken. Spotzen. Rotzen. Einsamkeit.

»Lucas!«

Kristina wimmert.

Gedanken kommen und gehen. Was ist passiert?

Affen und Tiger und Zebras. Sie sollten da sein. Aber nur diese riesige Assel ist da.

Hau endlich ab!

Heiße Tränen. Handgelenke brennen. Der Boden ist kalt. Eisig.

»Wieso? Weshalb? Warum?«

Wer nicht fragt, stirbt dumm.

Noch mehr Tränen.

Schluchzen. Würgen. Kotzen. Ewigkeit.

Schwärze von außen. Ihr Blick ein Tunnel. In der Mitte die Götterassel. Mammutgleich. Ihre Fühler stochern durch die Luft. Vibrieren. Zittern. Suchen.

»Lucas?«

Keine Antwort. Nur das Trippeln winziger Füße.

Sie kommt! Sie kommt heran!

Sie zuckt. Sie zuckt. *Nein!*

Schwärze.

27

Ich schaute über die Schulter zurück auf die Berge. Über den nahen Gipfeln quollen blumenkohlähnliche Wolkenburgen in den Himmel.

»Die Haufenwolken formen bald einen Amboss«, hörte ich Onkel Heinrich neben mir besorgt sagen. »Daran erkennst du ein Gewitter. Die Konturen zerfließen, und wenn es näher kommt, bedeckt sich der Himmel.«

»Wird es uns einholen?« Ich mochte Gewitter … wenn ich zu Hause hinter der Scheibe hockte und das Zucken der Blitze beobachten konnte. Oft stand dann mein Vater schweigend hinter mir, manchmal seine Hand auf meiner Schulter, und gemeinsam schauten wir hinaus in den Sturm. Diese Begeisterung hatte ich offenbar von ihm geerbt. Jetzt aber hatte ich ein ganz mulmiges Gefühl in der Magengegend. In einem Cabrio wollte ich nicht von einem Gewitter überrollt werden. Das war etwas anderes als STEINSCHLAG.

»Es ist noch ein Stück entfernt. Wenn wir Glück haben, liegen dann die Serpentinen bereits hinter uns, und wir fahren dem Unwetter davon.« Onkel Heinrich lächelte, doch es lag ein harter Zug um seine Mundwinkel.

»Und wenn nicht?«, wollte ich wissen und setzte mich wieder gerade auf den Sitz. Ich sah unseren Audi in einiger Entfernung hinter einer Kurve verschwinden.

»Dann halten wir rechtzeitig an und schließen das Verdeck. Darunter sind wir so sicher wie in einem normalen Auto.«

***

Keine zehn Minuten später scherte Onkel Heinrich fluchend in eine Parkbucht aus. Ich spürte erste Regentropfen in meinem Nacken. Ein kühler Wind pfiff uns um die Ohren. Ich schaute auf meine Taschenuhr: Der große Zeiger zeigte fast senkrecht nach unten, der dicke, kleine Zeiger auf meinen Daumen.

Hastig schloss Onkel Heinrich das Klappverdeck, dann sprang er zurück in den Wagen, und wir versuchten, wieder zu meinen Eltern aufzuschließen.

»Ich dachte, wir schaffen es bis zur Brücke«, sagte er. »Dieses Scheißunwetter – verzeih, das sagt man nicht –, und wo sind überhaupt deine Eltern? So weit können sie uns gar nicht davongefahren sein.«

Ich zuckte nur mit den Achseln und blickte hinaus in den dunkler werdenden Himmel. Es regnete mittlerweile heftig, und die Regentropfen prasselten laut auf das Verdeck des Wagens. Ich fühlte mich ganz komisch. Irgendwie spürte ich eine nagende Furcht in mir aufsteigen.

Auch die nächste Kurve war wie leer gefegt. Nirgends der Wagen meiner Eltern. Onkel Heinrich schien nervös zu werden. Immer wieder huschte sein Blick über die Leitplanken hin zum Abgrund. Das machte mich schier wahnsinnig.

»Wo sind sie?« Meine Stimme zitterte.

»Keine Ahnung.«

Wieder eine leere Kurve. Und noch eine.

»Dein Vater muss ganz schön aufs Gas drücken«, sagte Onkel Heinrich. »Wahrscheinlich will er so schnell wie möglich aus den Bergen raus. Die Alpen sind bei Unwetter gefährlich.«

Ich nickte nur. Wir fuhren eine lang gestreckte Rechtskurve entlang um einen ausgebuchteten Felsen herum. Ein Blitz zuckte vom Himmel. Die Scheibenwischer quietschten über das Glas, gefolgt vom dumpfen Donnergrollen.

Dann sah ich Rücklichter in der Ferne schimmern.

»Da sind sie!«, hörte ich mich selbst erleichtert quieken.

Onkel Heinrich sagte gar nichts, doch ich bemerkte, wie er noch mehr Gas gab.

Die Rücklichter verschwanden hinter der nächsten Biegung, tauchten wieder auf, und dann tanzten sie von links nach rechts.

Ich hielt es erst für eine Verzerrung durch den strömenden Regen, doch Onkel Heinrich zog zischend die Luft ein und beschleunigte noch mehr. Der Motor des Benz brummte.

»Was ist los?« Ich schrie und wusste nicht, warum.

Dann begriff ich.

Der Audi meiner Eltern schlingerte wie wild von links nach rechts, benötigte die gesamte Fahrbahn.

Ich konnte beinahe hören, wie Katja vor Angst schrie, wie meine Mutter brüllte und Vater keuchend am Lenkrad kurbelte.

Auch Onkel Heinrich schnappte nach Atem.

»Tu was!«, kreischte ich. »Tu was!«

Das Heck des Audis schrammte knapp an der Felswand vorbei. Ich sah nur noch ein Rücklicht, dafür den Glanz des Frontscheinwerfers, der wie ein gebrochener Splitter durch den Regen schnitt. *Bleib einfach stehen*, betete ich. Und es sah wirklich so aus, als würde der Wagen langsamer werden. Ich hielt den Atem an. Meine Finger krallten sich in das Leder des Sitzes. Onkel Heinrich schrie etwas. Der Audi beschleunigte wieder, schnellte in die andere Richtung, schoss von rechts nach links, das Heck brach aus, hinüber auf die Gegenfahrbahn, näher heran an die Leitplanke, schlitterte durch die Rechtskurve über nassen Asphalt. Mutters Silhouette war im gleißenden Licht eines Blitzes zu erkennen, dahinter zwei ausgestreckte Arme, als wollten sie Mutter an der Kehle packen.

Ich hörte das Krachen nicht, als der Audi mit voller Breitseite in die Leitplanke knallte.

Ein Donner rollte über uns hinweg. Die Scheiben vibrierten. Und der Wagen kippte, neigte sich zur Seite, dem Abgrund entgegen. Ich brüllte. Onkel Heinrich brüllte.

Katja, Mutter und Vater brüllten. Sie kippten weiter, ganz langsam. Onkel Heinrich hatte den Benz zum Stehen gebracht. Wir sprangen hinaus in das Unwetter. Die Beifahrertür des Audis flog auf, kippte aber sofort wieder zurück, von der Schwerkraft überwältigt. Ich rannte auf den Wagen zu. Regen durchnässte mich.

Neben mir Onkel Heinrich mit weit ausgreifenden Schritten, schneller, schneller, doch auch zu langsam.

Mein Blick galt meiner Schwester: Sie hatte das Gesicht und beide Hände an die Scheibe gepresst, Mund und Augen entsetzlich weit aufgerissen, und starrte mich flehend an. *HILF MIR!*, sah ich ihre Lippen formen. Dunkle Lippen in einem fahlen Oval.

Dann neigte sich der Wagen noch weiter über den Abgrund. Etwas splitterte. Metall kreischte, als es sich verbog und schließlich brach. Ein Blitz zuckte.

Onkel Heinrich erreichte den Wagen vor mir. Er griff nach Katjas Tür, riss sie auf. Ich hörte meinen Vater kreischen: »Rette sie!« Meine Mutter wimmerte. Auch ihre Tür ging auf, aber nur halbherzig.

Wieder stöhnte Metall. Die Leitplanke gab nach. Der Wagen neigte sich nach unten. Onkel Heinrich wurde von der zurückschnellenden Tür getroffen. Er stürzte auf die Knie. Glas splitterte. Ich wollte an Onkel Heinrich vorbei, doch er riss mich im letzten Moment zurück, umschlang meinen Oberkörper mit seinen starken Armen. »NICHT!«, schrie er flehend und hielt mich umklammert.

Der Regen klatschte mir ins Gesicht. Der Wind fauchte.

Ich wollte mich wehren, doch alle Kraft wich aus meinem Körper, als der Wagen ein letztes Mal ächzte … und in die Tiefe stürzte.

28

Montag, 14. Juli – 19.16 Uhr

Der Döner war genau so zubereitet, wie Leonore ihn mochte: saftiges Kalbfleisch, viel Salat, extra Soße und ein Hauch Chili – alles verpackt in ein knusprig gegrilltes Pita.

Sie drückte es in ihren Händen zusammen, sodass die harte Kruste krachte und die Knoblauchsoße vorn herausquoll, und hielt für einen Moment inne, als ihr der Geruch in die Nase stieg. Wann hatte sie das letzte Mal einen Kebab gegessen? Sie wusste es, und die Erinnerung war bitter.

Es war mit Hannes gewesen, einige Wochen bevor er sie von heute auf morgen verlassen hatte. Er hatte sie mit einem seiner spontanen Einfälle überrascht.

»Was wird das?«, fragte Leonore kichernd, als Hannes ihr eine schwarze Augenbinde über das Gesicht streifte und die Welt in samtener Dunkelheit verschwand.

»Eine Überraschung. Es wird dir gefallen.«

Leonore spürte Hannes vor sich. Er nahm ihre Hände und legte sie sich auf die Schultern. Langsam ging er in die Hocke, griff zärtlich nach einem ihrer Füße und … zog ihr Turnschuhe an.

»Wir gehen aus?«, fragte sie überrascht. Sie hatte an diesem Samstagabend eher einen Ausflug ins Schlafzimmer erwartet.

»Warte es ab«, antwortete er sanft und zog ihre Schnürsenkel fest. Ein Schlüsselbund klimperte. Hannes trat hinter sie, eine Hand auf ihrer Hüfte, sein Atem warm in ihrem Nacken, und führte Leonore Richtung Ausgang, vorsichtig die zweimal sieben Stufen ins Erdgeschoss hinab und dann ... in die Garage. Die Blinker fiepten, als er den Wagen aufsperrte. Er lotste Leonore zur Beifahrerseite. Die Tür knackte. Seine Hand legte sich schützend um ihren Kopf, viel zärtlicher als Leonore das sonst bei Verdächtigen tat. »Pass auf, dass du dir den Kopf nicht stößt ... ja, super.« Dann schloss er hinter ihr die Tür.

Gespannt wartete Leonore, bis auch Hannes im Wagen Platz genommen hatte. Das elektrische Garagentor summte, der Schlüssel klickte, als er ins Schloss glitt, und der Motor brummte auf.

»Hannes?«

»Ja, Liebes?«

»Was, wenn mich jemand so sieht? Eine Kommissarin mit Augenbinde auf dem Beifahrersitz. Ich ... es ... könnte Ärger geben.«

Sie spürte, wie seine Finger über ihre Wange strichen, zärtlich und sanft und voller Liebe. »Du machst dir unnötig Sorgen. Entspann dich und genieß das Leben.«

»Wie lange werden wir unterwegs sein?«

»Du musst immer alles unter Kontrolle haben, oder?« Jetzt klang er ein wenig gereizt, und Leonore biss sich auf die Unterlippe.

»Tut mir leid.«

»Schon gut. Das ist wohl das Los mit einer Polizistin als Partnerin. In zehn Minuten sind wir da ... und jetzt genieß die Vorfreude auf das Unbekannte. Es wird dir gefallen.« Er hauchte ihr einen Kuss auf die Wange.

Leonore nickte und lümmelte sich in den Beifahrersitz.

Nach drei Minuten Fahrt ertappte sie sich dabei, anhand der gefühlten Kurven und Abbiegungen nachzuvollziehen, wohin sie fuhren. Leonore ermahnte sich selbst und versuchte, ihr Polizistengehirn abzuschalten. Hannes wollte sie überraschen. Das sollte sie ihm und vor allem sich selbst nicht verderben.

Als er den Wagen zum Stehen brachte und das Fenster surrend nach unten glitt, erwachte ihre Neugierde wieder.

»Eine Karte«, sagte Hannes nach draußen, und ein Mann nannte einen Preis. Es hörte sich an, als käme die Stimme aus einem Lautsprecher. Wo zum Teufel waren sie?

Leonore verbiss sich die Frage. Sie lauschte, wie Hannes mit seinem Geldbeutel hantierte und Wechselgeld einsteckte. Schließlich nannte die Lautsprecherstimme eine Radiofrequenz, wünschte viel Spaß, das Fenster glitt nach oben, und Hannes steuerte den Wagen langsam hin und her, als würde er einparken. Dabei wippte es auf und ab.

Der Motor brummte leise. Das Radio begann zu dudeln.

»So, Liebes, wir sind da.« Hannes' Worte streichelten ihr Ohrläppchen, und Leonore erschauerte. Er griff an ihren Kopf und entfernte vorsichtig die Augenbinde.

Leonore blinzelte zweimal, dann weiteten sich ihre Augen.

»Du bist verrückt!«

»Gefällt es dir?«

Leonore blickte sprachlos auf die riesige Leinwand, die sich etwa zwanzig Meter vor ihrem Wagen in den Nachthimmel spannte. Der Vorspann zu *Dirty Dancing* flimmerte darüber. Aus dem Radio drang *Be My Baby*.

»Ein Autokino«, hauchte Leonore. »Ich war seit zwanzig Jahren nicht mehr in einem Autokino!«

»Nostalgie pur«, sagte Hannes und drückte an der Mittelkonsole herum. Fast augenblicklich wurde es warm an ihren Hintern. Hannes hatte die Sitzheizung aktiviert. »Nur mit etwas mehr Komfort als damals.« Er grinste schelmisch.

»Und mit dem Wissen, was man im Leben möchte.« Leonore beugte sich zu ihrem Freund hinüber und küsste ihn innig. Als sie sich von ihm löste, war sie ein wenig außer

Atem. »Danke, Schatz! Ich liebe dich!«

»Ich dich auch.«

Noch bevor der Filmvorspann zu Ende war, hatten sie den Motor abgestellt und waren kichernd auf die Rücksitzbank geklettert.

»Willst du wirklich hier …?« Leonore strich ihm eine dunkle Haarsträhne aus der Stirn. Ihre andere Hand ruhte auf seiner Brust, sie spürte seinen kräftigen Herzschlag; er war schneller als sonst. »Was, wenn uns jemand …?«

»… erwischt?« Er grinste und zog sie näher an sich heran, sodass sie seine Aufregung und den Hauch seines herben Rasierwassers roch. »Der soll gern zusehen und neidisch sein, was für eine tolle und geile Frau ich auf meinem Schoß habe.«

Und dann küsste er Leonore so leidenschaftlich, dass ihr vollends die Luft wegblieb.

Eine Stunde später verließen sie vorzeitig, völlig verschwitzt, mit geröteten Wangen, zerzausten Haaren und hungrig wie zwei Bären das Autokino. Sie ignorierten den grimmigen Blick des Kassierers und prusteten laut. Dann landeten sie in einer Dönerbude. So wie sich das laut Hannes für *Jugendliche* Anfang vierzig gehörte.

»Stimmt etwas nicht?« Walters Stimme holte Leonore ins Hier und Jetzt zurück. »Du siehst ganz deprimiert aus.«

Leonore riss den Blick von der glänzenden Knoblauchsoße.

»Alles in Ordnung«, sagte sie und schluckte die Erinnerung hinunter. Sie war bitter und sperrig und schien in ihrem Hals stecken zu bleiben wie ein Haarknäuel im Abfluss. Leonore bekam keine Luft, und Panik drohte sie zu überwältigen, doch sie zwang sich zur Ruhe, schluckte schwer und biss in den Döner.

Als die Knoblauchsoße ihren Mund erfüllte und das Chilipulver auf ihrer Zunge brannte – genauso wie damals mit Hannes –, spürte sie eine Träne im Augenwinkel. Ihre

Finger verkrampften sich, und dabei quoll ein Teil der Füllung aus dem Fladenbrot, tropfte auf den Stehtisch vor ihnen. Leonore war froh darum. So konnte sie hastig den Kopf nach vorn neigen und ihre feuchten Augen vor Walter verbergen.

29

Montag, 14. Juli – 11.19 Uhr

Nachdem Lucas den Mädchen die Handys abgenommen hatte, hatten sie begriffen, dass dieser Ausflug nicht so verlief, wie er sollte. Sie hatten verstanden, dass Lucas nicht der nette Onkel war. Er sah das Verstehen in ihren Augen – und die nackte Angst.

Einige der Kinder weinten lautlos, andere starrten ihn an, und der Rest schluchzte vor sich hin.

Aber wenigstens hatte das Begreifen etwas Gutes: Er brauchte nicht mehr einen auf *scheißfreundlich* zu machen, wie sein Vater dazu gesagt hätte. Die Erinnerung an Peter Höller schnürte ihm für einen Moment den Atem ab. Er fing sich jedoch sofort wieder und schluckte die schmerzhaften Erinnerungen hinunter.

»Ich will nach Hause«, jammerte eines der Mädchen.

»Ich auch«, fügte ein zweites hinzu. Untermalt wurden die Worte von unkontrollierten Schluchzern.

»Ruhe!«, befahl er. »Ihr werdet erst mal etwas essen und trinken.« *Damit ihr nicht umkippt. Ich will euch zuckend und voller Leben!* »Dort hinten gibt es Cola, Limonade, Wasser, Chips und Gummibärchen.« Lucas deutete auf eine Kommode, die mit Süßigkeiten gefüllt war und neben der die Getränkekästen standen. »Wenn ihr brav seid, kriegt ihr später auch noch etwas Warmes zu essen. Vielleicht Grillwürstchen. Verstanden?«

Er erntete verständnislose Blicke und kullernde Tränen. Er hatte gewusst, dass acht Mädchen kein Kinderspiel werden würden, aber dass sie ihm so auf die Nerven gingen, damit hatte er nicht gerechnet. Aber sie waren jegliche Mühen wert. Jede Einzelne. Oh, was würde das für ein Fest werden!

Aber welche sollte die Erste werden? Die Dunkelhaarige mit dem Pagenkopf? Die Blonde mit den zwei Zöpfen?

Lucas ließ seinen Blick über die Kinder schweifen. Wie die Orgelpfeifen saßen sie auf der ausladenden Eckbank der Stube des Almhauses. Eine lebendiger als die andere.

An einem dunkelblonden Mädchen mit Sommersprossen und geröteten Wangen blieb sein Blick kleben. Sein Herz pochte. Bist du die Erste? Ja? Er legte zögernd den Kopf zur Seite, betrachtete die pfirsichfarbenen Wangen und die kirschroten Lippen, prall und glänzend.

Er hatte seine Wahl getroffen. Einen Moment lang überlegte er, wie ihr Name war. Wenn ihn nicht alles täuschte, hieß die Kleine …

»Leonie«, sagte er mit sanfter Stimme und lächelte. *Scheißfreundlich*, hörte er seinen Vater erneut schnauzen. Lucas schob diesen Gedanken beiseite und konzentrierte sich auf das Mädchen. »Komm bitte zu mir.«

Leonie zögerte. Sie rutschte nervös auf der Sitzfläche hin und her, biss sich auf die Unterlippe, sah kurz zu ihren Freundinnen, die alle zu Boden blickten, stand dann jedoch auf und näherte sich ihm vorsichtig.

»Ich will zu Frau Wimmer«, sagte sie.

»Ja? Willst du das wirklich?«

Leonie nickte.

»Gut. Dann komm.« Lucas streckte ihr die Hand entgegen, doch Leonie schüttelte nur den Kopf.

»Ich mag dich nicht mehr«, sagte sie bestimmt. »Ich komme nur mit, wenn ich Frau Wimmer sehen kann.«

»Dass wirst du. Also komm jetzt!«

Sein Befehlston schien ihren Widerstand zu brechen. Sie trat auf ihn zu. *Geht doch!*, dachte er. Zufrieden wandte sich

Lucas der Tür zu. Hinter ihm sprangen im selben Moment mehrere der Mädchen auf. Er hörte ihre Füße auf die Holzdielen plumpsen.

Verärgert fuhr er zu ihnen herum und schrie: »Ihr nicht!«

Die Kinder erstarrten. Auch Leonie wich erschrocken zurück, doch Lucas packte sie am Arm und zerrte sie mit sich zur Tür. Ihren Aufschrei ignorierte er.

»Ihr werdet jetzt essen und trinken!«, brüllte er. »Habt ihr mich verstanden?«

Die Kinder stierten auf Leonie, die mit vor Entsetzen weit aufgerissenen Augen an ihm hing wie eine Strohpuppe. Dann nickten alle.

»Geht doch«, sagte Lucas und grinste teuflisch. »Bis später.«

Damit zerrte er Leonie hinter sich durch die Tür und sperrte die restlichen sieben in die Stube. Mit einem unheilvollen Knacken rastete das rustikale Schloss ein.

So waren sie nun also sicher verstaut, seine Schätze.

Noch bevor er mit Leonie das Almhaus verließ, hörte er sie bereits von innen gegen die Tür hämmern und nach Frau Wimmer rufen. Sollten sie nur. Hier auf der Alm würde sie weit und breit niemand hören – außer den Kühen vielleicht.

Lucas schnappte sich den Bollerwagen, der immer noch vor der Kellertür stand, und verließ das Haus. Leonie trat nach ihm, warf sich in alle Richtungen und schlug wild um sich, als ihr klar wurde, dass sie hinaus in den Wald gingen. Doch ihr Widerstand erlahmte schnell. Nach fünf Minuten trottete sie nur noch wie ein Schoßhund neben ihm her, hinein zwischen die Bäume und auf direktem Weg zur Hütte am See. Das war sein Ziel. Sein Elysion.

Feuertrunken wirst du jetzt ihr Leben nehmen.

30

Endlos lange stand ich dort in den Armen meines weinenden Onkels, einen Meter vom Abgrund entfernt, in dem meine Familie verschwunden war. Auch ich wollte weinen, doch unfähig zu begreifen, was eben passiert war, starrte ich hinab in das wogende Stahlgrün der Bäume. Immer wenn ein Blitz vom Himmel zuckte, wurde das Tal in Grau und Weiß und Schwarz getaucht. Dazu peitschte der Wind die verschwommenen Wipfel hin und her, erfüllte den Abgrund mit einem Jaulen und Seufzen. So musste die Hölle klingen. Und in ihr war der Wagen verschwunden.

Auch mich zog es dahin. Es war, als riefe mich die Tiefe. Ich wollte zu ihnen, zu Katja, zu Mutter und zu Vater. Ich wollte es so sehr, und es wäre so einfach gewesen. Ein kurzer Anlauf, ein kleiner Sprung wie vom Ein-Meter-Brett im Schwimmbad, und schon wäre ich zu ihnen hinabgesegelt. Zu meiner Familie.

Ich erinnerte mich an das Gefühl des Sturzes, als wir am Morgen an der Aussichtsplattform haltgemacht hatten. Wie ich dort meinte, hinunterzufallen, endlos.

Es ist schon seltsam, wie sich vermeintlich böse Dinge plötzlich ins Positive verwandeln. Doch so weit kam es nicht.

Onkel Heinrich hielt mich eisern fest.

Irgendwann zerrte er mich sogar vom Abgrund weg, hin ins warme Scheinwerferlicht seines Wagens. Er ging vor mir in die Hocke, legte seine Hände auf meine Schultern und redete auf mich ein. Ich verstand kein Wort. Ich sah nur sein Gesicht vor mir: die an seinem Kopf klebenden Locken, die Tränen in den traurigen Augen – obwohl es auch der Regen hätte sein können – und die sich bewegenden Lippen, von denen das sonst ständige Grinsen getilgt worden war.

Er sprach und sprach. Onkel Heinrich sprach viel. Er liebte Worte und gewagte Reden. Was er jedoch in jenen Minuten sagte, bleibt für immer verborgen – wie so vieles aus jenen Stunden.

Die letzte glasklare Erinnerung habe ich an den Moment, als mir schmerzlich bewusst wurde, dass meine Taschenuhr die letzte Verbindung zu Mutter und Vater war. Ihr Abschiedsgeschenk. Mein neues Heiligtum.

Hektisch kramte ich sie hervor, doch zu meinem Entsetzen stellte ich fest, dass sich die Zeiger nicht mehr bewegten. Sie waren mit dem Tod meiner Eltern stehen geblieben, da half alles Aufziehen nichts mehr.

***

Nach diesem Ereignis fühlte ich mich, als schwebte ich wie ein Taucher in ohrenbetäubender Stille dahin. Ich weiß nicht mehr, wie lange ich in diese Lethargie hinabtauchte.

Aber eins weiß ich: Sie wurden gefunden. Alle drei.

Jahre später entdeckte ich einen Zeitungsartikel über den Unfall in Heinrichs Unterlagen. Groß war unser Audi abgelichtet – in Schwarz-Weiß. Ich erkannte ihn nur an den gehäkelten Sitzdecken, auf die meine Mutter immer bestanden hatte. Ein Geschenk von ihrer eigenen Mutter. Die Bezüge hingen zerfetzt und fleckig aus dem zusammengepressten Wagen, der aussah, als hätte ein zorniger Gott mit seinem Fuß darauf herumgestampft. Aber es waren eindeutig unsere Bezüge. Die Leichen meiner Eltern und meiner Schwester hatte man vor der Aufnahme natürlich entfernt.

»Marianne Höller – vierunddreißig Jahre.

Peter Höller – sechsunddreißig Jahre.

Katja Höller – elf Jahre.«

Ich höre die Worte des Pfaffen noch heute. Damals, Allerheiligen 1987. Die monoton dahingeleierten Sätze hatten mich so schockiert, mehr als das mit Blumen und Schneeflocken bedeckte Grab, vor dem ich an Heinrichs Seite stand.

Nach jenem Sonntag besuchte ich meine Familie nie wieder. Wozu auch? Mein Leben war vorbei. Stehen geblieben wie meine Taschenuhr. Ich war mit ihnen gestorben und dort begraben worden.

Die Geschichte ist traurig, ich weiß. Aber was in den Jahren *danach* mit mir passierte, ist der eigentliche Schrecken. Was sich Heinrich Höller ausgedacht hatte und in die Tat umsetzte … Er wurde zu meinem Mephisto.

Zuvor vergingen ein paar Jahre. In dieser Zeit beantragte er das Sorgerecht für mich. Er war mein einziger noch lebender Verwandter, wohlhabend und ein Mann von Welt. Natürlich erhielt er es, auch weil ich es wollte.

Er verpasste mir die bestmögliche Erziehung: Privatlehrer in Latein und Mathematik und Französisch und Astronomie und sonstigem Schnickschnack. Sein liebstes Augenmerk galt jedoch der Literatur. Hier förderte er mich besonders. Was lernte ich Goethe, Schiller und Poe auswendig!

Mitternacht umgab mich schaurig,
als ich einsam, trüb und traurig,
sinnend saß und las von mancher
längstverklung'ner Mähr' und Lehr' –

Ja, nach außen hin war Heinrich *der* Onkel schlechthin. Mir fehlte es an nichts – wenn man von meinen Eltern und Katja absah.

Doch sein wahres Ich zeigte er im Sommer 1992.

31

Montag, 14. Juli – 19.34 Uhr

Leonore hatte die schmerzende Erinnerung an Hannes in die tiefsten Tiefen ihrer Seele zurückgedrängt. Später konnte sie weinen und fluchen und all die Wut auf das Leben herausbrüllen, doch jetzt musste sie professionell sein.

Sie trat zu Walter an die Stirnseite des Besprechungszimmers. Das Geplapper der Anwesenden wurde leiser und verstummte auf Walters Räuspern hin ganz. Die Eltern der verschwundenen Kinder glotzten sie an.

In solchen Momenten wünschte Leonore sich eine dickere Haut, um sich dahinter zu verschanzen. Leider war das Gegenteil der Fall: Ihre MS zerstörte jegliche Härte, die sie sich in den letzten Jahren aufgebaut hatte.

Sie erinnerte sich noch gut an ihren fünften Fall: ein geisteskranker Serientäter, der seinen Opfern die Haut abzog. Man brauchte nur die Nachrichten einzuschalten: Die Welt war grausam. Sie zerstörte oft mit schrecklicher Nebensächlichkeit Menschenleben. Eine Flutkatastrophe hier, ein Flugzeugabsturz dort. Das war nichts Neues, aber damals, als Leonore in der Gerichtsmedizin vor dem gehäuteten Mann stand, hatte sie diese Tatsache erst *begriffen*: Die Menschheit brachte manchmal ein Individuum hervor, das Freude daran fand, andere Menschen zu zerstören. Ihr Eindruck von diesem Individuum war schlimmer gewesen als alles, was sie zuvor an Brutalitäten gesehen hatte. Diese Erkenntnis hatte bis zum Ausbruch der MS jede Sekunde ihres Denkens an ihrer Haut gerieben und eine dicke Schicht

Horn erzeugt. Andernfalls wäre sie schon lange wund gescheuert worden. Doch jetzt …

… fühlte sie sich rosig und verletzlich wie ein Babypo. Lucas war ebenfalls so ein gestörtes Individuum. Und er hatte neun Menschen in seiner Gewalt, davon acht Kinder. Das mussten sie nun diesen armen Müttern und Vätern irgendwie beibringen.

Sie hatte keine Ahnung, wie.

»Meine Damen und Herren«, begann Walter, brach ab, sah zu Boden, wieder auf und sagte dann: »Nach neusten Erkenntnissen müssen wir davon ausgehen, dass Ihre Kinder vom Lebensgefährten der Lehrerin Frau Wimmer entführt wurden. Sein vermutlich falscher Name lautet Lucas.«

Entsetztes Gerede wurde laut, alle sprachen durcheinander. Ein Mann schlug mit der Faust auf den Tisch. Die Sätze flogen nur so durcheinander. »Steckt Frau Wimmer dahinter?« – »Wer ist dieser Lucas?« – »Was hat er vor?« – »Wo sind sie?«

Walter hob besänftigend die Hände und bat um Ruhe.

»Wir wissen konkret, dass Ihre Kinder heute Morgen vom Bahnhof zusammen mit Frau Wimmer ins alte Industriegebiet marschiert sind. Dort brechen alle Handysignale ab. Höchstwahrscheinlich ein mobiler Störsender. Es ist eine Hundertschaft vor Ort und sucht das Gelände großflächig ab. Wenn Ihre Kinder dort sind, dann finden wir sie.«

»Und wenn nicht?«, fragte ein Vater.

»Was ist mit Lösegeld?«, warf ein anderer ein. »Ich bin bereit, jeden Preis für meine Tochter zu zahlen.«

»Ich auch!«

Daraufhin schrien wieder alle wild durcheinander. »Nicht jeder hier im Raum strotzt so vor Geld«, rief eine Mutter, und Tränen folgten.

Leonore tauschte mit Walter einen Blick, dann räusperte er sich abermals laut. »Ihre Kinder sind nun seit elf Stunden verschwunden. Wir müssen davon ausgehen, dass es keine Lösegeldforderung mehr geben wird.«

»Wer sagt Ihnen das?«

»Die Statistik.«

»Und was bedeutet das?«

Ein Vater erhob sich. Der Bärtige. »Das kann ich euch sagen«, zischte er. »Irgendein Perverser hat unsere Kinder, oder?« Er wandte sich Walter zu. »Das ist es doch, wovon Sie ausgehen, Herr Brandner? Wir haben es mit einem Mörder zu tun. Oder einem Kinderschänder.«

Alle blickten Walter an. Dieser nickte nur.

»Und was haben Sie konkret?« Die Frage kam von einer sehr gefasst wirkenden Mutter.

Leonore lächelte innerlich. Dieser Tonfall war konstruktiv. Vielleicht brachte er etwas Ruhe in den Raum.

»Wir haben Fingerabdrücke und DNS-Spuren in Frau Wimmers Wohnung gefunden«, erklärte Walter. »Männliche DNS. Die Bestimmung dauert aber noch einige Stunden. Weiterhin suchen wir im Umfeld der Schule und auf dem Weg zum Bahnhof nach Zeugen, die die Klasse gesehen haben könnten. Auch untersuchen wir alle Mietgaragen, die auf dem alten Industriegebiet vorhanden sind. Wir gehen davon aus, dass die Kinder mit einem Kleinbus abtransportiert ...«

»ABTRANSPORTIERT!«, brüllte der Bärtige und sprang auf. »SIE REDEN VON UNSEREN TÖCHTERN, NICHT VON SCHLACHTVIEH.«

Es schien, als wollte der Mann über den Tisch hechten und sich auf Walter stürzen, doch die beiden Herren zu seinen Seiten hielten ihn zurück und zogen ihn wieder auf seinen Stuhl.

»Ich ... ich weiß, dass dies nicht leicht für Sie ist«, fuhr Walter betroffen fort. »Wahrlich nicht leicht. Auch nicht für uns. Wir tun, was wir ...«

»Herr Brandner! Herr Brandner!«, schrie eine Mutter von der anderen Seite. Sie streckte ihm ihr Handy wie eine Autogrammkarte entgegen. »Vielleicht hab' ich ihn! Sehen Sie! Schnell!«

Noch bevor Leonore reagierte, stürmte Walter in die Mitte der u-förmig aufgestellten Tische und beugte sich über das Handy. Leonore trat eilig neben ihn.

Das Display zeigte ein Foto. Darauf war eines der entführten Mädchen abgelichtet. Sie hatte ein einnehmendes Sommersprossenlächeln, während der Sonnenschein mit ihren blonden Haaren spielte. Im Hintergrund sah man verschwommen die Rundbögen der Realschulvilla … und davor ein Pärchen, das sich zu Fuß entfernte. Die Frau, eindeutig Kristina Wimmer, strahlte über das ganze Gesicht, das sie ihrem Begleiter zugewandt hatte. Sie hatte sich bei ihm eingehakt.

Leonores Puls beschleunigte. Ein Mann. Kristinas Freund. Lucas!

Doch leider erkannte man nicht viel von ihm. Man sah ihn nur von hinten, und er war zur Hälfte vom Bildrand abgeschnitten. Er trug Jeans, ein weißes T-Shirt und eine schwarze Baseballmütze. Wenn sie nicht alles täuschte, lugte eine Locke unter der Mütze hervor.

»Von wann ist die Aufnahme?« Walters Stimme zitterte.

»Von vor zwei Wochen etwa. Da war so tolles Wetter, und Leonie hatte einen super Tag.«

»Haben Sie den Mann auch von vorn gesehen?«

Die Frau schüttelte den Kopf. »Leider nein.«

»Können Sie bitte mitkommen? Wir brauchen kurz Ihr Handy, um das Bild zu sichern.« Mit roten Wangen trat er zurück in die Mitte des Raumes. »Wir haben eine neue Spur«, rief er laut. »Bitte entschuldigen Sie mich.«

Und damit eilte Walter, die Frau samt Handy im Schlepptau, aus dem Raum.

Leonore blickte ihnen hinterher und dachte an die geplante Acht-Uhr-Pressemitteilung, die Walter offenbar vergessen hatte. Kopfschüttelnd stellte sie sich vor die restlichen Eltern und übernahm das Wort.

***

Fünfzehn Minuten später betrat Leonore ihr gemeinsames Büro. Walter saß hinter dem Schreibtisch, sah stur in den Monitor, seine Hände im Schoß gefaltet, das Gesicht blassblau im Schein des Displays. Nachdem er sich eine gefühlte Minute nicht gerührt hatte, ging Leonore zu ihm.

Das Foto war zu vierhundert Prozent vergrößert, und der Ausschnitt mit Lucas und Kristina füllte den gesamten Monitor aus.

»Sieht so eine Frau aus, die acht Kinder entführt?« Seine Stimme war nur ein Flüstern.

Leonore musterte die abgelichtete Lehrerin. »Sieht verdammt glücklich aus.«

»Verliebt, oder?«

»Ja, sehr sogar.«

»Und was tut man für Liebe?«

»Manche ziemlich viel, wenn du an den Niklas-Rauch-Fall denkst. Wie viele hat er wegen seiner großen Liebe umgebracht? Dreiundzwanzig?«

Walter nickte abwesend. »Aber sie?« Er blickte unverwandt auf Kristina. »Sie liebt Kinder über alles. Sie entführt sie nicht. Nicht einmal für ihn. *Er* ist es.« Dabei klopfte Walter auf den Monitor. Auf Lucas' Rücken. »Wenn du mich fragst, ist Kristina Wimmer genauso in Gefahr wie die Mädchen.«

»Und hast du eine Ahnung, wer er sein könnte? Erkennst du ihn?«

Walter zögerte für einen Herzschlag, dann schüttelte er entschieden den Kopf.

Leonore musterte ihren Kollegen. Warum hatte er gezögert?

»Hast du ihn erkannt?«, hakte sie noch einmal nach.

Jetzt wandte sich Walter vom Monitor ab, sah sie direkt an. Seine Brauen zogen sich zusammen. »Was soll die Scheißfrage? Natürlich habe ich ihn *nicht* erkannt!«

Sie wollte etwas erwidern, doch er stand abrupt auf und stapfte aus dem Büro.

Leonore hörte nur noch das Zuschlagen der Tür.

32

»Bist du aufgeregt?«, wollte Heinrich wissen.

Ich saß schweigend auf dem Beifahrersitz und ließ mir die Locken um den Kopf tanzen. Mein Blick verweilte irgendwo in der Ferne, wo sich Berggipfel im Dunst verloren.

Weil ich nicht antwortete, fuhr mir Heinrich mit seinen warmen Fingern durchs Haar. »Es ist das Geschenk schlechthin. Du wirst sehen.«

Ich deutete ein Nicken an und schwieg weiter. Was sollte ich auch sagen? Wir hatten vor wenigen Minuten das erste Mal seit dem Unfall die Absturzstelle passiert, und ich hatte einen Blick auf das hellere Stück Leitplanke erhascht, das die bisherige vervollständigte. Mein Gehirn schien seitdem ein einziges Durcheinander zu sein, ein Schlachtfeld, auf dem sich Trauer, Wut, Hass, Liebe und alle anderen Emotionen gegenüberstanden und dann aufeinander eindroschen.

Meine Stille schien Heinrich nicht zu gefallen.

»Hast du Angst davor, zurückzukehren?«, bohrte er nach.

Ich nickte.

»Die musst du nicht haben. Auf der Hütte hatten wir zusammen immer den größten Spaß, und den werden wir wiederholen. Die Hütte soll für dich wieder der Ort reinster Freude werden.«

»Aber ohne ...«, setzte ich an, doch meine Stimme versagte mir den Dienst.

Abermals spürte ich Heinrichs Finger in meinen Haaren. »So darfst du nicht denken, Junge. Die Erinnerung an deine Eltern und Katja ist schmerzlich, aber sie hat nichts mit der

Hütte zu tun. Im Gegenteil: Dort hattest du die letzten fröhlichen Momente mit ihnen. Dort atmet alles noch diesen Esprit von damals. Dort werden wir glücklich sein. Es wird unser Elysion, unser Paradies! Du wirst sehen.«

Und ich sah.

Als der Benz gegen Mittag vor das Almhaus rollte, hatte mich ein ganz seltsamer Gefühlszustand übermannt. Ich fühlte mich schwerelos, beinahe wie in einem Traum, durch den man ohne das Gewicht seines Körpers schwebte.

Wir holten den Bollerwagen aus dem Schuppen, beluden ihn mit frischen Bratwürsten und Limonade, was wir beides in einer Kühlbox mitgebracht hatten, und marschierten dann durch den stillen Wald zur Bootshütte. Ich hörte einen einsamen Vogelruf und das vereinzelte Quietschen der Reifen des Bollerwagens, wenn sie in eine Vertiefung des Waldwegs glitten. Der See schimmerte durch die Bäume, reflektierte ein verzerrtes Spiegelbild der gegenüberliegenden Uferseite und der Bergsilhouette.

Ich meinte, fünf Jahre jünger zu sein und jenen 12. Juli 1987 ein zweites Mal zu erleben. Die Sonne brannte vom Himmel, wobei die Schatten unter den Bäumen genauso kühl wie damals wirkten. Bald würden meine Eltern kommen. Gleich würde das rote Ruderboot im Wasser auftauchen, PATRICK in großen Lettern auf dem Rumpf.

Das Ruderboot war da, lag aber umgedreht auf dem Ufer wie ein gestrandeter Wal. Die Farbe war verblasst, wirkte eher rostrosa als rot, und die Buchstaben meines Namens hatten Risse bekommen.

Als ich das Boot auf dem Kies liegen sah und das Nagen des Zahns der Zeit erkannte, begriff ich endgültig, dass Mutter, Vater und Katja nie wiederkommen würden. Katja würde nicht in fünf Minuten im Pferdchengalopp aus dem Wald hüpfen. Und mit diesem Begreifen kam ein unbändiger Hass auf … ja, auf das Schicksal. Auf Gott und die Welt, warum sie das zugelassen hatten. Warum sie *mir* dieses Glück genommen hatten.

Ich bemerkte, dass ich stehen geblieben war, dass mir Tränen über die Wangen strömten, dass meine Hände zu Fäusten geballt waren und zitterten und dass Heinrich einige Meter entfernt wartete. Er schwieg, und als ich mit tränenverschleiertem Blick zu ihm aufsah, meinte ich für einen Herzschlag ein zufriedenes Lächeln von seinen Lippen huschen zu sehen.

»Nimm dir Zeit«, sagte er leise. »Dieser Ort ist das Paradies auf Erden. Hier durftest du mit Katja, Marianne und Peter einen Teil deines Lebens verbringen. Einen glücklichen Teil. Das war ein sehr wertvolles Geschenk, mein Junge. Trage diese Erinnerung immer in deinem Herzen … und nutze sie für dich. Schöpfe Kraft daraus. Und erinnere dich daran, wie das *Schicksal* dir dieses Glück zerstört hat. Aus einer Laune heraus, weil das Schicksal nun mal launisch ist. Füttere aus deiner Erinnerung diesen Hass, den du in dir spürst.«

»Woher …?«

»Ich spüre ihn auch, Junge. Denselben brodelnden Hass. Das Schicksal hat mir meinen Bruder genommen, meine Schwägerin und meine Nichte! Katja war gerade erst elf. Elf Jahre! Ein schlechter Witz.« Er trat zu mir heran und ging in die Hocke. »Wenigstens bist du mir geblieben, Patrick. Du bist mein Ein und Alles. Gemeinsam werden wir dem Schicksal eins auswischen. Gemeinsam zeigen wir es dieser launischen Bestie. Das ist mein Geschenk an dich. Wir genießen erst das Leben in vollen Zügen, und dann schlagen wir zu! Bist du bereit?«

Und ich war bereit.

Für honigsüße Rache ist man immer bereit.

33

Montag, 14. Juli – 13.35 Uhr

Kristinas Atem hatte sich beruhigt.

Es ging ihr deutlich besser als im ersten Moment, als sie zu sich gekommen war. Dieses schreckliche Schwindelgefühl war fast weg. Ihre Schulter, ihr Hüftknochen und ihre Knie schmerzten an den Stellen, wo sie beim Liegen den Steinboden berührt hatten, aber das war alles. Sogar das Pochen in ihrem Kopf hatte nachgelassen. Es hatte zwar eine gefühlte Ewigkeit gedauert, aber jetzt konnte sie wieder einigermaßen klar denken. Sie wusste, wer sie war und dass man sie entführt hatte. *Wo* sie sich jedoch befand und *wie* sie hierhergekommen war, lag in einem undurchdringlichen Dunstkreis.

Sie hatte sich irgendwie in eine Sitzposition manövriert und saß gefesselt in einem muffigen Kellerraum. Sie blickte durch ein vergittertes Fenster auf Bäume und – entsetzlicherweise – einen entfernten Berg. Einen Berg! Die Alpen lagen gut eineinhalb Fahrtstunden entfernt. Wieso war sie hier? Weshalb hatte man sie in einen Kellerraum gesperrt? Und warum erinnerte sie sich an nichts?

Wieso, weshalb, warum? Wer nicht fragt, bleibt dumm.

Die einzige Frage, die sie sich ohne Zweifel beantworten konnte, war, *wer* sie entführt hatte. Nur Lucas kam infrage. Aber warum? Was hatte er vor?

Sie hatten gemeinsam mit den Kindern zum Zoo gewollt und waren dann mit seinem Kleinbus aufgebrochen. Danach verlor sich ihre Erinnerung im Nebel.

»Lucas!«, rief Kristina laut, wobei sich ihre Stimme blechern anhörte. Nichts geschah. Atemzüge verstrichen. Ihr Verstand arbeitete fieberhaft, als sie auf eine Reaktion wartete, doch sie hörte nur ihr eigenes Blut in den Ohren rauschen.

Zwei Fragen drängten sich ihr besonders auf: Wo waren die Kinder? Und was hatte er mit ihnen gemacht? Ihr fielen genug Antworten ein, die ihr Furcht einjagten. Sie versuchte, die Angst hinunterzuschlucken, erwischte aber zu viel Luft und verschluckte sich, rang nach Atem, hustete und spuckte klebrigen Speichel aus.

Hatte sie sich in Lucas getäuscht? Hatte ihre Menschenkenntnis derart versagt?

Das wollte sie nicht glauben.

Kristina zerrte erneut an ihren Fesseln, mit denen ihre Hände auf dem Rücken zusammengebunden waren. Es war ein zentimeterdickes Seil, wenn Lucas das gleiche wie für ihre Füße benutzt hatte. Wenn sie irgendeine scharfe Kante im Raum fand, konnte sie die Fesseln vielleicht durchscheuern und sich befreien. *Zum Glück hat er keinen Kabelbinder benutzt.*

Sie sah sich genauer um. Es gab ein roh gezimmertes Holzregal, einen Tisch an der Wand und leere, aufeinandergestapelte Holzkisten. Dann entdeckte Kristina ein weiteres Regal neben dem Fenster. Es bestand aus Holzbrettern, die auf schlichte Metallhalter gelegt waren. Die Halterungen waren in der Wand verankert und sahen kantig aus. Kristina bemerkte stellenweise Rost.

Sie blickte lange auf die Halterung, dann sagte sie entschieden: »Also gut.«

Vorsichtig – um nicht das Gleichgewicht zu verlieren und hart auf den Boden aufzuschlagen – robbte sie Zentimeter für Zentimeter Richtung Fenster. Auch ihre zweite Schulter begann von der ungewohnten Haltung zu brennen, doch sie biss die Zähne zusammen und bewegte sich vorwärts. Auf der Hälfte des Wegs wurde ihr übel, und sie musste innehalten, bis die Übelkeit abebbte. Dann quälte sie sich weiter, bis sie, abermals von Übelkeit heimgesucht, das Regal erreichte. Schwer atmend ließ sie sich gegen die Bretter sinken und schloss die Augen.

Das wirst du mir büßen, schwor sie sich.

Als sie sich besser fühlte, tastete sie mit den Fingern über die Halterung. Es war ein T-förmiger Metallhalter. Die untere Kante war rau und uneben.

Volltreffer.

Kristina scheuerte mit ihren Handfesseln über die Unterkante. Hin und her. Viel Bewegungsspielraum blieb ihr nicht. Vielleicht zehn Zentimeter. Aber es musste genügen.

Hin und her.

Sie arbeitete, bis ihr der Schweiß auf der Stirn stand und sie meinte, ihre Schultern würden in Flammen stehen. Sie versuchte, die Arme zu entspannen, rollte mit den Schultern, zog die Schulterblätter zusammen, wie sie es in einer Entspannungsfortbildung für Lehrer gelernt hatte. Dann zerrte sie probeweise an ihren Fesseln, doch ihre Handgelenke blieben fest zusammengebunden.

Erneut biss sie die Zähne zusammen und scheuerte weiter. Hin und her. Plötzlich rutschte sie ab. Ein stechender Schmerz schoss ihr in den Handballen. Sie spürte es warm und feucht auf ihrer Haut. Sie hatte sich geschnitten.

Geschnitten!

Es musste einen scharfen Grat geben.

Trotz des brennenden Schmerzes in ihrer Hand tastete sie abermals über das Metall. Ihre Finger waren glitschig vom Blut. Dann strich ihre Fingerkuppe über eine Erhebung. Ein vielleicht zwei oder drei Millimeter hoher Grat, der sich zu einer ordentlichen Spitze verjüngte.

Erneut legte sie die Fesseln an die Halterung, rieb darüber und hoffte, den Grat zu treffen. Und sie traf. Als sie ihre

Arme ganz nach hinten schob, spürte sie, wie das Metall ratschend ins Seil schnitt.

Kristina presste ein »Ha!« hervor. Sie zog ihre Hände wieder zu sich heran. Es ratschte laut. »Dir zeig ich's!«, bellte sie und scheuerte weiter. Jede Bewegung wurde mit einem Reißen von Fasern quittiert. Das Geräusch war Wonne in ihren Ohren. Sie vergaß ihre Schmerzen, das Blut, das Brennen und ihre Übelkeit. Sie konzentrierte sich nur auf das *Ratsch, Ritsch, Ratsch, Ritsch*.

Kristina beschleunigte ihr Tempo, rieb ihre Handgelenke nun wie wild an dem Metall – und dann gab das Seil nach. Die letzten Fasern rissen, ihre Hände schnellten zur Seite.

Kristina begann zu weinen und zu lachen, als sie ihre befreiten Hände vor sich sah. Beide waren blutverschmiert. Sie hatte sich einen etwa vier Zentimeter langen Schnitt in den Handballen zugefügt, aber das war ihr vorerst egal.

Sie betrachtete noch einen Moment fassungslos ihre Hände, dann zerrte sie fieberhaft an ihren Fußfesseln. Es dauerte eine ganze Weile, bis sie die stramm sitzenden Knoten mit ihren zitternden und glitschigen Fingern gelöst hatte.

Dann öffnete sich der letzte Knoten, und Kristina konnte ihre Beine bewegen.

Beinahe hätte sie vor Freude laut gelacht, doch sie unterdrückte den Impuls. Was, wenn Lucas in der Nähe war und jetzt zurückkam? Sie würde überhaupt nichts gegen ihn ausrichten können. Er würde sie mühelos überwältigen, wie er es spielerisch beim Sex getan hatte. Sie wusste, wie stark er war. Sie hatte gegen ihn keine Chance. Sie musste ihn überraschen.

Vorsichtig stemmte sich Kristina auf die Beine. Sie drohten, unter ihr nachzugeben, aber es blieb bei einer Drohung. Das Beben ließ nach einigen Sekunden nach, und zurück blieb nur ein leichtes Zittern. Damit konnte sie leben.

Kristina durchquerte den Kellerraum. Die Tür war

abgeschlossen. Damit hatte sie gerechnet. Danach ging sie zum Kellerfenster, vor dem eine Kommode stand. Sie streckte sich darüber hinweg. Der Fenstergriff quietschte protestierend, als sie ihn zur Seite drehte, doch das Fenster sprang auf. Frischluft strömte herein, die die Hitze des Sommers mit sich führte. Es roch nach Wald und Wiese.

Kristina atmete mehrmals tief durch. Die frische Luft flößte ihr neue Kraft ein. Anschließend kletterte sie auf die Kommode und besah sich die Gitterstäbe. Es waren massive Gusseisen, die so angeordnet waren, dass sie gerade einmal einen Arm hindurchstecken konnte. Hier würde sie niemals herauskommen. Trotzdem griff sie nach den Stäben und rüttelte daran. Es knirschte laut. Vor lauter Überraschung ließ Kristina die Stäbe los, zuckte zurück und beobachtete fassungslos, wie sich das gesamte Gitter nach vorn neigte, kippte und mit einem dumpfen *Pomp* im Gras aufschlug.

Sie glotzte auf die Verankerungen, mit denen das Gitter in der Mauer befestigt gewesen war. Sie waren samt Mörtel herausgebrochen.

34

Auf den Anblick war ich nicht gefasst.

»Wer ist das?«, fragte ich, während ich wie angewurzelt im Eingang der Hütte stehen blieb. Heinrich schloss hinter mir die Tür, dann ging er mit ernster Miene an mir vorbei zu dem gefesselten Mädchen. Sie lag auf dem schmalen Bett, auf dem Heinrich bei Wandertouren manchmal übernachtete. Ihre Hände und Füße waren mit Stricken an das Bettgestell gefesselt. Ein fleckiger Knebel aus Stoff erstickte ihre unartikulierten Laute. Mit weit aufgerissenen Augen starrte sie uns entgegen.

»Das, mein Junge, ist mein Geburtstagsgeschenk«, sagte Heinrich feierlich. Er packte mit beiden Händen den weißen Kragen ihres schwarzen Micky-Maus-Shirts mit lila Punkten und riss es ihr mit einem lauten *Ratsch* vom Leib. Das Mädchen schrie durch den Knebel hindurch und kickte mit den Knien nach Heinrich, doch die Fesseln verhinderten, dass sie traf.

Er lächelte auf sie herab.

»Schau dir dieses Leben an. Diese Kraft. Diese Energie.« Dann wandte er sich mir zu, ließ das zerrissene Shirt achtlos auf den Boden fallen, und sein Gesicht wurde ernst, die Züge um seinen Mund hart.

»Das Schicksal nahm uns viel, Patrick. Dir noch mehr als mir. Warum darf dieses Mädchen leben und deine Schwester nicht? Wer bestimmt das? Gott? Das Schicksal? Sind das nicht nur zwei verschiedene Namen für ein und dasselbe?«

Ich verstand gar nichts. Ich glotzte nur auf das Mädchen,

auf die entblößte Brust mit den rosigen Knospen und auf den sich hektisch auf und ab bewegenden Bauchnabel.

»Komm, Junge! Schau sie dir an! Sie *lebt*, und Katja liegt bei den Würmern.«

(Bei den Würmern. Bei den Würmern.)

Wieder packte Heinrich das Mädchen. Dieses Mal riss er ihr die schwarze Leggins von den schmalen Hüften. Sie schrie in den Knebel und schrie noch viel lauter, als Heinrich ihr auch die rosa Unterhose herunterriss. »Schau dir dieses Leben an!«

Ich schluckte, und mein Blick wanderte unweigerlich tiefer, hinunter zu dem Gewölbe, wo ein paar goldene Härchen im Licht der Mittagssonne glühten.

»Sei endlich still, du Dummerchen«, sagte Heinrich ruhiger. »Wenn du schön still bist, darfst du später wieder heim zu Mami und Papi. Vielleicht gibt's sogar noch ein Eis. Versprochen.«

Ich konnte sehen, wie ein Funken Hoffnung über ihre Gesichtszüge huschte. Sie gab ein ersticktes Keuchen von sich, das »Okay« hätte sein können, dann lag sie für einen Moment still, wobei ihr Brustkorb auf und ab pumpte, während die Sonne den verzerrten Schatten eines der Fensterkreuze über ihn warf.

»Das ist mein Geschenk«, wiederholte Heinrich. »Das Schicksal nahm uns Katja, und jetzt nehmen wir dem Schicksal Julia. So einfach ist das.«

Heinrich ging zum Wandschrank und holte etwas hervor. Als er sich zu mir drehte, blitzte der Gegenstand im hereinfallenden Sonnenschein, aber erst als Heinrich zu mir trat, erkannte ich das Etwas als Jagdmesser. Einundzwanzig Zentimeter kalter Stahl mit Übergang in einen Hirschhorngriff. Er hielt es mir mit dem Griff voraus entgegen wie einen Zeremoniendolch.

»Nimm es«, forderte er mich auf. »Wir werden dem Schicksal nun eins auswischen. Du wirst es tun. Rache nehmen. So süß, so berauschend! Feuertrunken wirst du jetzt ihr Leben nehmen.«

Ich blickte zu meinem Mephisto auf. Fünf Jahre sorgte er sich nun wie ein Vater um mich. In all der Zeit hatte er nur das Beste für mich gewollt, hatte mich wie seinen eigenen Sohn behandelt, hatte nie gelogen und hatte immer recht behalten. Ich liebte ihn. Er wusste, was gut für mich war. Doch ...

Meine Hände griffen von selbst nach dem rauen Hirschhorngriff. Der Stahl blitzte in der Sonne. Julia schrie wieder in ihren Knebel hinein. Heinrich lächelte.

Langsam trat ich ans Bett. Meine Gedanken wirbelten wild durcheinander. Ein Messer. Töten. Rache. Katja. Mama. Nein. Papa. Darf ich? Töten tut man nicht. Doch? Aus Rache? Für Katja?

»Es wird dir danach besser gehen, Junge«, hörte ich Heinrich raunen, sein Atem warm und mit dem Geruch von Pfefferminz geschwängert. »Rache ist essenziell. Ohne Rache wird dich die Vergangenheit aufzehren. Tu es, Junge! Tu es! Für Katja.«

Für Katja.

Sie war tot, und dieses Mädchen sprühte nur so vor Leben.

Leben.

Rache.

Tod.

Ich blickte auf die einundzwanzig Zentimeter Stahl, spürte zum ersten Mal die berauschende Macht einer Waffe und kniete mich neben das Mädchen aufs Bett.

Ihre Augen drohten aus ihrem Gesicht zu platzen. Sie versuchte noch vehementer, um Hilfe zu schreien, doch der Knebel dämpfte ihre Anstrengungen auf unartikulierte Geräusche herunter, und die Hand- und Fußfesseln, mit denen sie an das Holzgestell des Bettes gebunden war, taten ein Übriges. Sie konnte nur den Rücken krümmen und ihre Hüfte hin und her werfen.

»Für Katja, Patrick. Für Katja«, flüsterte es an meinem Ohr.

Ich hob das Messer. Julia warf den Kopf auf der Matratze hin und her, dass der Staub nur so davonstob und im Sonnenlicht flimmerte.

»Los jetzt«, befahl er.

Ich konnte nur noch schwer atmend nicken. Gleichzeitig schoss mir Julias Biskuitgeruch in die Nase, gemischt mit dem Duft von Angstschweiß und rohgezimmertem Holz und von dem leuchtend grünen Moos, das hinter der Hütte und um das Bächlein im Schatten der Eichen wuchs.

Für einen Moment sah ich Katjas Gesicht vor mir. *HILF MIR!*, formten ihre Lippen, dann stürzte sie hinab in die Tiefe.

Ich hatte sie retten wollen, doch die Hure von Schicksal hatte es nicht zugelassen. Hatte mich verhöhnt. Mich, einen Siebenjährigen.

Dann sah ich nur noch nackte Haut und Stahl, und stieß das Messer herab. Die rasiermesserscharfe Klinge drang mühelos bis zum Heft in den jungen Körper ein, mitten in die weiche Bauchdecke. Das Mädchen krümmte sich, ein Wimmern drang aus dem Brustkorb. Ich zog das Messer heraus. Blut spritzte hervor. Ich stach erneut zu, zog es heraus. Tränen schossen mir ins Gesicht. Heiße Tränen der Wut. Ich kreischte. Heinrich lachte und rief: »Herzlich willkommen in der schönen neuen Welt!« Wieder stieß ich zu, erwischte sie irgendwo am Hals, denn plötzlich sprühte mir eine Fontäne ins Gesicht. Ich leckte mir reflexartig die Lippen, schmeckte Rache und das wahre Leben, und dann brach ich wimmernd und verwirrt zusammen.

Später stand in der Zeitung:

VERMISST
Die elfjährige Julia M. wird seit dem 12. Juli vermisst. Sie trägt ein schwarzes Micky-Maus-Oberteil, Leggins und braune Sandalen. Julia ist etwa 1,45 Meter gross und hat blondes Haar. Hinweise bitte an jede Polizeidienststelle.

Julia M. war das erste der Sommerferienkinder, auch wenn sich die Bezeichnung erst später durch die Zeitungsberichte bildete. Gefunden wurde sie nie. Zusammen mit Heinrich hatte ich ihren verstümmelten Leichnam in den Bollerwagen gehievt, ihn zu einer Felsspalte im Wald gekarrt und dort hineinfallen lassen. Auf Nimmerwiedersehen. Hinab in die ewige Dunkelheit.

In den Felsspalt folgten auch die anderen Mädchen:
Stefanie S. (12 Jahre) – Sommer 1993
Kerstin A. (10 Jahre) – Sommer 1994
Lena G. (11 Jahre) – Sommer 1995
Alexandra H. (9 Jahre) – Sommer 1996
Franziska W. (12 Jahre) – Sommer 1997
Dann stand der Sommer meiner Volljährigkeit vor der Tür, prall und heiß, und mittlerweile war auch ich der Macht und der Rache verfallen. Doch trotz alledem regte sich in mir ein leiser Zweifel. Er nagte ganz tief in meinem Gehirn und zerfraß das Fundament meiner neuen Überzeugungen.

Heinrich erzählte ich davon nichts. Stattdessen planten wir gemeinsam für meinen achtzehnten Geburtstag ein ganz besonderes Spektakel: eineiige Zwillingsmädchen. Beide rotblond mit Sommersprossen und Stupsnasen. Gerade einmal neun Jahre alt ... und voller Leben.

Lange hatten wir die beiden Kinder beobachtet. Jedes Detail war geplant. Wir mussten auf der Hut sein, denn die

Polizei war wegen der Sommerferienkinder ab Anfang Juli in höchster Alarmbereitschaft, doch das war allenfalls eine *kleine* Hürde. Heinrich hatte seine persönlichen Quellen. Wenn man Geld hat, kann man alles kaufen. Auch Polizeiinterna.

Wir warteten also am Morgen des 12. Juli 1998 auf den rechten Augenblick, um die Zwillinge zu entführen, doch dann sollte das Schicksal zurückschlagen.

35

Montag, 14. Juli – 19.57 Uhr

»Es tut mir leid, Walter. Aber du hast so ... *gezögert*«, sagte Leonore.

Walter sah nicht auf, sondern musterte den halb vollen Plastikbecher Kaffee, den er in seinen Händen drehte. Ihm fielen die Altersflecken auf, die seine Finger und Handgelenke überzogen. *Ich werde alt*, entschied er. *Das war heute schon der dritte Gefühlsausbruch.*

»Es tut mir wirklich leid«, wiederholte Leonore. Sie klang zerknirscht. »Aber du *über*reagierst.«

Jetzt sah Walter auf. »Ich dachte einfach an jemanden, als du mich gefragt hast. Mehr nicht.«

»Und an wen?«

»Das hat mit dem Fall nichts zu tun.«

»Kannst du es mir nicht trotzdem verraten? Jede Assoziation könnte helfen.«

Walter schnaubte. »Sportliche Männer mit Schildmützen gibt es Tausende. Deswegen ist nicht jeder von ihnen unser potenzieller Entführer.«

Leonore setzte sich neben ihn auf einen der Wartestühle im Flur des Dezernats. Das Leder knarzte.

»Da hast du recht. Nicht jeder Mann ist ein Verbrecher.«

»Genau. Diese Assoziationen bringen uns nicht weiter. Wenn du mal scharf nachdenkst, fallen dir sicher mindestens zwei Bekannte ein, die auch auf das Foto passen könnten.«

»Ja«, seufzte sie. »Leider.«

»Also eine Sackgasse.«

»Und jetzt?«

Ja, was jetzt? Sie hatten Anhaltspunkte und doch wieder nichts. Sie tappten im Dunkeln ... und Lucas lachte sich ins Fäustchen. Wahrscheinlich hatte er auch noch Glück gehabt, und niemand hatte die Klasse am Morgen gesehen. Oder er war so gewieft und geisteskrank, dass es ihm egal war.

Je länger Walter darüber nachdachte, desto wahrscheinlicher fand er letztere Erklärung. Lucas war auch einfach bei dieser Annemarie hereinspaziert und hatte ihr einen vergifteten Kuchen untergejubelt. Ihm musste bewusst sein, dass Frau Jacobi ihn sowohl identifizieren als auch zusammen mit der Polizei ein Phantombild anfertigen konnte.

Egal. Es war Lucas egal. Er hatte sich sogar bei der Schule blicken lassen, zusammen mit Frau Wimmer. In aller Öffentlichkeit. Und er hatte seine DNS in Form von Spermaflecken in Wimmers Bett hinterlassen. Dazu seine Fingerabdrücke in der ganzen Wohnung.

Was also hatte er vor? Wieso hinterließ er Spuren, mit denen sie ihn irgendwann eindeutig identifizieren konnten? Es war doch nur eine Frage der Zeit, bis sie ihn hatten.

Walter leerte den Rest des Instantkaffees aus dem Automaten auf einen Schluck. Angewidert verzog er das Gesicht wegen des bittersauren Geschmacks, dann blickte er wieder in den Becher, auf den Grund, wo nicht aufgelöstes Pulver in kleinen Klumpen zurückgeblieben war.

»Ich glaube, unser Lucas hat einen größeren Plan«, sagte er. »Es geht ihm nicht allein um die Kinder. Die Frage ist nur, worum es ihm *noch* geht. Was ist sein Hauptziel?«

»Er hat acht Mädchen in seiner Gewalt. Er wird sie fick..., sonst was mit ihnen anstellen. Das reicht doch wohl.«

»Um danach seelenruhig nach Hause zurückzukehren, sich ein Schnitzel zu braten und darauf zu warten, dass wir ihn schnappen? Nein, Leonore. Dafür hat er zu viele Spuren hinterlassen.«

»Du glaubst also, er will, dass wir ihn finden? Du meinst, er hat diese Spuren *absichtlich* zurückgelassen?«

Walter nickte und zerquetschte den Becher in seiner Hand. Das Plastik knackte laut, als es brach. Er spürte einige letzte Kaffeetropfen über seine Finger rinnen.

»Das würde bedeuten«, fuhr Leonore nachdenklich fort, »dass er die Entführung absichtlich so gut getarnt hat, damit er genug Zeit hat, um …«

»… mit den Mädchen anstellen zu können, was auch immer er will …«

»… aber so viele Spuren gelegt hat, damit …«

»… wir ihn früher oder später schnappen. Ganz genau.«

»Oder vielleicht«, grübelte Leonore, »will er sich danach umbringen. Das würde erklären, warum ihm die hinterlassenen Spuren egal sind.«

»Das glaube ich nicht. Er konnte einfach davon ausgehen, dass es bis zum Nachmittag dauern würde, bis die Eltern ihre Kinder vermisst melden, und so mit mehreren Stunden Vorsprung rechnen. Ich glaube eher, dass es ein bewusst angelegtes Katz-und-Maus-Spiel ist.«

»Aber wieso?«

»Dissoziative Identitätsstörung vielleicht?«

»Eine multiple Persönlichkeit? Mensch und Monster in einer Person?«

»Könnte doch sein. Das Monster will die Mädchen. Der Mensch will gefasst werden. Insgesamt führt das zu diesem perfiden Wettrennen. Irgendwann werden wir ihn schnappen. Je länger wir aber brauchen, desto mehr Mädchen …«

»… wird er töten.«

Walter nickte mit grimmiger Miene und schleuderte den zerstörten Becher auf den Fliesenboden.

36

Montag, 14. Juli – 13.50 Uhr

Die Räder des Bollerwagens quietschten gotterbärmlich. Patrick musste sie unbedingt ölen, das hielt man ja nicht aus.

Er schlenderte durch den Wald, den leeren Wagen im Schlepptau. Er leckte sich trotz des Quietschens genüsslich die Lippen. Immer noch schmeckte er Leonies Leben. Herrlich! Bei diesem Aroma kam ihm ein Lied in den Sinn: *Dream of You* von Schiller mit Heppner. Er begann die Melodie zu pfeifen.

Er lief weiter, zurück zum Almhaus. Der Wald bebte vor Leben. Äste knarzten, Blätter raschelten, überall summte und brummte es, und von irgendwoher hörte er Vögel zwitschern. Das Leben könnte so schön sein.

Wieder wollte er sich die Lippen lecken, doch er zwang seine Zunge zurück und presste sie fest gegen den Gaumen, bis sie schmerzte.

Wie widerlich war er eigentlich? Wie krank konnte ein Mensch werden? Jetzt war er nach all den Jahren doch wieder zu einem Monster geworden. Er hatte den Kampf gegen die Lust verloren. Er hatte die kleine Leonie …

Er verdrängte den Gedanken.

(Warum? Warum?)

Patrick schüttelte sich. So lange hatte er es ausgehalten, und jetzt?

Patrick spuckte aus, wischte sich mit dem nackten Unterarm über die Lippen, doch Leonies Blutgeschmack blieb haften wie klebriger Honig. Wieder quietschten die Reifen.

Es war mit einem Mal Genuss in seinen Ohren. Diese Disharmonie. Sie zerstörte das gute Feeling, vertrieb die einlullenden Gedanken.

In dem Moment sah er das Almhaus zwischen den Bäumen hindurchschimmern. Heruntergekommen und abgewittert, überhaupt nicht mehr das Glanzstück von früher. Es war gut so. Alles würde irgendwann vergehen, auch er und das Monster in ihm.

(Niemals!)

O doch. Da war sich Patrick sicher. Er zog den leeren Bollerwagen weiter, jetzt durch üppiges Moos, was die Geräusche dämpfte. Dann sah er Kristina geduckt zur Häuserecke huschen. Er blieb stehen, blinzelte, sah nochmals hin. Eindeutig Kristina Wimmer. Sie hielt etwas Langes in der Hand, was er nicht erkannte.

Patrick ließ die Deichsel des Bollerwagens ins Moos fallen. Mit vier schnellen Schritten war er im tiefen Dickicht und spähte fassungslos durch die Zweige hindurch.

Kristina verharrte im Schatten an der Hauswand, den Kopf zur Seite gelegt, als lausche sie, dann warf sie einen Blick in seine Richtung zum Waldrand.

(Sie will fliehen! Halte sie auf, du Wurm!)

Ja, das musste er. Sie durfte nicht entkommen.

Kristina hatte ihn nicht gesehen. Sie wandte sich ab und huschte weiter zur Haustür. Dabei erkannte Patrick den Gegenstand in ihren Händen: eine Dachlatte. Etwas glitzerte an deren Ende in der Sonne. Metall. Spitze Nägel.

Die Hure ist bewaffnet.

Er kniff grimmig die Augen zusammen, sah den Baumstumpf zum Holzhacken neben dem Schuppen stehen, und im selben Moment stahl sich ein Lächeln auf seine Lippen. Er leckte sie.

»So nicht, meine Liebe«, flüsterte er. Dann verschwand er geräuschlos in den Büschen und wurde zu einem Schatten.

37

Montag, 14. Juli – 13.55 Uhr

Kristina begriff ihre Freiheit noch nicht. Da brach einfach so das Fenstergitter aus der Wand. Sie hatte noch einige Herzschläge darauf gestarrt und sich dann durch das schmale Fenster gezwängt.

Jetzt lehnte sie an der Außenmauer, die Hände auf ihre bebenden Oberschenkel gestützt, und atmete tief durch. Sie musste die Kinder retten! Oder sollte sie doch erst Hilfe holen?

Die Frage donnerte wie ein Vierzigtonner durch ihren Kopf, Kristina massierte sich die Schläfen. Was auch immer Lucas ihr verabreicht hatte, es hatte sie ganz schön mitgenommen. Sie fühlte sich nach der kurzen Kletterpartie durchs Fenster vollkommen ausgelaugt. Trotzdem musste sie weiter. Lucas konnte jeden Moment nach ihr sehen.

Unschlüssig sah sie sich um. Rechts neben ihr schmiegte sich ein heruntergekommener Holzschuppen an die Rückseite des Hauses. Links folgten noch ein paar Meter Mauer. Dahinter lag das Ende eines geschotterten Wegs, möglicherweise ein Wendehammer vor dem Haus. Und vor ihr erhob sich, einen guten Steinwurf entfernt, ein dichter Wald. Tannen, Ulmen und Fichten. Darüber die Silhouette naher Berggipfel.

Sie musste sich auf einer Alm befinden. Wahrscheinlich abgeschieden in den Alpen. Allein mit Lucas und den Kindern. Oder hatte er Komplizen? Das war wahrscheinlich. Denn was wollte er *alleine* mit einer ganzen Schulklasse Mädchen?

Am liebsten hätte sie sich die Haare gerauft und laut geschrien. Was sollte sie nur tun?

Eine Waffe!

Der Gedanke drängte sich so abrupt in ihren Kopf, dass ihr wieder schwindlig wurde. Wenn sie gegen Lucas etwas ausrichten wollte, brauchte sie eine Waffe.

Erneut blickte sie sich um. Im Schuppen musste Werkzeug sein. Vielleicht ein Messer oder eine Schaufel. Hauptsache spitz oder scharf oder spitz *und* scharf. Die Tür des Schuppens war mit einem Vorhängeschloss mit Zahlenkombination verschlossen. Leise fluchend umrundete sie den Verschlag. Auf der anderen Seite stand ein verwitterter Baumstumpf in der Wiese. An der Wand zum Haus war Brennholz aufgestapelt. Irgendwo gab es eine Axt. Wahrscheinlich im Schuppen. Mist!

Dann sah Kristina einen Haufen Dachlatten halb verborgen neben dem Brennholz liegen. Jede Latte war einen Meter lang. Sie trat näher heran und griff nach der obersten. Zwei glänzende Nägel standen aus einem Ende heraus. Fingerlange, tödliche Stahlspitzen. Kristina nickte. Wenn sie die Latte wie eine Keule benutzte, konnte sie Lucas damit ernstlich verletzen. Das könnte gehen. Das *musste* gehen.

Mit der nagelbestückten Dachlatte bewaffnet huschte sie zurück Richtung Schotterweg. Sie presste sich gegen die Steinmauer und lugte um die Hausecke. Vor ihr fiel der Wendehammer sanft ab. Am unteren Ende stand ein Kleinbus; der Wagen, mit dem Lucas sie hierhergebracht hatte. Die Erinnerung regte sich. Sie wusste wieder, dass sie damit aufgebrochen waren und bei einem McDonald's Rast gemacht hatten. Lucas hatte für sie und die Kinder Essen und Trinken geholt.

Die Erkenntnis, wie er es gemacht hatte, überkam sie siedend heiß: Er musste K.-o.-Tropfen in die Getränke gemischt haben. Das würde ihren elenden Zustand und die

Gedächtnislücken erklären. Sie wusste, wie tückisch K.-o.-Tropfen wirkten. Sie hatte das auf einer Lehrerfortbildung über Drogenkonsum gelernt.

Was hatte dieser Verrückte vor?

Kristina zog sich in den Schatten der Mauer zurück. Sie musste Hilfe holen. Vielleicht steckte der Schlüssel des Kleinbusses, und sie konnte ins nächste Dorf fahren. Oder sie lief einfach die Straße entlang, die sich ein Stück hinter dem Wendehammer hinter Bäumen verlor. Irgendwann würde eine weitere Alm oder ein Bauernhof auftauchen.

Aber was passierte in der Zwischenzeit mit den Kindern? Was, wenn Lucas mit ihnen ... *spielen* wollte? Wenn er sie ...

Eine weitere Erinnerung überkam sie. Lucas hatte sie einmal ganz besonders beglückt, damals, als sie ihm von den Mädchen und dem Schulausflug erzählt hatte. Er war im Bett wie ausgewechselt gewesen. Stand er auf kleine Mädchen?

Und auch als sie an ihr erstes Treffen in der Kneipe zurückdachte ... Lucas hatte sie erst wahrgenommen, als sie erzählte, Lehrerin an einer Mädchenrealschule zu sein.

Ihr Herz klopfte stärker. Er hatte sie also benutzt, um an Kinder zu kommen, und sie war so dumm gewesen, es zuzulassen. Und jetzt war es zu spät. Sie musste die Kinder retten! Jede Minute konnte entscheidend sein.

Trotzdem würde sie erst das Auto überprüfen. Was war, wenn sie mit den Mädchen fliehen musste? Zu Fuß würden sie nicht weit kommen. Sie brauchte den Bus, und vielleicht lag ihr Handy darin, mit dem sie einen Notruf absetzen konnte.

Sie lauschte einige Sekunden, hörte das fröhliche Bimmeln der Kuhglocken und das Rauschen des Waldes. Ihr Blick wanderte nochmals über die Bäume, und als sie sicher war, dass niemand in der Nähe lauerte, verließ sie den Schatten des Hauses und huschte in geduckter Haltung an der Wand entlang. Der Boden fiel sanft ab, bis sie die Haustür erreichte. Abgeschlossen. Sie eilte weiter, spähte um die nächste Hausecke, nur Wiese und ein paar Kühe hinter einem Zaun. Sie überquerte den Schotterweg, umrundete das Auto. Auch abgesperrt. Sie spähte hinein. Kein Handy, nichts. Nur die mit Müll vollgestopfte Fast-Food-Tüte.

Kristina fluchte. Sie blickte die einzige Zufahrtsstraße hinab. Der Schotter wich Teer, der sich hinter einer Biegung verlor, und daneben gähnte nur ein steiler Abhang. In dunstiger Ferne sah sie die Spielzeugdächer von Häusern und Höfen. Alles war eine Ewigkeit entfernt. Zu Fuß losmarschieren war utopisch. Sie war von den K.-o.-Tropfen geschwächt, hatte seit dem Morgen nichts mehr getrunken, und es war sengend heiß in der Sonne. Sie schwitzte aus allen Poren.

Ihr blieb nur eine Möglichkeit: Lucas überwältigen, den Autoschlüssel finden und mit den Kindern fliehen.

Aber wo waren die Mädchen? Er musste sie ins Haus gesperrt haben.

Kristina wandte sich der Alm zu und erstarrte. Lucas kam ihr geschmeidig entgegen, in Händen eine mächtige Axt.

38

Sprachlos saßen Heinrich und ich in unserem präparierten Sprinter. Die Aufschrift des Autos versprach WASSERSCHA-DENSANIERUNG, TROCKNUNG, SOFORTHILFE. Darüber prangte ein fiktiver Firmenname. Wir hatten sogar Blaumänner mit eingesticktem Firmenlogo an, weiß auf blau.

Der hintere Teil des Firmenfahrzeugs war mit Holzschränken ausgekleidet, in denen allerhand Werkzeug und Ersatzteile in Schubladen lagerten. Bei einer Routinekontrolle würde niemandem der tiefe Schrank an der Rückwand auffallen, dessen Schubladen deutlich kürzer waren. Dahinter gab es eine Kammer, die über eine versteckte Klappe erreichbar war und in die ein Mädchen passte. Bestimmt auch zwei, wenn man sie hineinzwängte. So hatten wir die letzten Jahre unsere Kleinen zur Hütte gebracht.

Helena und Sabine, die Zwillinge, kamen auch an diesem Sonntagmorgen pünktlich auf die Minute den Gehsteig entlang – so wie wir es erhofft hatten. Sie wohnten nur ein paar Straßen entfernt von der Wohnung ihrer Großeltern. Sie waren bisher jeden Sonntag um diese Uhrzeit allein zu Oma und Opa marschiert. Heute wurden sie jedoch begleitet. Der hagere Nachbar der Mädchen schlurfte neben ihnen her, ein Skelett mit straff gespannter Haut und einem gichtigen Windhund an der Seite. Der Hund schnüffelte in unsere Richtung.

»Lass uns verschwinden«, sagte Heinrich leise. Die Enttäuschung in seiner Stimme war nicht zu überhören. »Vorsicht ist die Mutter der Porzellankiste. Der Typ hat mir zu wache Augen und … einen Drecksköter.«

Ich musterte das Skelett im Seitenspiegel, und tatsächlich: Die Blicke des Alten schossen hin und her, verweilten zu lange auf unserem Sprinter, bevor sie sich wieder den Mädchen zuwendeten. Sollten die Zwillinge verschwinden, würde man den Alten befragen, und er würde sich an die Handwerker erinnern.

Ich nickte. »Was für ein Scheißgeburtstag!«

Heinrich startete den Wagen und fuhr los. »Eine Spontanaktion?«

Ich schüttelte den Kopf. »Entweder die beiden oder keine.«

»Du hörst dich an wie ein kleiner Junge. Irgendeine ist besser als keine.«

»Hast *du* Geburtstag oder ich?«

Mein Tonfall ließ ihn in Schweigen verfallen. Er steuerte den Wagen durch die Stadt. Als er Richtung Umgehungsstraße abbog, fragte ich: »Wo willst du hin?«

»Zur Hütte.«

»Was wollen wir dort?«

»Du bist seit heute volljährig. Das müssen wir feiern. Mädchen hin oder her. Wir holen das einfach nach. Der Typ wird die beiden wohl nicht jeden Sonntag begleiten. Abgesehen davon, will ich die Grillwürste und die Getränke, die wir gestern hochgekarrt haben, nicht verrotten lassen. Lass uns eine Runde baden, grillen und den Tag genießen. Nur wir beide.«

Nur wir beide. Darauf sagte ich nichts. Ich drehte das Radio auf, lümmelte mich in den Beifahrersitz und schloss die Augen. Hinter meiner Stirn jedoch brodelte es.

Nur wir beide. Ohne Vater. Ohne Mutter. Ohne Katja.

Katja.

Sie wäre heute zweiundzwanzig. Ich versuchte, sie mir als Erwachsene vorzustellen – eine Schönheit, die über jeden Victoria's-Secret-Laufsteg wandelte –, doch ich konnte es nicht. Ihr erwachsenes Gesicht verschwamm unaufhörlich, löste sich auf und wurde ein ums andere Mal zu dem blassen Oval mit weit aufgerissenen Augen und Lippen, die *HILF MIR!* formten.

HILF MIR!

Ich hatte ihr nicht helfen können. Stattdessen hatte ich dem Schicksal eins ausgewischt. Bereits sechsmal. Um Katja zu rächen. Doch ich wusste tief in meinem stehen gebliebenen Herzen, dass es keine Rache war. Es waren Heinrichs süße Worte, die mich vor sechs Jahren dazu verleitet hatten, Julia M. mit dem Messer zu ermorden. Er hatte es mir als Rache *verkauft*, und ich hatte es in meinem kindlichen Leichtsinn geglaubt. Ja, er war gewieft, mein geliebter, verlogener Mephisto.

Die letzten zwei oder drei Jahre jedoch hatte ich es nicht mehr aus Rache getan, auch wenn Heinrich die Worte wie ein Ritual abspulte und vielleicht sogar selbst glaubte. Ich tat es, weil ich *musste*. Ich wollte es mittlerweile selbst so sehr. Ich wollte ihre Leben auslöschen, das Messer in sie stoßen und ihr Blut auf meinen Lippen schmecken.

Ich leckte mir die Lippen und spürte das Kribbeln in meinen Fingern. Das gleiche Kribbeln, das mich überkam, wenn ich meine Finger um den Schaft des Jagdmessers legte, wenn ich zustach und ihre Herzen ebenfalls zum Stehenbleiben zwang.

Ich erschauerte. Ich dachte an die Zwillinge. Helena und Sabine. Ich sehnte mich so sehr danach, sie vor mir zu haben, mich mit dem Messer durch ihre Eingeweide zu wühlen, und doch spürte ich wieder diesen Zweifel.

Ich sah Heinrich in einem ausrangierten Sessel danebensitzen. Er sah mir zu und lächelte zufrieden.

Wieder wollte ich mir die Lippen lecken, doch ich zwang das erste Mal meine Zunge zurück hinter die Zähne. Ich presste den Kiefer fest aufeinander, bis es in den Wangen schmerzte.

Etwas keimte schon lange in mir, das wusste ich. Doch

bei jener Fahrt in die Berge fühlte ich, wie sich diese dicken Ranken des Zweifels endgültig um meine Gedanken legten.

Nur wir beide.

HILF MIR!

Heinrichs süffisantes Lächeln. *Für Katja.*

Sein zufriedener Gesichtsausdruck, immer wenn ich das Messer niedersausen lasse.

Julia vor mir. Die Augen verdreht und gebrochen. Das Entsetzen tief in ihre Gesichtszüge gemeißelt.

Das Messer löst sich mit einem schmatzenden Geräusch aus ihrem Brustkorb. Es riecht nach Eisen und Schweiß und vielleicht nach Pisse, weil sie es nicht mehr halten konnte.

Heinrichs gottverdammte Zufriedenheit.

Nur wir beide.

HILF MIR!

HILF MIR!

(Jammersack.)

Und wer hilft mir?

(NIEMAND! NIEMAND!)

***

»Wieso hattest du damals ölverschmierte Hände?«

Wir saßen uns im sonnenfleckigen Schatten an einem Klapptisch am Rand des Sees gegenüber, als die Frage unerwartet über meine Lippen kam.

Heinrich verschluckte sich an seiner Grillwurst. Er hustete Fleischbröckchen über den Tisch, während ihm die Locken in die Augen fielen.

»Was?«, keuchte er und wischte sich Fett und Speichel aus dem Mundwinkel. »Ölverschmierte Hände? Was redest du da, Junge?«

»Nenn mich nicht Junge!«, bellte ich. »Du weißt ganz genau, was ich meine! Damals, an meinem Geburtstag, hast *du* Kohlen für den Grill geholt. Als du zurückkamst, waren deine Hände ölverschmiert. Was hast du so lange im Almhaus getrieben?«

Ich funkelte meinen Onkel grimmig an. Die Erinnerung an seine Hände war vor ein paar Monaten das erste Mal aus der Dunkelheit meines Geistes ans Tageslicht geschwappt. Ich hatte vom Absturz meiner Eltern geträumt, und in jenem Traum sah ich Heinrich mit seinem süffisanten Lächeln zu uns zum Grill kommen, die Hände und Unterarme von Kohle und Öl verdreckt. Als ich keuchend aus dem Traum hochgeschreckt war, hatte ich das erste Mal diese schauderhafte Ahnung. Seitdem nagte sie an mir, und hier auf der Hütte war sie präsent wie nie zuvor. Ich musste es endlich wissen.

»Keine Ahnung«, sagte Heinrich. »Es ist elf Jahre her.«

Ich schaute ihm in die Augen. Er erwiderte meinen Blick für einen Herzschlag, dann blickte er zu Boden.

Da wusste ich es, und er wusste, dass ich es wusste.

»Es ist also wahr«, stellte ich leise fest. Meine Stimme klang seltsam fest und klar. Überhaupt nicht verbittert. »Du hast sie umgebracht. Du hast unseren Audi manipuliert, als du die Kohlen geholt hast. Du hast —«

»Hör auf, Patrick.«

»— dafür gesorgt, dass ich bei dir im Wagen mitfuhr und Katja bei meinen Eltern. Ich erinnere mich an den Streit. Ich hatte mich noch gewundert, dass du —«

»Hör auf, Patrick!«

»— so entsetzt warst, als mein Vater mich auch bei sich mitnehmen wollte. Du warst strikt dagegen. Warum, Heinrich?«

»Lass die Vergangenheit ruhen, Junge.«

»O nein! Du warst dagegen, weil du *wusstest*, dass sie einen Unfall haben würden. Du *wolltest*, dass sie sterben und ich überlebe. Du wolltest mich für dich alleine haben. *Nur wir beide.*«

»SEI STILL!«

»Erträgt der Meister der Worte keine mehr? Du wolltest mich doch formen, oder? Mich zu dem machen, was ich heute bin? Das hast du geschafft. Du hast mich benutzt wie eine Puppe. DU HAST SIE UMGEBRACHT!«

Ich hatte nun doch gebrüllt und kochte innerlich. Ich war aufgesprungen und beugte mich weit über den Tisch. Mein Gesicht schwebte knapp vor Heinrichs Locken. Ich roch sein Lavendel-Mandel-Shampoo, doch er schaute nur auf seinen Grillteller.

»Warum musste Katja sterben?«, fragte ich plötzlich heiser. »Warum sie?«

Heinrichs Kopf kam langsam hoch. Seine Augen zeigten keinerlei Regung. Keine Reue, keine Angst, nichts.

»Weil sie dich verdorben hätte«, sagte er.

»Verdorben? Katja? Mich?« Ungläubig schaute ich ihn an.

Heinrich nickte, sein Gesicht so weiß wie der Porzellanteller, auf dem unsere Grillwürste lagen.

»Ja, verdorben. Du hättest dich nie auf Rache für deine Eltern eingelassen, wenn sie an unserer Seite gewesen wäre. Sie war immer so ... brav. So moralisch korrekt. Sie kam nach meinem langweiligen Bruder.«

»Und deswegen hast du sie umgebracht? Weil ein elfjähriges Mädchen *moralisch korrekt* war?«

»Wie hätte ich sonst den Hass in dir entfachen können? Ich brauchte ihren Tod, um wahre Rache zu schüren. Sonst hättest du es nie getan. Dass mir das Schicksal dann so dramatisch in die Hände spielte, war pures Glück. Als sie zusammen abstürzten, wusste ich, dass es klappen würde. Ich wusste es! Du warst nur noch Wachs in meinen Händen. Und ich konnte einen Menschen formen!«

Wir schauten uns gegenseitig an. Ich sah in diese Augen, in diese kloreinigergrünen Augen, die ich so geliebt hatte, die für mich die Augen eines Vaters geworden waren. Jetzt waren sie nichts anderes mehr als kalte Murmeln.

Er hatte das alles geplant gehabt, und ich war ihm auf den Leim gegangen.

Heinrich wollte noch etwas sagen, doch ich warf mich ihm entgegen. Er japste überrascht nach Luft, als der Campingtisch unter meinem Gewicht nachgab und zusammenbrach. Gemeinsam krachten wir in den klackernden Kies des Ufers. Unsere Bierflaschen zerbrachen. Bier spritzte durch die Gegend. Meine Hände fanden von selbst seinen Hals. Seine Haut fühlte sich ledrig an, rau und eklig. Ich packte ihn fest, drückte ihm den Kehlkopf mit meinen Daumen tief in sein Fleisch. Ich hörte es knacken und knirschen. Er schlug wild um sich, zerkratzte mir mit seinen Fingern den Hals und die Wange, doch ich drückte noch fester zu, und schon verdrehte er die Augen und erschlaffte. Ich hatte ihm den Kehlkopf zerquetscht.

HILF MIR!, sah ich auf Heinrichs Lippen.

Schnell schaute ich weg und rollte mich schwer schnaufend von meinem geliebten Mentor und gehassten Mephisto.

Ich hatte mich befreit von diesem Monster. Von diesem Irren.

Jetzt würde alles anders werden.

Das glaubte ich, aber das war ein Irrglaube. Das Monster war nicht länger nur mein Onkel. Es war ein unheilbares Virus, und Heinrich hatte mich damit infiziert. Die Krankheit schlummerte, doch sie war da, tief drinnen. Irgendwann würde sie wieder ausbrechen

(JA!)

und die Oberhand gewinnen.

Aber erst mal wähnte ich mich durch seinen Tod in Freiheit.

Ich holte den Bollerwagen, wuchtete Heinrichs Leichnam hinein und karrte ihn zur Felsspalte.

Als ich seinen Körper hineinfallen lassen wollte, weinte ich Rotz und Wasser, dann gab ich seinen Überresten einen endgültigen Tritt, und er fiel wie ein Sack voll Knochen hinab in die Dunkelheit, hinunter zu den sechs kleinen Mädchen.

Danach kehrte ich zurück in unsere Villa. Ich hatte den Führerschein zwar noch nicht vom Amt abgeholt, aber ich konnte fahren. Drei Tage später meldete ich Heinrich Höller bei der Polizei als vermisst. Er sei am Montagmorgen allein zu einer Wanderung in die Berge aufgebrochen und nicht zurückgekehrt. Seinen Benz hatte ich noch im Morgengrauen in die Berge gefahren.

Erbe von Heinrichs gesamtem Vermögen wurde ich zehn Jahre später, als Heinrich Höller offiziell für tot erklärt wurde. Aber auch so hatte ich seit meinem achtzehnten Geburtstag keine Geldsorgen mehr. Ich hatte ihn lange genug bekniet, dass mir monatlich ein stattliches Sümmchen als Taschengeld überwiesen wurde.

Was hätte Heinrich mit seinem süffisanten Grinsen in der Fresse dazu gesagt: »Herzlich willkommen in der schönen neuen Welt!«

Das ließ ich in seinen Grabstein meißeln.

39

Montag, 14. Juli – 14.04 Uhr

»Bleib stehen!«, schrie Kristina. Sie wollte auf dem Absatz kehrtmachen und davonrennen, doch sie unterdrückte den Impuls. Lucas würde sie einholen. Sie hatte nur den Hauch einer Chance, wenn sie sich ihm stellte.

»Damit du mir diese lustigen Zimmermannsnägel in den Leib rammen kannst?«, rief er zurück und kam näher. »Du solltest wissen, dass ich nicht der Dümmste bin.« Er packte die Axt angriffsbereit mit beiden Händen. Kristina ließ er dabei nicht aus den Augen.

Kristina schluckte schwer, spreizte ein wenig die Beine, um einen festen Stand zu haben, und hob abwehrend die Dachlatte. Sie hatte eine etwas längere Reichweite als er. Sie musste ...

»Glaubst du wirklich, dass du mich damit besiegen kannst?«, fragte er.

Sie trennten noch fünf Meter.

»Das werden wir sehen«, entgegnete sie, doch ihre Stimme zitterte vor Angst. »Wo sind die Mädchen?«

»Sicher verwahrt.« Jetzt lächelte er. »Du weißt ja gar nicht, was du mir da für ein Geschenk gemacht hast. Eigentlich sollte ich dich laufen lassen.«

»Dann tu's! Lass mich und die Kinder gehen.«

»O nein, Sweetheart. Die Kleinen bleiben bei mir, und du auch.« Mit diesen Worten griff Lucas an. Er schwang die Axt so unvermittelt auf ihr Gesicht zu, dass Kristina nur noch laut kreischen konnte und sich nach hinten warf. Der

Axtkopf zerteilte pfeifend die Luft vor ihrem Gesicht, schoss jedoch vorbei. Lucas wurde von seinem eigenen Schwung zur Seite gedreht, ehe er den Hieb abfangen konnte, um erneut auszuholen.

Kristina kreischte immer noch und schlug mit ihrer Dachlatte zu. Die Nägel sausten herab. Lucas bewegte sich verdammt schnell, doch die Latte traf ihn am Handrücken. Er brüllte, die Nägel kratzten über seine Haut, hinterließen eine blutige Spur, bohrten sich jedoch nicht tief ins Fleisch. Trotzdem ließ er die Axt fallen.

Kristina hob die Dachlatte erneut, doch Lucas griff danach. Seine linke Hand glänzte rot vom Blut. Er bekam das Holz zu fassen, und ehe sichs Kristina versah, hatte er ihr die Waffe aus den Fingern gerissen und zur Seite geschleudert. Dann war er vor ihr. Sein Gesicht eine Maske des Zorns.

»Du kleine Nutte!«, zischte er und packte sie am Hals. Seine Finger schlossen sich heiß und feucht um ihre Haut. Kristina japste vor Überraschung. Sie wollte nach ihm schlagen, ihm die Augen herauskratzen, doch er bog den Kopf nach hinten und brachte sich aus ihrer Reichweite.

Sein Griff verstärkte sich. Kristina sah dunkle Schatten vor ihren Augen tanzen, und sie tat das Einzige, was ihr einfiel: ihm ihr Knie in die Eier rammen.

Er grunzte, sein Griff lockerte sich ein wenig, sie atmete pfeifend ein, dann gingen sie gemeinsam zu Boden. Ihr wurde die kostbare Luft aus den Lungen gepresst, als sie mit dem Rücken in der Wiese aufschlug. Etwas bohrte sich in ihre Rippen, gefolgt von einer Flutwelle heißen Schmerzes. Kristina wollte schreien, doch wieder quetschte er ihr die Luft ab.

Sie hörte ihn keuchen und sah für einen Moment durch ihre Haare hindurch, wie er die Augen seltsam aufgerissen hatte. Mordlust loderte darin. Aber auch Abscheu. Ekel?

Ihre Finger fanden einen Kieselstein im Gras. Er war

nicht groß, aber sie hatte nichts anderes. Sie packte ihn und schlug damit nach ihrem Peiniger, traf Lucas ein Stück über der Schläfe. Er verdrehte die Augen und kippte zur Seite weg.

Sie bekam wieder Luft. Rasselnd saugte sie den Sauerstoff tief ein. Sie richtete sich auf und wollte davonkriechen, schnell weg, doch Lucas war leblos neben ihr ins Gras gesunken. Sein Gesicht lag in den Halmen verborgen. Kristina versuchte, sich zu beruhigen, und bemerkte dabei eine Ausbuchtung in seiner hinteren Hosentasche. Instinktiv griff sie danach. Sie spürte einen Schlüsselbund. Mit zitternden Fingern nestelte sie ihn heraus: ein Haustürschlüssel.

Ihr Blick schoss zum Almhaus. Die Kinder! Sie musste …

Sie sprang auf die Beine und stolperte los. Der Atem brannte wie Feuer in ihrem Hals, als sie über den Schotter taumelte. Nach drei Vierteln der Strecke gaben ihre Beine nach. Sie stürzte auf die Knie und fing ihren Sturz mit den Händen ab. Der Hausschlüssel flog davon. Schmerzen schossen ihr durch die Handgelenke bis in die Schultern. Der Schnitt an ihrem Handballen platzte auf, sie sah Blut hervorquellen und auf den hellen Schotter tropfen. Sie biss die Zähne zusammen, schnappte sich den Schlüsselbund erneut und stemmte sich hoch. Sie musste die Kinder retten. Ihr blieb keine Zeit.

Drei Schritte. Sieben. Zwölf.

Sie erreichte die Haustür. Sie versuchte, den Schlüssel ins Schloss zu stecken, doch es gab mehrere Schlüssel, die infrage kamen. Sie probierte den ersten. Er wollte nicht so recht in den Schlitz gleiten. Sie probierte den zweiten, doch ihre Finger zitterten immer stärker, sodass sie das Schlüsselloch nicht traf. Mittlerweile war der Schlüsselbund vom Blut ganz glitschig. Der zweite Schlüssel glitt endlich zur Hälfte ins Schloss, blockierte dann jedoch ebenfalls.

»Bitte!«, flehte sie und zerrte ihn wieder heraus. Sie

probierte den dritten. Dieser passte. Ganz locker flutschte er in die Schließmechanik.

»Danke!«, sagte sie und schickte noch ein Stoßgebet zum Himmel.

Sie entriegelte das Schloss und öffnete die Tür einen Spalt, als sie Schotter knirschen hörte. Sie hielt inne, die Hand auf der Türklinke, fuhr entsetzt herum und schaute in die Richtung, aus der das Geräusch gekommen war. Lucas stürmte auf sie zu, erneut die Axt in Händen, bereits zum Schlag hoch erhoben. Sein Gesicht war nur noch ein Zerrbild seines früheren Ichs.

Kristina stieß die Tür auf und hechtete keuchend in den Hausflur, als die Axt über ihr halb in den Türrahmen und halb in die Mauer sauste und Steinsplitter auf sie regnen ließ.

40

Montag, 14. Juli – 14.08 Uhr

Lucas riss die Axt, die sich tief ins Holz gegraben hatte, aus dem Türrahmen. Gleichzeitig warf er sich mit der Schulter gegen das Türblatt, damit Kristina ihn nicht im letzten Moment aussperrte. Die Tür flog nach innen auf und krachte knirschend mit dem Griff gegen die Wand des Flurs. Kristina war am Boden und krabbelte rückwärts von ihm davon. Ihre Füße scharrten über die hellen Fliesen, ihre Hände glitten wie irre Tentakel hin und her und hinterließen blutige Schlieren. Das Weiß ihrer Augäpfel leuchtete grell, die Haare hingen ihr wirr ins Gesicht, und ihr Atem kam stoßweise.

Lucas trat in den Flur. Sie saß in der Falle.

»Bitte, Lucas!«, flehte sie mit schriller Stimme und robbte auf dem Hintern weiter von ihm weg. »Lass mich gehen. Du … kannst die Mädchen haben. Ich … ich will nicht *sterben*!« Kristina begann zu wimmern.

(Sie wird mit einer Horde Polizisten zurückkommen!)

Seine innere Stimme hatte recht. Sie würde seine Pläne durchkreuzen. Wäre sie einfach im Keller geblieben, so wie er es geplant hatte … aber jetzt hatte er keine andere Wahl mehr.

(Ja, keine Wahl! Keine Wahl!)

Lucas trat den letzten Schritt auf Kristina zu und hob die Axt.

»*Lucas … bitte!*«

Doch er schüttelte nur den Kopf.

41

Montag, 14. Juli – 14.08 Uhr

»Mein Papa wird sicher gleich da sein!«

Pia Stein hätte auch gern gehofft, dass ihr Papa kam und sie rettete. Aber ihr Papa hatte sie und Mama schon lange verlassen und war nur noch eine blasse Erinnerung, ein feistes Oval mit Glatze und zwei Knopfaugen darin.

Wenn jemand sie und die anderen retten würde, dann mit Sicherheit Frau Wimmer. Sie würde diesen *bösen* Mann überwältigen und sie alle sicher nach Hause bringen.

»Sei still!«, sagte sie daher zu Alina, die zum zwanzigsten Mal von ihrem Vater sprach. Sie konnte es nicht mehr hören. »*Frau Wimmer* wird uns retten. Sonst niemand!«

Sie hatte lauter gesprochen als beabsichtigt. Alina machte große Augen. Auch die anderen Mädchen unterbrachen ihr Gejammer und schauten sie überrascht an.

In die plötzliche Stille hinein hörte Pia einen Schlüsselbund klimpern. Es folgte ein Schaben aus dem Flur, als würde jemand einen Schlüssel ins Schloss stecken. Das Geräusch wiederholte sich.

Alle blickten sich entgeistert an. *Er* kam zurück. *Mit* oder *ohne* Leonie?

Das Schaben erklang ein drittes Mal, gefolgt von einer Türklinke, die heruntergedrückt wurde. Gleichzeitig keuchte jemand.

Eine Frau! Frau Wimmer!

Pia sprang zur Tür, um besser hören zu können, doch ein dumpfer Schlag samt einem lauten Krachen ließ sie mitten in der Bewegung erstarren. Sie hörte rasend schnelle Atemstöße, dann ihre Lehrerin: »Bitte, Lucas! Lass mich gehen. Du ... kannst die Mädchen haben. Ich ... ich will nicht *sterben!*«

Pias Beine wurden weich wie Götterspeise. Hinter ihr stöhnte ein Mädchen.

Mädchen haben! Sterben!

»*Lucas ... bitte!*«, war von draußen zu vernehmen. Dann nur noch ein markerschütternder Schrei, bei dem sich Pia alle Härchen aufstellten. Das Kreischen erstarb in einem hässlich schmatzenden *Wumpfff*.

Pia würgte. Die Geräusche erinnerten sie an Mimi, die Katze des Nachbarn, die vor zwei Wochen vor ihren Augen überfahren worden war. Als der Wagen über den kleinen Körper rollte, war ein riesiger Schwall Blut und Magensaft wie aus einem Wasserschlauch aus Mimis Schnauze gespritzt. Das hatte sich fast genauso angehört.

Das *Wumpfff* ertönte noch mal und noch mal.

Pias Beine gaben nach. Sie stürzte auf die Knie und übergab sich neben die Tür.

Dann folgte Stille. Niemand sagte etwas. Schritte waren zu hören. Sie kamen näher. Vor der Tür blieben sie stehen. Pia sah, wie sich der Schlitz zwischen Tür und Boden durch den Schatten zweier Füße verdunkelte. Ihr Herz pochte. Jetzt kam *er*. Jetzt holte *er* sie. Niemand war mehr da, der sie retten konnte. Pia wusste es. Frau Wimmer war so tot wie Mimi.

Zu ihrer Überraschung entfernten sich die Schritte wieder, bis sie ganz verklungen waren.

Pia saß zusammengesunken vor ihrem Erbrochenen. Es stank ekelhaft, doch sie konnte sich nicht bewegen. Ihr ganzer Körper fühlte sich wie betäubt an. Wahrscheinlich ging es den anderen genauso, denn niemand wagte zu sprechen.

Ein sich wiederholendes Quietschen verdrängte wenig später die drückende Stille. Pia sah auf. Das Geräusch kannte sie ebenfalls: Es war der knallrote Bollerwagen, mit dem *er*

Frau Wimmer ins Haus gebracht hatte. Die Reifen hatten so elendig gequietscht.

Das Quietschen kam näher, gepaart mit Schritten, bis beides laut und deutlich im Flur zu vernehmen war. Dort hörte es auf, dafür fluchte *er*. *Er* tat etwas, und was *er* tat, dauerte eine ganze Zeit. Pias Herz pochte beinahe schmerzhaft in ihrer Brust. Als endlich das Quietschen wieder ertönte und sich entfernte, wurde ihr erneut übel.

Sie sah wieder Mimi vor sich: Der Nachbar legte ihre Überreste hastig in eine Schachtel und trug sie davon. Das Bild veränderte sich jedoch hinter ihrer Stirn: Aus der Kiste wurde der Bollerwagen, und aus Mimi wurde Frau Wimmer – mit einem zerquetschten Körper.

Pia übergab sich abermals.

42

Montag, 14. Juli – 14.27 Uhr

Immer noch quietschten die Räder des Bollerwagens gotterbärmlich. Auch der Handrücken seiner linken Hand brannte mittlerweile wie Feuer. Herrgott noch mal! Was ging ihm das alles auf den Sack! Musste diese dumme Fotze versuchen zu fliehen? Zumindest war sie jetzt in guter Gesellschaft. Neun Leichen waren schon in der Felsspalte. Sein Onkel konnte sich freuen. Er war umgeben von Mädchen und Frauen. Ein Traum.

Grimmig stapfte Patrick zurück durch den Wald. Etwas summte in der Nähe seines Ohrs, setzte sich und stach ihn. Fluchend wischte er sich mit dem Handrücken über die Wange, um das Insekt zu verscheuchen, vergaß jedoch seine Verletzung. Heißer Schmerz rollte durch seine Hand, und er beschmierte sich mit mehr Blut, als der Riss wieder aufplatzte.

Er stöhnte – vor Überdruss – und marschierte weiter.

Dieses Intermezzo machte ihm einen fetten Strich durch die Rechnung. Jetzt musste er erst mal duschen und seine Hand verarzten. Gleichzeitig fühlte sich sein Magen an wie ein schwarzes Loch. Er würde etwas essen und sich ein wenig ausruhen. Eigentlich hatte er am Nachmittag andere Pläne gehabt, jetzt jedoch musste das warten.

(Nein, nein! Nicht warten …)

Doch! Doch … was hatte er eigentlich vorgehabt?

Er versuchte, sich zu erinnern – und scheiterte.

Was für eine verfluchte Mistkacke! Sein Gehirn kam ganz durcheinander.

Aber eins wusste er sicher: Als Entschädigung würde er sich ein zweites Mädchen gönnen. Das hatte dieses Weibsstück nun davon. Vielleicht die Mollige. Ja, sie war die Einzige, die ihn nicht ganz so in Wallung brachte. Aber dafür konnte er seinen Frust an ihr auslassen. Er sah sich schon mit grimmiger Miene und dem Jagdmesser in der Hand durch ihr Fleisch wühlen.

Patrick nickte. Verarzten, essen, den obligatorischen Mittagsschlaf, die Mollige, duschen, und dann ...

Er schüttelte sich. Das fiel ihm schon wieder ein. Es war ja nicht das erste Mal, dass er etwas vergaß. Aber so würde er es machen und damit basta!

43

Montag, 14. Juli – 20.21 Uhr

Walter wartete, dass abgehoben wurde. Er wechselte das Mobiltelefon in die andere Hand und schaute dabei hinaus in den Abend. Die Sonne schien auf den Hausdächern im Westen zu lümmeln und langsam zwischen den Häuserfassaden zu versickern. Genauso wie seine Hoffnung.

Er blickte auf seine Uhr. Weniger als zwölf Stunden, bis die ersten vierundzwanzig voll waren. Der Gedanke rief bei ihm ein deutliches Stechen in der Brust hervor.

Es wurde abgehoben. »Doktor Bernhard Richter, wer ist am Apparat?«

»Herr Richter, hier spricht Walter Brandner, Mordkommission. Erinnern Sie sich?«

»Herr Brandner, natürlich. Das ist ja schön, wieder von Ihnen zu hören, auch wenn Sie wohl wegen der entführten Schulklasse anrufen. Eine schlimme Sache.«

»Sie haben es in den Nachrichten gesehen?«

»Gerade eben. Sie vermuten einen Zusammenhang mit den Sommerferienkindern?«

»Woher –«

»Herr Brandner, man muss nur eins und eins zusammenzählen. Ich habe damals meine Expertise zum Täterprofil beigesteuert, und jetzt wurden wieder Kinder in einem ähnlichen Alter entführt, zeitlich nah an den Sommerferien. Wenn Sie da *keinen* Zusammenhang in Erwägung ziehen würden, täten Sie keine gute Arbeit. Wie kann ich Ihnen also helfen?«

Walter schluckte seine bissige Antwort hinunter. »Meine Kollegin und ich vermuten, dass der Täter an einer dissoziativen Identitätsstörung leidet.«

»Eine interessante Vermutung. Worauf stützen Sie diese Idee?«

»Der Täter hat eindeutige Spuren hinterlassen, unter anderem seine DNS. Wir werden ihn also über kurz oder lang fassen, doch die Hinweise sind ...«

»... so gelegt, dass Sie *viel Zeit* dafür benötigen. Zeit, die er mit den Kindern *allein* verbringen kann.«

»Genau.«

»Eine Entführung zwecks Lösegelds schließen Sie aus?«

»Bisher ist keine Forderung eingegangen. Wir vermuten daher, es mit einem –« Walter verstummte. Die Worte wollten nicht über seine Lippen kommen.

»– Sexualstraftäter zu tun zu haben. Mit einem Pädophilen.«

»Ja«, presste Walter hervor. »Genau das glauben wir.«

»Ein Pädophiler, der die Mädchen also missbraucht, aber selbst gefasst werden möchte. Interessant.«

Die Art, wie Dr. Richter das letzte Wort aussprach, ließ Übelkeit in Walter aufsteigen. Er würgte den sauren Geschmack hinunter, doch es brannte unangenehm in seinem Hals. »*Interessant* ist was ganz anderes«, krächzte er.

»Sie haben recht, Herr Brandner. Wie taktlos von mir. Nun, wie kann ich helfen?«

»Ich hätte gern Ihre fachliche Meinung dazu. Gibt es das: Monster und Mensch in einer Person? Und der Mensch will durch seine Festnahme dem Monster in sich einen Riegel vorschieben?«

Kurzes Zögern, dann sagte Dr. Richter: »Durchaus. Es wäre ein letzter Ausweg. Er weiß sich nicht mehr anders zu helfen.«

»Wie wäre es mit Suizid?«

»Unwahrscheinlich. Das Monster würde ihn davon

abhalten. Ihre Version ist da deutlich plausibler, wobei ich nicht glaube, dass es ein Pädophiler ist.«

»Wieso nicht?«

»Pädophile sind überwiegend fixiert. Sie suchen sich immer denselben Typ. Das Mädchen mit den großen Augen. Den Bub mit dem schmalen Mund. Die Sommersprossenstubsnase. Ein Pädophiler würde deshalb keine Schulklasse entführen, weil er gar keine *Verwendung* für die unterschiedlichen Typen hätte. Wenn Sie mich fragen, haben Sie es mit einem Triebtäter zu tun, der vielleicht Gewalt und Mord erregend empfindet. Aber er wird nicht sexuell aktiv, wie man sich das als normaler Mensch vorstellt.«

»Er will die Mädchen also einfach *nur* umbringen?«

»Oder sie quälen. Die Konsequenz muss nicht immer Mord sein, Herr Brandner. Quälen kann man einen Menschen auf viele Arten. *Sehr* viele. Aber was der Täter schlussendlich möchte, kann er Ihnen nur selbst verraten.«

»Und was davon halten Sie für das Wahrscheinlichste?«

»Wollen Sie, dass ich *Ihre* Hoffnung schüre oder ...?«

»Ich brauche keine Hoffnung!«, unterbrach Walter ihn scharf. »Ich will nur die Wahrheit wissen!«

»Die Wahrheit ist oft am grausamsten, Herr Brandner. Aber wie Sie wollen: Ich denke, dass der Täter morden wird. Würde er seine Opfer nur quälen, dann hätte man die Sommerferienkinder irgendwann lebend gefunden. Vorausgesetzt, es ist der gleiche Täter.«

Walter schloss die Augen und fuhr sich über die kaltnasse Stirn. Er fragte sich, was schlimmer war: ein Pädophiler, der die Kinder missbrauchte, oder ein geisteskranker Triebtäter, der töten wollte? »Und wie kann es zu einer solchen Persönlichkeitsstörung kommen?«

»Nun, es ist erwiesen, dass meist ein frühkindliches Trauma – und ich rede von schweren bis schwersten traumatischen Erlebnissen wie Inzest, sexuelle, aber auch psychische

Gewaltanwendung – zu einer solchen Störung führen kann. Meist leiden diese Personen auch unter weiteren psychischen Störungen: Depressionen, Angststörungen, schizotypische Persönlichkeiten, um nur einige zu nennen.«

»Wir suchen also einen Täter, der in der Kindheit ein einschneidendes Erlebnis hatte?«

»Höchstwahrscheinlich. Die Erfahrung spricht dafür. Übrigens: Die meisten dieser Täter quälen zuerst Tiere, bevor sie einen Schritt weitergehen und sich an Menschen wagen. Sie sollten diesbezüglich ebenfalls Ermittlungen beginnen, Herr Brandner.«

Walter blickte hinaus in den Sonnenuntergang. Die helle Scheibe stand nun zwischen zwei Hausfassaden, darüber ein wabernder Halbkreis goldenen Rots. Er ließ die Worte sacken, dann fragte er: »Wissen die verschiedenen Persönlichkeiten voneinander? Also, weiß der eine Teil, was der andere tut?«

Dr. Richter seufzte am anderen Ende der Leitung. »Eine schwierige Frage, Herr Kommissar. Die unterschiedlichen Persönlichkeiten übernehmen oft abwechselnd die Kontrolle über das Verhalten. Einige Menschen können sich nicht an das Handeln der ›anderen‹ Person erinnern, oder es ist nur schemenhaft vorhanden. Manche Personen erleben Stimmen, die ihre Handlungen kommentieren. So genau kann ich Ihnen das also nicht beantworten. Dazu müsste ich mit dem Täter sprechen, ihn untersuchen.«

»Hoffen wir, dass es bald dazu kommt. Eine letzte Frage habe ich noch, Doktor Richter: Wenn wir vom selben Täter wie damals ausgehen, wie können Sie sich die lange Pause von fast siebzehn Jahren zwischen den Sommerferienkindern und heute erklären?«

Es folgte Schweigen. Fünf Sekunden, zehn, zwanzig. »Doktor Richter?«

»Ja, entschuldigen Sie, ich habe nachgedacht. Wollen Sie eine psychologische Erklärung hören? Viel wahrscheinlicher finde ich nämlich, dass der Täter sich nicht in der Gegend oder sogar im Ausland aufhielt. Oder im Gefängnis oder in einer Heilanstalt wegen anderer Vergehen. Haben Sie das schon überprüft? Vielleicht ist erst kürzlich ein Täter entlassen worden.«

»Da sind wir bereits dran«, seufzte Walter, »doch eine solche Überprüfung dauert.«

»Die Mühlen der Bürokratie.« Dr. Richter klang seltsam amüsiert. »Aber gut. Sie wollten noch eine mögliche medizinische Erklärung hören. Ich stelle die vorsichtige Hypothese auf, dass die eine Persönlichkeit des Täters nach den Sommerferienkindern genug hatte. Seine Lust war gestillt. Vorerst. Die menschliche Komponente übernahm die Oberhand. Mit der Zeit jedoch kehrte der Trieb zurück, wurde wieder stärker. Dies ist häufig der Fall. Höchstwahrscheinlich hat es dann einen Katalysator gegeben, der die gewalttätige Persönlichkeit wieder in den Vordergrund treten ließ. Ein Schlüsselerlebnis oder eine Person, die das auslöste.«

»Die Lehrerin«, flüsterte Walter.

»Sie meinen?«

»Nichts«, sagte Walter schnell. »Doktor Richter, Sie haben mir sehr geholfen.«

»Das will ich hoffen. Auch wenn ich in meiner Praxis heute nur noch Beziehungstherapie anbiete – diesen Menschen hätte ich sehr gern hier auf meinem Stuhl. Sie übrigens auch, Herr Brandner. Wie wäre es mit einer Partie Schach? Oder einem Schafkopfabend?«

»Lieber nicht. Im Schummeln war ich nie gut«, erwiderte Walter und wünschte einen schönen Abend.

44

Montag, 14. Juli – 16.32 Uhr

Es war ein altes Türschloss, so eines, das Pia auch in ihrem Kinderzimmer hatte. Sie spähte durch das Schlüsselloch in den Flur, doch sie erkannte nicht viel. Der Schlüssel steckte von außen und war nur ein klein wenig zur Seite gedreht.

»Hat jemand eine Haarspange?«, fragte sie, als ihr ein Zaubertrick ihres Großvaters einfiel.

Bahar schniefte hinter ihr, kam jedoch an ihre Seite getrottet und zog sich eine rote Haarspange mit Erdbeerimitaten aus dem rabenschwarzen Haar. »Was willst du damit?«

»Zaubern«, entgegnete Pia und nahm die Spange entgegen. Sie klippte den Bügel auf. Das spitze Ende schob sie in das Schlüsselloch. Ganz nah musste sie mit der Nase ran, um etwas zu sehen. Sie stocherte und fühlte mehr, als dass sie sah.

Ihr Tun ließ die anderen Mädchen aufmerksam werden. Schnell war sie umringt.

»Was machst du da?«, wurde geflüstert.

»Ein Zaubertrick?«

Pia nickte nur, während ihre Zungenspitze eifrig von einem Mundwinkel in den anderen huschte.

Dann hatte sie es geschafft: Der Schlüssel war die drei Millimeter zurückgedreht und steckte nun gerade im Loch. Sie musste ihm nur einen Schubs geben, und er würde hinunterfallen.

»Ist die Tür offen?«, wollte Jule wissen, doch Pia schüttelte den Kopf.

»Ich brauche eine Zeitung oder ein Blatt Papier. Etwas Großes, Flaches.« Sie sah sich um.

»Ich hab' was!«, rief Bahar und sprang davon. Ihre Tränen waren neuer Hoffnung gewichen.

Sie eilte zum Schrank mit den Süßigkeiten, riss die Mega-Packung Chips auf und leerte den Inhalt auf den Esstisch. Sofort roch es nach Paprikagewürz und Fett, der Geruch überlagerte sogar Pias Erbrochenes, das immer noch neben der Tür diesen säuerlichen Dunst verströmte. Mit der leeren Tüte kehrte sie zu Pia zurück.

»Das sollte gehen, oder?« Ihre Augen funkelten.

Pia nickte, nahm ihr die Tüte aus den Fingern und riss sie der Länge nach vorsichtig auf. Die Folie wollte in alle Richtungen einreißen, doch zusammen mit Bahar konnte sie die Tüte an der Schweißnaht aufziehen und zur größtmöglichen Fläche glatt streichen. Das Silber der Innenfläche glänzte.

»Und jetzt?«, rief Jule laut. Sie hatte die Hände wie ein Hamster angewinkelt und wedelte aufgeregt mit den Fingern. »Was wird das? Was wird das?«

»Pssst!«, zischte Pia. »Willst du, dass *er* zurückkommt und dich holt? Sei still. Du wirst gleich sehen.«

Ohne auf Jules Reaktion zu warten, ließ sich Pia auf die Knie sinken. Bahar tat es ihr gleich. Gemeinsam schoben sie die fettige Folie mit dem Aufdruck nach unten unter dem Türspalt hinaus auf den Gang. Sie schoben sie so weit, bis nur noch eine Ecke in die Stube spitzte. Der Kunststoff raschelte und knisterte.

Pia sah auf. Sie und Bahar waren von den übrigen fünf Mädchen umringt. Alle glotzten erwartungsvoll.

»Jetzt drückt die Daumen!«, flüsterte sie und steckte die Haarspange wieder ins Schlüsselloch. Es klackerte, gefolgt von Knistern und einem hellen *Ping – Ping Ping*.

Niemand sagte etwas. Alle hielten den Atem an … und lauschten.

Nichts geschah. Keine Schritte waren zu hören. Das Haus blieb still. *Er* war zwar vor einiger Zeit zurückgekehrt und hatte so böse geflucht, dass Jule sich sogar bekreuzigt hatte, doch dann hatten sie nur ein paar Minuten lang das Plätschern von Wasser gehört. Seit dem das verklungen war, herrschte Stille.

Pia legte sich ganz flach auf den Boden, versuchte, durch den Türspalt zu spähen. Sie sah nichts. Ganz vorsichtig zog sie die Chipstüte herein. Ganz langsam. Etwas lag darauf, sie spürte das Gewicht. Der Schlüssel! Gott sei Dank!

Ihr Atem beschleunigte sich. Wenn der Schlüssel jetzt noch unter der Tür hindurchpasste, waren sie frei.

Zentimeter für Zentimeter zog sie weiter. Jetzt sah sie den Schatten eines Gegenstandes, gefolgt vom verzerrten Umriss in der Silberfolie. Sie zog weiter.

Tock.

Pia erstarrte. Der Schlüssel lag noch auf der Chipstüte, hatte aber gegen die Tür geklopft. Der Spalt war nicht hoch genug.

Entsetzt schob Pia die Chipstüte hin und her, in der Hoffnung, dass der Boden uneben und der Spalt irgendwo hoch genug sein würde. Doch egal, wo sie es probierte, der Schlüssel passte nicht hindurch. Drei Zentimeter Massivholz trennten sie und die anderen von der Freiheit.

Jemand begann wieder zu weinen. Es war Jule. Sie war auf die Knie und dann auf ihre Fersen gesackt. Ihre Hände wedelten erneut hin und her, während Tränen über ihre Wangen strömten.

»Er wird uns holen! Er wird uns holen!«, jammerte sie, schniefte laut und weinte weiter.

Pia schaute erst ihre Klassenkameradin an, dann Bahar und dann jede einzelne. Für einen kurzen Moment überlegte sie, ebenfalls in Tränen auszubrechen, doch sie entschied sich dagegen. Es musste hier im Zimmer doch irgendetwas geben, mit dem man fliehen konnte. Man durfte nie aufgeben, das sagte ihre Mama immer. Egal wie hart das Leben einen FICK-TE (*Entschuldigung, Mama, ich weiß, ich darf das böse Wort nicht benutzen*), es gab immer einen Ausweg. Daran glaubte Pia.

»Hilft mir jemand suchen? Vielleicht finden wir etwas, mit dem wir fliehen können. Oder ihn fesseln.«

Bahar nickte grimmig, und Jule weinte noch lauter.

45

Montag, 14. Juli – 17.45 Uhr

Patrick schoss aus seinem Mittagsschlaf hoch mit dem sicheren Wissen, verschlafen zu haben. Sein Herz pochte schnell, als er sich auf die Ellbogen aufrichtete.

Er schaute desorientiert hin und her, bis er das Gästezimmer des Almhauses erkannte. Dann bemerkte er die Wanduhr. Viertel vor sechs. So spät schon? Er rieb sich den Schlaf aus den Augen, doch die Uhrzeit änderte sich nicht. Er hatte fast zweieinhalb Stunden gepennt. *Scheiße!*

Hastig schwang er die Beine aus dem Bett, das einen muffigen Geruch verströmte, und schlüpfte eiligst in eine frische Jeans, die er bereitgelegt hatte. Sein großer Auftritt stand bevor, und er war verdammt spät dran.

(Und der zweite Gang, ähm?)

Patrick musste ausgiebig gähnen, schüttelte jedoch die Müdigkeit ab. Jetzt nicht. Er hatte keine Zeit, und die Mollige konnte warten. Er streifte sich ein frisches Shirt über. Sein Handrücken tat weh, doch der Schmerz war nach dem Anlegen des Verbands und der Einnahme der beiden Aspirin zu einem dumpfen, erträglichen Pochen geschrumpft. Es würde ihn nicht allzu groß beeinträchtigen.

Als Letztes folgten die Turnschuhe, dann strich er sich seine wirren Locken nach hinten und stopfte sie unter seine schwarze Cap.

Fertig angezogen ging er nach unten. Er trat in den Flur und sah den Blutfleck samt Spritzer an der weiß verputzten Wand. Es sah aus, als hätte eine Horde Kinder eine Schlacht mit mehreren Töpfen Bolognesesoße veranstaltet. Alles war beschmiert und bespritzt: vom Boden zur Wand zum alten Bauernschrank zum aufgehängten Wagenrad und zur Decke.

Patrick schüttelte sich und spürte Tränen, doch dann bemerkte er den Gegenstand vor der Tür zur Stube. Der Schlüssel lag am Boden, eng an den Schlitz geschmiegt.

Er runzelte die Stirn. Mit zwei Schritten war er an der Tür. Er lauschte. Nichts war zu hören.

Warum war es so still? Was trieben die Kinder da drinnen?

Er ging in die Hocke, nahm den Schlüssel zur Hand. Dieser war fettig und roch nach Metall und … Kartoffelchips!

(FLUCHTVERSUCH!)

Noch im selben Atemzug rammte er den Schlüssel in die Schließmechanik. Die Tür flog nach innen auf. Patrick stürmte in die Stube. Ein Brotzeitbrett mit eingeschnitztem Herzen krachte ihm mit der Kante ans Schienbein. Schmerzen schossen in seinen Fuß, ließen ihn laut grunzen.

Er sah, wie eines der Mädchen sich an ihm vorbeidrücken wollte, hinaus in die Freiheit, doch er erwischte sie an der Schulter und riss sie zurück. Gleichzeitig schlug das Brotzeitbrett erneut gegen sein Bein und traf das Knie. Stechende Schmerzen. Die Mädchen schrien wild durcheinander. Er schleuderte die Flüchtende zurück in den Raum. Sie taumelte gegen ein anderes Mädchen, und beide gingen kreischend zu Boden.

Wieder kam das Brotzeitbrett angesaust, doch dieses Mal fing er es ab, riss es der Kleinen aus den Fingern.

»Ihr kleinen Huren!«, brüllte er verärgert und trat nach der Angreiferin. Sie wich gerade noch aus. Ein anderes Kind plärrte ohrenbetäubend. Ihre Arme schlugen wie gestutzte Flügel eines Kolibris auf Crystal Meth.

Patrick schleuderte das Brotzeitbrett hinter sich in den Flur, packte das heulende Mädchen, riss es zu sich heran und umfasste ihren Hals. Das Kreischen erstarb in einem aufgeregten Blubbern.

»NOCH EINE BEWEGUNG, UND SIE STIRBT!«

Die Worte wirkten. Die Mädchen hielten inne, hörten auf zu schreien. Er hatte die Mollige erwischt. Sie zitterte unter seiner Berührung so stark, dass ihre Haare tanzten.

»Du kommst mit mir«, befahl er und wich zwei Schritte zurück in den Türrahmen. »Das habt ihr nun davon! Zu fliehen versuchen und mich noch angreifen. Das werdet ihr büßen!«

Mit diesen Worten zerrte er die Mollige aus dem Raum, ließ ihren Hals los und wuchtete die Tür zu. Während er absperrte, bemerkte er im Augenwinkel, wie das Mädchen auf ihren Hintern plumpste, die Sauerei an der Wand sah und erneut zu quieken anfing wie eine Sau auf der Schlachtbank. Ihre Hände wedelten abermals wild vor ihrer Brust hin und her.

»Behindert, oder was?«, schnauzte Patrick und steckte den Schlüssel in seine Hosentasche. Er zerrte die Kleine grob auf die Beine, was sie noch schriller kreischen ließ. Unbeeindruckt schleifte er sie zum Ausgang.

Die Kinder in der Stube schrien: »Jule! Jule! Jule!«

So hieß sein zweiter Gang also. Jule.

Er sperrte die Haustür ab, und damit verstummte das Geschrei der Mädchen. Dann machte er sich auf den Weg Richtung Hütte, mit der rechten Hand schleifte er Jule hinter sich her, und mit der linken schnappte er sich den Bollerwagen.

Als Jule Kristinas Blut darin hin und her schwappen sah und die weißen Brocken samt Haarbüschel bemerkte, wurde sie ohnmächtig und brach zusammen.

»Auch das noch«, schimpfte Patrick, als ihr Körper wie ein Kartoffelsack auf den Boden plumpste.

Er packte das Mädchen und legte es in den Bollerwagen. Dann marschierte er los. Sie würde schon wieder aufwachen. Wenn nicht, würde ihr kaltes Wasser aus dem See schon

Leben eintreiben. Wach sein musste sie schon. Sonst machte das alles ja keinen Spaß.

Der Wald empfing ihn beruhigend wie immer. Eine Wohltat nach dem Gekreische. Er hörte das Rauschen von Blättern, das Knacken von Ästen, das Rascheln der Nadeln unter seinen Schritten, das entfernte Bimmeln der Kuhglocken … und das Quietschen der Räder.

Genervt blieb er stehen, schaute hinab auf den Wagen und auf Jule, die in Kristinas Säften lag. Ihr himmelblaues Kleid färbte sich dunkelrot. Ihr Köpfchen mit den Pausbäckchen war auf ihre Schulter gesunken. Die Haare hingen ebenfalls herab und bekamen rote Spitzen.

Er zog den Wagen einen weiteren Meter. Quietschen. *Scheiße!* War sie ohnmächtig genug, dass er sie für zwei Minuten allein lassen konnte?

(Und sie sagt: Na klar!)

Patrick ließ die Deichsel los. Schnell spurtete er zurück zum Almhaus und kramte ein Plastikfläschchen mit Haftöl aus dem Schuppen.

Jule lag unverändert im Bollerwagen, als er zurückkehrte. *Schwein gehabt.* Schnell ölte er die Achsen der Räder und marschierte dann zufrieden weiter. Jetzt umgaben ihn wirklich nur noch die Geräusche des Waldes. Was für eine Wohltat!

Doch ganz still war es nicht. In der Ferne meinte er, einen Mann weinen zu hören. Ein markerschütterndes Schluchzen. Oder war das in seinem Kopf?

46

Montag, 14. Juli – 19.17 Uhr

»Ihre halbe Schweinshaxn, bittschön«, sagte Gerdi und stellte den knusprig gebratenen Klassiker samt Kartoffelknödel und Dunkelbiersoße auf den Tisch. »An Guadn.«

Der Gast lächelte sie seltsam an, nickte ihr jedoch mit seiner schwarzen Baseballmütze zu. Dann griff er nach dem Besteck und begann das Fleisch vom Knochen zu lösen. Gerdi bemerkte, dass seine linke Hand in einem Verband steckte.

»Is des net der junge Höller?«, fragte sie leise ihren Mann Alfons, als sie hinter den Tresen trat.

»I denk«, antwortete dieser und polierte unbeeindruckt den Tresen auf Hochglanz.

»Scho a schlimme Gschicht, die damals passiert is.«

»Scho.«

»Aber scheinbar hat er sich wieder gfanga. War ja a Drama, damals, als die hier zu zweit mitten im Sturm reinmarschiert kamen und der Alt den Unfall meldete. Die ganze Familie abgestürzt. So schrecklich. Mei.«

»Is lang her.«

»Des stimmt. Aber schau nur. Der Junge sieht genauso aus wie der alt Höller damals. Bloß a weng jünger. Hat aber auch so an unheimlichen Zug um die Lippen.« Sie seufzte. »Aber wenigstens fährt er net so an roten Flitzer wie der Alt damals.«

»Was meinst?«

»Na, mit so am Gschoss kannst dich ja nur umbringer. Der Junge fährt an Kleinbus. Hab i draußen steh sehn. Wozu er den wohl braucht?«

»A geh, Gerdi. Wennst so a Alm als Ferienhaus betreibst wie der Alt, dann musst halt mal große Mengen raufkarren. Hat doch der Alt a oft gemacht. Ist doch früher jedes Jahr mit am geliehna Handwerkerauto komma. Des is nix Ungewöhnliches. Und wennst als Kind dei Familie verloren hast, dann bist halt nicht mehr des sprühende Leben.«

Gerdi schaute ihren Mann an, der sich selten zu einem solchen Redeschwall hinreißen ließ. »Sag, was issn mit dir los?«

»Nix.«

»A komm, Alfons!«

Alfons Sommer legte das Poliertuch hinter die Theke in ein dafür vorgesehenes Fach. Dann schnappte er sich ein Weizenglas aus dem Schrank und zapfte sich ein Weißbier. Ab der Hälfte kamen nur noch große Blasen.

»Zefix, des Fass is leer«, sagte er und stellte das halb volle Glas auf den Tresen. »Du müsstest dich mal hören, Gerdi. Überall siehst böse Leut. Der Höller ist a junger, fescher Kerl, und der Alt war auch ausm richtigen Holz gschnitzt. A weng eigen, aber sozial. Wie sich der um den Buam kümmert hat, nach dem Unfall. I kann mich an die Zeitungsartikel noch guad erinnern. Da ghört was dazu, Gerdi. Courage. A Rückgrat.«

Mit diesen Worten ließ er sie stehen, um ein neues Fass Weißbier zu holen. Gerdi blickte zu dem jungen Höller hinüber, der in der hintersten Ecke der Gaststube an seiner Schweinshaxe herumsäbelte. Er aß hastig, wobei ihm Bratensoße übers Kinn tropfte. Jeden dritten Bissen stürzte er mit einem großen Schluck Hellem hinunter und wischte sich mit dem Verband danach den Mund ab.

Irgendetwas gefiel ihr an dem jungen Mann nicht. Sie konnte nicht sagen, was es war, vielleicht seine *rohe* Art, zu essen und zu trinken. Oder dieser kalte, abstoßende Gesichtsausdruck?

Als der junge Höller dann auch noch von seinem Knödel aufsah und sie direkt anblickte, schienen grabeskalte Knochenfinger über ihren Rücken zu streichen. Gerdi erschauerte, wurde aber in dem Moment von einem anderen Gast aus dem Nebenraum gerufen, und ging wieder an die Arbeit. Eine Geburtstagsgesellschaft bedurfte ihrer Aufmerksamkeit.

Als sie zehn Minuten später zurück hinter den Tresen eilte, war der junge Höller verschwunden. Die Schweinshaxe war zu drei Vierteln verspeist und der Knödel ganz weggeputzt. Es steckten ein Zwanzig- und ein Fünfeuroschein unter dem leeren Bierglas.

Großzügig, dachte Gerdi, als sie die Scheine einsteckte. *Vielleicht ist er doch nicht so verkehrt.*

47

Montag, 14. Juli – 20.34 Uhr

Der Dezernatsleiter platzte unangemeldet zur Tür herein. »Was haben wir?«, bellte er.

Walter sah müde auf. »Louis«, sagte er. »Was verschafft mir die Ehre?«

»Jeder verdammte Sender klingelt Sturm, seit ihr die Pressemitteilung herausgegeben habt. Ich will informiert sein. Wie ist der aktuelle Stand?«

Walter sagte es ihm.

»Wir haben also nichts.«

»O doch«, antwortete Walter. »Wir haben ein Foto des vermeintlichen Täters – zumindest seine Rückansicht –, wir haben seine DNS, wir haben seine Fingerabdrücke, und wir haben eine Zeugin, die ihn identifizieren kann, aber die es mit dem Kollegen nicht schafft, ein Phantombild anzufertigen.« Walter holte tief Luft und fuhr fort: »Wir vermuten, dass er einen Kleinbus oder etwas in der Art als Fahrzeug nutzt, wir vermuten, dass er eine Garage im Industriegebiet gemietet hat, und wir vermuten, dass er mit einem Störsender die Handys blockiert hat. Er kann also keine Dumpfbacke sein. Überhaupt ist er angeblich Ingenieur und renoviert seine Wohnung. Außerdem glauben wir, dass er an einer multiplen Identität leidet und in der Kindheit traumatisiert worden ist. Vielleicht ist er sogar ein Tierquäler oder ein kürzlich entlassener Triebtäter.«

»Und trotzdem haben wir –«

»– nichts. Genau.« Walter seufzte und lehnte sich in

seinem Bürostuhl zurück. Vor ihm lag das Foto von Frau Wimmer und ihrem Freund. Er hatte es nun tausendmal angeschaut.

»Wo ist eigentlich Frau Goldmann?«, wollte Louis wissen.

Walter rieb sich mit den Handballen beide Augen und strich sich den Stress nach unten übers Kinn weg. Es klappte nicht. »Leonore ist ein paar Minuten an die frische Luft«, sagte er müde. »Müsste bald wiederkommen.«

»Und wie geht's weiter?«

Walter zuckte mit den Schultern. *Kommt Zeit, kommt Rat*, hätte er beinahe gesagt, doch er schluckte den Kommentar hinunter. Zeit war das Einzige, was er nicht hatte. Die Kinder noch weniger.

»Hat die Suche im alten Industriegebiet noch etwas ergeben?«, fragte er stattdessen.

Der Dezernatsleiter schüttelte den Kopf. »Gar nichts. Ich habe die Hundertschaft gerade abgezogen.«

»Dann können wir also nur auf die Auswertung der Mietgaragen oder auf eine Rückmeldung der Psychiatrien warten. Oder auf einen Treffer der DNS in unserer Datenbank, was wahrscheinlich nicht passieren wird. Scheiße ist das. Riesengroße Scheiße, Louis. Uns läuft die Zeit davon.«

Es klopfte an der Tür.

»Ja, bitte?«

Eine Polizistin steckte den Kopf herein und sagte: »Herr Brandner, in der Eingangshalle wartet jemand auf Sie.«

»Wer?«

»Der Herr hat seinen Namen nicht gesagt, aber gemeint, es sei sehr wichtig.«

»Gut, richten Sie aus, ich komme in fünf Minuten.« Die Polizistin verschwand wieder. »Du hast gehört, was los ist. Wahrscheinlich wieder einer der Väter, der aus *meinem* Mund hören will, ob es Neuigkeiten gibt. *Kolleginnen* sind ja nicht fähig. Wie mich das ankotzt. Entschuldige mich bitte.«

»Ist schon okay, Walter. Hauptsache, ihr fangt das Schwein so schnell wie möglich. Wenn ich nur daran denke, dass ich meine Tochter beinahe in diese Schule gesteckt hätte und sie heute unter den Entführten wäre, dann kriege ich am ganzen Körper eine Gänsehaut.«

»Ich auch, Louis. Ich auch.«

Walter verließ sein Büro. Gedankenversunken stapfte er den Flur entlang. Er versuchte, Distanz zu gewinnen. Wenn man zu nah dran war, sah man oft das Offensichtliche nicht mehr. Doch was war in diesem Fall das Offensichtliche? Was übersah er?

Der Geruch von Instantkaffe wehte ihm entgegen, als er die wenigen Stufen zur Eingangshalle hinunterlief. Eine einsame Gestalt saß auf den Wartestühlen neben dem Kaffeeautomaten und hielt einen Plastikbecher in der Hand. Walter erkannte die Person sofort.

Jeans, weißes T-Shirt, dunkle Baseballmütze.

»Ricky! Was für eine Überraschung!«, begrüßte er den jungen Mann, der in dem Moment zu ihm aufsah und sich mit einem Lächeln auf den Lippen erhob. Walter breitete die Arme aus und drückte ihn vorsichtig an sich, um keinen Kaffee zu verschütten.

»Mensch, eigentlich hatte ich anrufen wollen, dass du heute nicht vorbeikommst, aber ich hab's vergessen. Entschuldige, aber hier geht es drunter und drüber. Ich hab' offen gesagt auch gar keine Zeit. Diese entführte Schulklasse. Hast du davon gehört?«

»Im Radio, gerade eben. Schrecklich, nicht wahr? Seid ihr dem Täter schon dicht auf den Fersen?«

Walters Lächeln erlosch. »Über kurz oder lang werden wir ihn fassen, aber mehr kann ich dir nicht sagen. Du weißt doch, Schweigepflicht.« Walter deutete mit dem Kinn auf Patricks verbundene Hand, in der er den Kaffeebecher hielt. »Was hast du denn gemacht?«

»Ein lehrreiches Missgeschick«, seufzte dieser. »Ich hab' mich an einem Nagel gekratzt. Aber halb so schlimm.«

»Na dann. Und, warum bist du hier?«

»Ich ... ich wollte dich zu meiner Geburtstagsparty einladen, und du weißt doch, dass ich so etwas gern persönlich mache.«

Patrick senkte den Blick und spielte mit dem Kaffeebecher.

»Geburtstags... Mist, Ricky! Du hattest vorgestern. Das tut mir leid. Ich hab's vergessen. Alles Gute nachträglich.«

Patrick lächelte und ließ sich herzlich die unverletzte Hand schütteln.

»Danke«, sagte er. »Aber du wirst kommen, oder? *Du musst!*«

Walter runzelte die Stirn und meinte: »Ich auf deiner Party? Da bin ich ja ein alter Gaul unter lauter jungen Dingern. Ich glaube kaum, dass das so eine gute Idee ist.«

»Doch, Walter. Ich bestehe darauf.«

»Also gut. Wann und wo findet die Party statt?«

»Irgendwann in den nächsten Tagen. Wo ... ist noch nicht ganz raus. Wahrscheinlich auf der Alm. Du weißt schon, wo Heinrich damals seinen Vierzigsten gefeiert hat.«

»An die Alm kann ich mich erinnern. War ein netter Geburtstag damals. Also, wenn dieser Fall mit der Schulklasse bis dahin gelöst ist, komme ich.«

»Versprochen?«

»Hoch und heilig!«

»Dann musst du den Fall aber zügig lösen.«

»Wenn das so einfach wäre«, seufzte Walter.

»Ach, lass dich nicht so hängen. Du hast doch bisher all deine Fälle gelöst.«

»Nicht alle.«

»Ich weiß, aber auch die werden sich irgendwann lösen. Du wirst sehen. Oft kommt das lang Ersehnte unverhofft.«

Walter blickte Patrick in die warmen braunen Augen und schmunzelte. »Da hat aber heute jemand einen Poeten zum

Frühstück verdrückt. Ich hätte auch gern wieder diesen jugendlichen Optimismus. Ach, Ricky. Es tut mir echt leid, dass ich so wenig Zeit für dich habe, aber ich muss wieder. Du meldest dich wegen der Feier, ja?«

»Sowieso.«

Patrick und Walter schüttelten sich nochmals die Hände. Beide lächelten. Dann machte Patrick auf dem Absatz kehrt und marschierte davon.

Walter sah dem Jungen hinterher.

Jeans, weißes T-Shirt, dunkle Baseballmütze.

Er beobachtete, wie Patrick Höller aus dem Polizeipräsidium spazierte, nach rechts bog und nach einigen Metern aus seinem Blickfeld in der Abenddämmerung verschwand.

Für einen Moment ...

Walter schob den absurden Gedanken beiseite.

Stattdessen fragte er sich, ob er Lust auf eine Geburtstagsfeier hatte. Warum eigentlich nicht? Vielleicht tat ihm eine andere Gesellschaft mal gut.

Er wollte sich gerade herumdrehen, als er Leonore erkannte, wie sie vor dem Gebäude von links im Laufschritt an der verglasten Eingangstür vorbeistürmte. Ihre blonden Haare wirbelten durch die Luft. Unweigerlich bemerkte er, wie ihre Brüste beim Rennen hüpften.

Er schluckte und zog die Augenbrauen zusammen, dann begriff er und stürzte hinterher.

48

Montag, 14. Juli – 20.43 Uhr

Der Kopfschmerz tauchte genauso schleichend auf wie die hereinbrechende Dunkelheit. Leonore sah vorbeihuschende Scheinwerfer und die grellen Straßenlichter der Hauptstraße, die vor dem Haupteingang des Polizeipräsidiums verlief. Hier jedoch, in einer schmalen Nebengasse, die in ein Wohngebiet führte, brannte nur das Licht einer einzigen, schwachen Laterne unter dem blassen Streifen Himmel. Doch auch dieser wurde immer dunkler, genauso wie Leonores Stimmung.

Sie massierte sich den Nacken und lehnte sich für einen Moment an die rote Backsteinmauer, die über und über mit Graffiti beschmiert war.

Diese verfluchte MS. Früher waren Einsätze dieser Art anstrengend gewesen, fordernd, aber nicht *über*fordernd. In den letzten Wochen jedoch erreichte Leonore schon nach einem normalen Arbeitstag den Punkt mentaler Erschöpfung. Nach sieben oder acht Stunden. Wie lange war sie heute schon im Einsatz? Zwölf? Dreizehn?

Leonore beendete ihre Massage und setzte ihre beiden Zeigefingerspitzen über den Augenbrauen auf die Stirn. Sie fand sofort die beiden Schmerzpunkte. Sanft übte sie Druck aus. So blieb sie einen Moment stehen. Sie musste wieder klar denken können. Sie musste etwas Ordnung in ihre Gedanken bringen, bevor sie sich erneut mit Walter in den Fall stürzte.

Es klappte mehr schlecht als recht. Beständig lenkte sie der Druck in ihrem Kopf ab, der sich wie ein zu enger Helm anfühlte. Sie ließ die Fakten Revue passieren, aber sie wusste, so würden keine neuen Erkenntnisse kommen. Sie musste ihren Blickwinkel ändern, denken wie ein Entführer. Oder wie Kristina Wimmer. Wieso hatte sie sich auf Lucas eingelassen? War er ein Charmeur? Wenn die Theorie mit der multiplen Persönlichkeit stimmte, war das möglich. Solche Personen schauspielerten besser als George Clooney und Christoph Waltz zusammen. Er konnte Frau Wimmer das Blaue vom Meer vorgespielt haben.

Aber die gespaltene Persönlichkeit war nur eine Theorie. Leonore hasste Theorien.

Trotzdem versuchte sie, sich weiter in Frau Wimmers Lage zu versetzen, gab jedoch nach zwei Minuten auf.

Mit diesen Kopfschmerzen klappte es einfach nicht.

Enttäuscht ließ sie ihre Arme sinken und trottete aus der Ruhe der Gasse hinaus auf den Gehweg der Hauptstraße. Sofort hatte der Lärm sie wieder. Autos fuhren tosend vorbei. Der Kopfschmerz schnellte schlagartig auf das vorherige Niveau zurück.

Tief durchatmend schlenderte Leonore zurück. In einiger Entfernung leuchtete der Eingang des Polizeipräsidiums in hellem Licht. Überrascht stellte sie fest, dass sie trotz der Kopfschmerzen ganz gut sah. Ihre schwankende Sehschwäche hatte gerade ein Tief ... oder die Sehschärfe ein Hoch.

Ein Mann trat aus dem Präsidium. Leonore blieb abrupt stehen. Ihr Pulsschlag beschleunigte. Sie kniff die Augen zusammen.

Er trug fast die gleichen Klamotten wie der Mann auf dem Foto, dazu eine Baseballmütze. Er wandte sich nach rechts und spazierte davon.

»Das ... glaub' ... ich ... nicht«, kam über ihre Lippen, dann rannte sie.

Der Entführer! Warum marschiert er aus dem Präsidium?

Das Pflaster des Gehsteigs flog unter ihr dahin, rechts Fenster, Außenmauer, Fenster, Außenmauer, ihre Füße griffen weit aus, links zischten Autos vorbei, vor ihr in einiger Entfernung immer noch der Kerl mit vergnügtem Gang, verschwand hinter dem Präsidium, ihre ausgestreckten Hände schnalzten abwechselnd links und rechts in ihr Blickfeld, rechts jetzt das helle Licht der Eingangshalle, schneller, *mach schneller,* und ihr Atem pfiff laut, dann wieder Fenster, Außenmauer, Fenster, Außenmauer.

Ein Ruf zerriss die Nacht. »LEONORE! BLEIB STEHEN!«

Was? Warum? Sie rannte weiter.

»BLEIB STEHEN!«

Es war Walter, hinter ihr. Ihre Schritte verlangsamten sich. Ihre Seite stach höllisch. Sie blieb stehen, stützte sich auf die Oberschenkel.

»Der Entführer«, keuchte sie, als Walter neben ihr zum Stehen kam. »Du … musst … ihn … verfolgen.«

»Das war nicht der Entführer«, sagte Walter. »Das war Ricky.«

»Ricky?« Ihr Brustkorb pumpte immer noch wie wild. Ihr Kopf schien zu platzen.

»Patrick Höller. Der Junge meines Freundes Heinrich. Du weißt schon, der, der vor Jahren beim Wandern verschwand.«

»Er sah aus wie der Entführer auf dem Foto.«

»Du täuschst dich, Leonore. Ricky ist kein Verbrecher.«

»Sicher?«

»Absolut. Dafür lege ich meine Hand ins Feuer.«

»Mist!«

»Was: Mist?«

»Dann bin ich umsonst gerannt.« Und ihr Atem pfiff immer noch.

49

Montag, 14. Juli – 22.25 Uhr

Die Kommissarin hat mich erkannt! Patrick war sich sicher. Sie war hinter ihm hergerannt, doch dann hatte Walter sie zurückgepfiffen. *Zum Glück.* Er hatte sich so beherrschen müssen, nicht selbst loszurennen. Aber woher wusste sie es? Hatte er einen Fehler begangen? War er irgendwo gesehen worden? Aber wenn ja, warum hatte Walter ihn dann nicht sofort festgenommen?

Nein, Walter hielt ihn nicht für den Entführer. Noch nicht.

Wie lange würde es dauern? Wann würde Walter verstehen, dass die Party bereits in vollem Gang war und er erwartet wurde? Waren seine Hinweise deutlich genug gewesen?

Junge Dinger, hatte Walter gesagt. Patrick schnaubte und schlug die Tür des Kleinbusses hinter sich zu. Jetzt konnte er nur noch warten

(UND MIR DIE NÄCHSTE GÖNNEN, DU ARSCH-LOCH!)

und versuchen, stark zu bleiben. Am liebsten hätte er jetzt seine Uhrmacherwerkzeuge gehabt und gearbeitet. Stundenlang, damit die Stimme schwieg. Aber er hatte stattdessen noch sechs

(herrlich pulsierende Knospen)

Mädchen in der Stube sitzen.

(Die ich mir jetzt hole! Jetzt, du Miststück!)

Patrick stützte sich mit beiden Händen auf der Motorhaube ab und schnaufte tief durch.

Er zählte eins, zählte zwei, zählte drei …

Was anderes blieb ihm nicht.

Dann sah er wieder auf. Das Almhaus lag stockfinster vor ihm. Das einzige Licht brannte in der Stube, doch das Fenster zeigte nach Osten, und das hatte er vorher von außen verbrettert. Die Mädchen würden also immer noch auf ihre Rettung warten – nein, auf ihn! Sie warteten auf ihn!

Er zählte vier, zählte fünf, zählte sechs ...

Schweren Herzens überquerte er den Parkplatz, dann schritt er durch den Flur, vorbei an Kristinas letzten Resten bis zur Tür der Stube. Honiggelbes Licht sickerte wie erwartet unter dem Türspalt hervor. Er hörte leise Stimmen. Seine Hand berührte die kalte Türklinke, während die andere den Schlüssel in seiner Hosentasche fest umklammerte.

Er wusste, dass er eigentlich den Eimer leeren sollte, den er ihnen als Toilette hineingestellt hatte. Er wusste, dass er eigentlich Decken besorgen sollte, damit sie schlafen konnten. Er wusste, dass er eigentlich ...

Und er zählte sieben, zählte acht, zählte neun ...

Er ließ die Türklinke los, ging nach oben ins Gästezimmer, feuerte seine Cap aufs Bett und trat ans Fenster. Ein Stuhl mit eingeschnitzten Hopfendolden in der Lehne stand bereit. Er nahm Platz.

Sein Blick glitt hinaus in die Nacht. Der Mond stand hell am Himmel, tauchte die Berge, Wiesen und Täler in knochenweißes Licht. Er sah den Parkplatz und die Zufahrtsstraße, die hinter einem Felsvorsprung verschwand und weiter unten erneut zum Vorschein kam.

Hier würde er warten, so lange, bis Walter in seinem Wagen die Straße hochtuckerte. Er würde ihn schon von Weitem sehen. Fünf Minuten vor seiner Ankunft. Bis dahin wollte er sich keinen Millimeter mehr bewegen. Er würde die Kleinen in Ruhe lassen, sie

(töten! Feuertrunken wirst du ihr Leben nehmen!)

Er zählte zehn, zählte elf, zählte zwölf ...

Zu seiner Überraschung klappte es. Die Stimme in ihm erstarb. Wahrscheinlich war das Monster noch satt, nachdem es heute bereits zweimal gefüttert worden war. Gefüttert. Nein. Es hatte sich einfach seiner *bedient* und gefressen und gefressen und gefressen …

Patrick Höller griff nach dem Flaschenöffner und dem Bier, die er vorab bereitgestellt hatte. Die Bierkrone zischte. Er legte den Kopf nach hinten, und in der Flasche blubberten Blasen hoch.

Er rülpste und sagte laut zu sich selbst: »Durchhalten, Patrick! Durchhalten! Walter wird bald kommen!«

Das war seine Hoffnung. Hier musste es enden, hier auf der Alm, hinten an der Hütte.

Die Gäste waren bestellt, die Geburtstagsparty im Gange.

Jetzt musste er nur noch warten, doch wie lange würde er es aushalten mit dem Wissen, sechs ach so lebendige Kinder unter sich im Zimmer zu haben? Eine Stunde? Zwei? Drei? Er brauchte nur hinunterzugehen und …

Er zählte dreizehn, zählte vierzehn, zählte fünfzehn …

50

Dienstag, 15. Juli – 03.12 Uhr

Die letzten Stunden waren verstrichen wie ein verregneter Sonntag auf der Couch. Walter hatte die alten Akten der Sommerferienkinder aus dem Archiv geholt, um wahllos darin zu blättern und hier und dort einen Eintrag zu lesen. Die Zeit hätte er sich sparen können.

Überhaupt hätte er lieber Gregor bei der Recherche der Mietgaragen unterstützt, aber sie mussten bis zum Morgen warten. Um drei Uhr nachts erreichte man selten jemanden an Firmentelefonen.

Also blieb Walter nichts anderes übrig, als zu warten und zu grübeln. Vielleicht sollte er versuchen, eine Runde zu schlafen, doch er wusste, dass sich der Schlaf nicht einstellen würde. Er hatte genug schlaflose Nächte in seiner Karriere erlebt, sodass er sich selbst gut genug kannte.

Walter konnte nicht länger auf den Monitor starren. Er schloss die Augen und konzentrierte sich auf seine Atmung. Tief einatmen, tief ausatmen.

Zwei Minuten lang. Dann ließ seine Konzentration wieder nach; zu seinen Atemstößen mischten sich das monotone Rauschen des Computerlüfters und das Ticken der Wanduhr.

Mit jedem *Tick* verstrich eine weitere wertvolle Sekunde, und damit die Hoffnung auf eine Rettung der Mädchen. Der *lebenden* Mädchen.

Walter hatte sich vor seiner Laufbahn als Kriminalhauptkommissar vorgenommen, niemals zu verzagen, niemals aufzugeben, so lange, bis ein Fall gelöst war. Die Chance, alle acht Mädchen unversehrt zu finden, schwand zusehends, aber er musste es weiterhin versuchen, er durfte nicht den Mut verlieren.

Was aber, wenn er sie wieder nicht finden würde? Wenn sie wie die Sommerferienkinder verschollen blieben? Könnte er das ertragen? Könnte er weitermachen?

Während der Jahre der Sommerferienkinder hatte er aufgeben wollen, den Dienst quittieren, vielleicht sogar sein ...

Aber er hatte sich durchgewurstelt. Seine damaligen Freunde hatten ihn aufgebaut, ihn aufgefangen und ihm gut zugeredet – besonders Heinrich. Aber heute? Heinrich war lange tot, und er war im Grunde der einzig wahre Freund gewesen. Heute war Walter mit seiner Arbeit verheiratet. Wer würde ihn nun auffangen?

Er krempelte seine Hemdärmel nach oben, öffnete die obersten zwei Knöpfe und stützte die Ellbogen auf den Schreibtisch.

Konzentrier dich wieder auf den Fall!, befahl er sich selbst, doch es gab keine Neuigkeiten, keinen Erpresseranruf, nichts. Das Einzige, was er besaß, war das Foto von Lucas. Konnte es Patrick sein? Sein Ricky? Nein ... aber was, wenn doch? Wenn sich Leonore nicht getäuscht hatte vor dem Präsidium und er einfach zu blind war, diesen Umstand zu glauben? Wenn dies das Offensichtliche war, was er übersah? Hatte er nicht auch für einen Moment gedacht, den Entführer zu erkennen?

Natürlich hatte er das gedacht – aber Ricky? Ein Kinderentführer? Heinrichs Neffe ein ... Triebtäter?

Walter sah zu Leonore hinüber. Sie hing in Embryonalstellung in ihrem Bürosessel, den Kopf auf die breite Lehne gebettet, und schlief. Beide Handgelenke hatte sie unter ihr Kinn geklemmt, der Mund stand leicht offen, und ihr Gesicht wirkte tiefenentspannt.

Sollte er sie wecken? Wegen dieses absurden Gedankens?

Aber falls er – Gott bewahre – recht haben sollte, dann musste er Ricky stellen, Heinrichs Neffe hin oder her.

Schweren Herzens erhob er sich, ging zu Leonore ... und wartete. Zehn Sekunden. Zwanzig. Dreißig.

Dann schüttelte er sie sanft, aber entschieden an der Schulter. »Wach auf, Leonore. Wir müssen los.«

Es dauerte nicht lange, bis sie sich rührte.

»Wo...wohin?«, schmatzte sie, ihre Augen gingen auf und gleich wieder zu.

»Ich muss das jetzt klären.«

»Was musst du klären?« Leonore gähnte und rieb sich die Augenhöhlen, während sie sich in ihrem Bürosessel aufrichtete.

»Ob er es ist.«

»Wer?«

»Ob Ricky – Patrick – der Entführer ist. Seine Worte gehen mir nicht mehr aus dem Sinn. Vielleicht war das ein Wink mit dem Zaunpfahl. Ein stummer Schrei nach Hilfe.«

Jetzt schien Leonore gänzlich wach zu werden. Sie riss noch mal die Augen weit auf, sodass ihre Stirn in tiefe Furchen gelegt wurde, doch ihre Pupillen wirkten bereits klar.

»Ich dachte, er hat dich zu seinem Geburtstag eingeladen?«, fragte sie und streckte sich.

»Hat er auch, aber wenn ich so darüber nachdenke, schwang mehr in seinen Worten mit.«

»Und wie willst du prüfen, ob er der Entführer ist?«

Walter nahm seine himmelblaue Sommerjacke von der Garderobe und sagte: »Ich habe zu Hause ein Foto von ihm in einem Album. Vielleicht zwei Jahre alt. Wir holen es und statten Frau Schleckermaul einen Besuch ab. Wenn Patrick Lucas ist, dann kann sie ihn identifizieren.«

Hoffen wir, dass sie es nicht tut.

***

Zwei Trocknungsgeräte röhrten aus Walters Bad, als er die Wohnungstür aufsperrte. Gleichzeitig kam ihm ein Schwall schwülwarmer Luft entgegen. Ein Zettel hing an der Tür. *Bitte über Nacht den Stecker ziehen. Der Schlüssel liegt im Briefkasten.* Walter ließ ihn hängen und eilte mit Leonore im Schlepptau durch den Flur ins Wohnzimmer. Hastig zog er die Schubladen einer Kommode auf. Irgendwo musste das Fotoalbum sein.

Im ersten Schub befand sich Geschenkpapier. Ein ganzer Haufen bunt bedruckter Rollen und glitzernder Bänder.

Im zweiten Schub kamen Servietten vom letzten Osterfest mit aufgedruckten Hasen zum Vorschein, die eine Packung Teelichter halb verbargen.

Im dritten Schub lugte ein Ledereinband unter Postkarten hervor.

»Da ist es«, sagte er, schob die Ansichtskarten zur Seite und zog das Fotoalbum heraus.

Leonore wartete schweigend.

Mit zitternden Fingern schlug Walter es von hinten her auf. Er blätterte ein paar leere Seiten zurück, dann stieß er auf die zuletzt beklebte. Er sah die drei angebrachten Bilder durch das halb transparente Schutzpapier der Zwischenseite. Raschelnd schob er auch sie beiseite.

Zwei Bilder zeigten ein Richtfest: Ein kleiner Baum voller Lametta krönte die Spitze eines nagelneuen Dachstuhls.

Eine Frau in Leonores Alter grinste in die Kamera – es war die Leiterin eines Jugendheims, für das Patrick gespendet hatte.

Das dritte zeigte Patrick selbst, wie er in Anzug und Krawatte schief in die Kamera lächelte.

Für einen langen Moment besah sich Walter das Bild. Er konnte es sich einfach nicht vorstellen. Ricky war kein Entführer, kein Mörder, kein Kinderschänder. Er war so ein guter Junge. Aber warum hatte Patrick wissen wollen, ob er heute im Dienst war? Warum war Ricky im Präsidium aufgekreuzt, mitten in einer solchen Entführung? Alles Zufall? Wirklich nur wegen der Einladung zu einer *Geburtstagsfeier?* Oder hatten seine seltsamen Worte mehr zu bedeuten? *Du wirst sehen. Oft kommt das lang Ersehnte unverhofft.*

Walter schob seinen Finger unter das Bild und riss es aus dem Album. Drei Klebeecken bogen sich zur Seite, die vierte jedoch blieb an der Fotografie haften und riss einen Fetzen Papier aus der Oberfläche der Seite. *Wie ein Hautfetzen*, schoss es Walter durch den Kopf, und er klappte das Fotoalbum zu.

***

Fünfzehn Minuten später standen er und Leonore vor der Eingangstür eines Wohnblocks. Nach drei Minuten durchgängigem Klingeln ertönte die Stimme der Lehrerin matt aus der Türsprechanlage und fragte, wer da sei. Walter und Leonore nannten ihre Namen, dann summte der Türöffner, und sie hetzten durch das Gebäude zu Jacobis Wohnung, erst den Flur entlang, hoch ins Treppenhaus, im zweiten Stock aus der Tür und dann rechts.

Die Lehrerin stand – wieder mit ihren Miss-Piggy-Hausschuhen – im Türrahmen, den Bademantel um ihre ausladenden Rundungen geschwungen. Sie blickte ihnen schweinemüde entgegen, die Tränensäcke fett geschwollen.

»Was wollen Sie mitten in der Nacht?«, fragte sie genervt. »Kann man sich nicht einmal mehr auskurieren?«

»Doch, das können Sie«, entgegnete Walter. »Sie brauchen uns nur eine einzige Frage zu beantworten.« Er zog das Foto aus seiner Jackeninnentasche und hielt es ihr unter die Nase, so nah, dass Frau Jacobi instinktiv einen Schritt zurückwich. »Ist das Kristinas Freund Lucas?«

Frau Jacobi blickte auf das Bild, dann schüttelte sie den

Kopf. Walter spürte, wie sich die Erleichterung einem Obstler gleich in seiner Magengegend ausbreitete. Er hatte es gewusst. Patrick war nicht Lucas!

»So erkenne ich nichts«, sagte Jacobi, und ließ Walters Puls schlagartig wieder nach oben schnellen. »Ich hole meine Brille. Augenblick.«

»Wie …?«, wollte Walter nachhaken, doch die Lehrerin hatte ihm bereits den breiten Rücken zugekehrt und verschwand in der Wohnung. Er spürte Leonores Hand auf seiner Schulter.

»Vielleicht ist er es gar nicht«, hörte er sie flüstern.

Er nickte nur. Sie wollte ihn beruhigen, doch sein Herz trommelte wie wild.

Schließlich kam Jacobi zurückgewatschelt, eine riesenhafte Brille auf der Nase, ihre Augen übergroß hinter den dicken Gläsern. Sie sah aus wie ein Clown.

Walter streckte ihr das Bild erneut entgegen. Sie musterte es ausgiebig. Fünf Sekunden. Zehn Sekunden. Dann nahm sie seufzend die Brille ab.

»Und?«, flüsterte Walter. Die Fotografie zitterte in seinen Fingern.

Annemarie Jacobi nickte, erst zaghaft, dann entschieden. »Das ist Kristinas Freund.«

»Und Sie sind sich ganz sicher?« Die Frage kam von Leonore.

Jacobis Doppelkinn wogte auf und ab. »Zu zweihundert Prozent. Das ist ganz eindeutig Kristinas Stecher.«

51

Dienstag, 15. Juli – 03.58 Uhr

Leonore steuerte den Wagen durch die Innenstadt. Zu dieser frühen Morgenstunde waren die Straßen wie leer gefegt. Nur vereinzelt kreuzten Autos ihre Fahrt, und beständig huschten die Lichter der Straßenlaternen als regelmäßige Rechtecke über die Frontscheibe.

Walter versuchte derweil, Gregor anzurufen. Aus der Freisprecheinrichtung drang bereits das achte oder neunte Klingelzeichen. Leonore bemerkte, wie fahrig Walter seit Patricks Identifizierung durch Frau Jacobi war. Er strich sich im Minutentakt die Haare aus der Stirn, rang seine Hände, hielt sie kurz vor sich, um das enorme Zittern zu beobachten, und strich sich dann wieder durch die Haare. Er hatte die Wahrheit noch nicht verdaut. Er wollte nicht glauben, dass sein Patrick Höller ein Verbrecher war. Er kämpfte mit diesem Gedanken, genauso wie seine Hände miteinander.

Endlich wurde der Anruf entgegengenommen. Gregors Stimme drang blechern aus den Lautsprechern. »Ja, Chef?« Er klang müde.

»Ich habe einen Auftrag für Sie«, sagte Walter ohne Umschweife. Auch seine Stimme zitterte. »Sind Sie ganz Ohr? Es geht um Leben und Tod.«

Leonore hörte, wie sich Gregor am anderen Ende der Leitung straffte. »Was gibt's?« Jetzt schien er hellwach zu sein.

Walter nickte und sagte: »Also: Sie werden auf der Stelle ein Sondereinsatzkommando zusammenstellen. Wir glauben, dass der Entführer Patrick Höller ist, fünfunddreißig

Jahre alt, wohnhaft in der Edelweiß-Allee dreizehn. Sie werden mit dem SEK dort aufschlagen und die Villa von Patrick Höller durchsuchen. Mit Vorsicht! Wahrscheinlich hat er noch alle Geiseln in seiner Gewalt. Über die Vorkommnisse halten Sie mich auf dem Laufenden. Alles verstanden? Bitte bestätigen.«

Es dauerte einen Moment, bis die Antwort kam: »Verstanden. SEK, Edelweiß-Allee dreizehn, Vorsicht. Und was machen *Sie*?« Gregor wirkte irritiert.

»Wir gehen noch einer zweiten Spur nach.«

»Dann werde ich Rochell aus dem Bett klingeln und …«

»Sie werden gar nichts, Gregor!«, bellte Walter. Wieder strich er sich durchs Haar. »Lassen Sie ihn schlafen. *Sie* werden das SEK leiten. Das schaffen Sie locker. Ich vertraue Ihnen. Und jetzt machen Sie sich an die Arbeit!«

Wieder dauerte es einige Zeit, bis Gregor antwortete, und als er es tat, schwang Stolz in seiner Stimme mit. »Danke, Chef! Ich werde Sie nicht enttäuschen. Sie hören wieder von mir.« Mit diesen Worten legte Gregor auf.

Leonore schaute Walter kurz an. Ein grimmiger Zug lag um seine Lippen.

»Bist du von allen guten Geistern verlassen?«, fragte sie. »Gregor ist als Einsatzleiter grün hinter den Ohren. Selbst noch ein Kind, was Entführungen angeht.«

Walter zuckte mit den Schultern. »Menschen wachsen mit ihren Aufgaben. Du musst ihnen vertrauen, nur dann bringen deine Leute Leistung. Bieg dort vorn rechts ab.«

»Es geht um acht Kinder, Walter! Und du schickst einen Jungspund hin. Bei einer Kindesent…« Sie stockte, sog die Luft scharf ein und stieß sie pfeifend wieder aus. »Der Entführer ist gar nicht dort, oder? Du schickst Gregor samt SEK in ein leeres Haus?«

Sie blickte wieder zu Walter herüber. Sein Gesicht wirkte noch härter, beinahe versteinert. Die Miene war Antwort genug.

»Für Gregor werden es wertvolle Erfahrungen seiner Karriere sein«, erklärte Walter mit gepresster Stimme. »Ich bin alt, Leonore. Du wirst meinen Posten bald übernehmen, und dann wird Gregor an deine Stelle rücken. Du brauchst einen guten Partner. *Rechts abbiegen*!«

»*Du* bist mein Partner!«, erwiderte Leonore barsch, folgte jedoch seiner Anweisung und bog ab. »Wo fahren wir überhaupt hin? In diese Richtung geht's auf die Umgehung.«

»Ich weiß. Wir fahren in die Berge.«

»*Wohin*?« Jetzt war Leonore vollends verwirrt.

Walter seufzte, schaltete seine Sitzheizung ein und rutschte auf dem Beifahrersitz hin und her, bis er eine offenbar bequeme Position gefunden hatte. Seine Hände steckte er unter seine Oberschenkel. Dann erklärte er: »Patricks Onkel Heinrich hat sich Mitte der Achtziger ein Almhaus samt Bootshütte in den Alpen gekauft. Ich war damals dort zu Heinrichs vierzigstem Geburtstag. Da war Patrick gerade mal sechs Jahre alt. Es ist die Idylle schlechthin. Abgelegen, ruhig, einsam. Wahrscheinlich nicht mal mit Handyempfang. Nur Wald, Berg und Kuh. Mehr nicht.«

»Der perfekte Ort für Entführungsopfer«, fügte Leonore leise hinzu. »Wir müssen ein Sondereinsatzkommando dorthin ordern.«

Walter schüttelte den Kopf. »Auf keinen Fall.«

Erneut schaute Leonore ihren Chef an. »Was faselst du da? Willst du alleine hinfahren? Alleine gegen einen Entführer mit neun Geiseln?«

»Wir sind zu zweit.«

»Aber –«

»Kein Aber, Leonore! Ich kenne Patrick, seit er ein kleiner Junge ist. Ich kann ihm helfen. Sein Besuch vorhin im Dezernat war ein Hilfeschrei. Glaubst du, dass wir ihn zur Besinnung bringen, wenn er von Scharfschützen und Männern mit Sturmgewehren umzingelt ist? Wenn er wirklich an einer multiplen Persönlichkeit leidet, dann kann nur ich ihm helfen. Niemand kann den Menschen in ihm besser erreichen.«

»Es geht um neun Geiseln! NEUN!« Leonore konnte nicht fassen, was sie da hörte.

»Ich weiß, ich weiß. Aber ich kenne ja nicht einmal die Adresse der Almhütte. Ich war nur einmal dort – vor fast dreißig Jahren. Ich glaube, den Weg zu finden. Sicher bin ich mir aber nicht.«

Leonore schnaubte. »Wir können in zehn Minuten die Almhütte auf einer Karte lokalisieren und die Koordinaten durchgeben. Dann wäre in nicht mal einer halben Stunde ein Hubschrauber vor Ort.«

»Und das Monster in Patrick wäre aufgeschreckt. Wir wissen nicht, wozu er fähig ist, wenn wir ihn in die Enge treiben.«

»Um das geht es doch gar nicht. Du *willst* nur nicht, dass ein Einsatzteam vor Ort ist. Warum, Walter? Wenn du mir das nicht erklärst, werde ich anhalten.«

Daraufhin schwieg Walter, lange. Straßenlaternen huschten vorbei. Drei. Sieben. Zwölf. Dann sagte er leise, aber bestimmt: »Ich kann ihm helfen, Leonore. Nur ich. Er kam zu *mir*, und jetzt will er, dass ich zu *ihm* komme. Auf seine *Geburtstagsparty*. Und das werde ich tun.«

Leonore spürte, dass er noch mehr sagen wollte, also schwieg sie. Weitere Straßenlaternen säumten die Straße. Ein stummes Spalier aus Licht und Schatten.

Nach einer geschlagenen Minute hörte sie Walter laut seufzen und sagen: »Abgesehen davon habe ich Angst um ihn. Ich will nicht, dass ein Scharfschütze ihm eine Kugel in den Kopf jagt. Das hat der Junge nicht verdient. Er ist krank und braucht Hilfe. Keinen finalen Rettungsschuss.«

Leonore hätte sich weigern können. Oder anhalten, aussteigen, Rochell anrufen und ihm Walters Wahnsinn stecken. Aber Walter Brandner hatte die letzten fünfzehn Jahre die richtigen Entscheidungen getroffen. Er hatte sie nie hintergangen – im Gegensatz zu ihr, wenn sie an ihre MS dachte –, war immer ehrlich zu ihr gewesen, und auch jetzt wusste sie, dass er voll und ganz hinter seiner Aussage stand. Ihm war es ernst. Todernst. Er war sich sicher, Patrick Höller zur Vernunft zu bringen. Also traf Leonore eine Entscheidung und gab mehr Gas, um schnellstmöglich in die Alpen zu gelangen.

52

Dienstag, 15. Juli – 04.07 Uhr

Sein Körper bebte vor Schluchzern. Sie schüttelten ihn, zwangen ihn in die Knie, hinab auf den steinigen Boden.

Hemmungslos heulte er, sein Atem kam stoßweise und pfeifend über seine Lippen. Speichel sprühte bei jedem Schluchzer durch die Luft, glitzerte im Mondlicht, während sich seine Brust zusammenzog, sein Mund sich verzerrte. Seine Hände waren zu Fäusten geballt, trotz des Verbandes, der sich rot verfärbt hatte.

Er konnte nur schluchzen und Tränen laufen lassen, hinab auf den Bollerwagen, der vor ihm stand. Hinab auf den geschundenen Körper des Mädchens, der nackt in einer Lache aus frischem und geronnenem Blut lag. Ihre Augen standen weit offen, blickten funkelnd hoch zum Mond, der unbeteiligt zurückschaute, herab auf ihn und diesen Engel, diesen gefallenen Engel, auf ihre blasse Haut mit den tiefen Schnitten in dunklem Rot, das beinahe schwarz wirkte.

Er musste sie in den Wald karren, ja, das musste er, doch er konnte nicht. Wie war ihr Name gewesen? Sarah? Spielte das noch eine Rolle? Er hatte wieder verloren. Das Zählen hatte nicht geholfen. Bei 18 368 hatte er versagt.

Patrick Höller weinte.

Er weinte für Sarah. Für Jule. Für Leonie.

Er weinte für Franziska. Für Alexandra. Für Lena. Für Kerstin. Für Stefanie. Für Julia.

Er weinte für Kristina.

Und er weinte um sich selbst.

Walter hätte ihm helfen können, doch Walter war nicht gekommen.

War nicht gekommen.

War nicht gekommen …

53

Dienstag, 15. Juli – 04.45 Uhr

»Woher kennst du Patrick Höller überhaupt so gut?«

Leonore steuerte den Wagen durch die Serpentinenstraße. Sie hatte wieder Kopfschmerzen, doch es ließ sich aushalten. Ihre MS schien sich gerade etwas auszuruhen.

»Das ist eine lange Geschichte«, seufzte Walter. »Als Kind wohnte ich in der Nähe seiner Großeltern. Patricks Vater Peter war ein zurückgezogener Junge, doch sein Onkel Heinrich war bei jedem Scherz dabei, immer vorn dran. Heinrich hatte damals schon Charisma. Er war zwar ein paar Jahre älter als ich, aber wir lagen irgendwie auf einer Wellenlänge und wurden gute Freunde, keine unzertrennlichen, aber wir spielten regelmäßig miteinander. Als dann im Jugendalter ein guter … Schulfreund von mir urplötzlich verstarb, zog ich mich zurück. Von allen Freunden. Und Heinrich interessierte sich bereits für die Erwachsenendinge. Wir verloren uns also aus den Augen. Als junger Erwachsener zog Heinrich dann eine Kartelrunde auf. Einmal pro Woche spielte er mit Freunden Schafkopf. Er war schon immer ein Zocker gewesen. Irgendwann stieg dann einer der vier aus, und zufällig war ich an dem Tag in der Kneipe. So saß ich plötzlich mit am Tisch. Im Lauf der Monate wechselten immer wieder die Spieler, nur Heinrich und ich blieben. So lebte unsere alte Kinderfreundschaft wieder auf, und sie überdauerte die Zeit, obwohl ich in den Polizeidienst einstieg und Heinrich an der Börse viel Geld verdiente. Eigentlich waren wir grundverschieden. Heinrich liebte die Literatur, war sehr belesen, wurde durch sein vieles Geld ein Mann von Welt. Ich hingegen war bodenständig, kochte gern und trieb viel Sport. Aber das Kartenspiel hielt uns zusammen. Dann kam es Ende der Achtziger zu dem schweren Autounfall, bei dem Patricks Familie starb, also Peter und seine Frau und seine Tochter. Heinrich übernahm das Sorgerecht für den damals Siebenjährigen. Ab da riss der Kontakt wieder ab. Heinrich hatte keine Zeit mehr zum Kartenspielen, weil er sich wie ein Vater um den Waisen kümmerte. Wir verloren uns für ein oder zwei Jahre erneut aus den Augen. Dann jedoch klopfte Heinrich bei mir an der Tür. Der Junge hatte sich bei ihm eingelebt, Heinrich hatte wieder etwas mehr Zeit, und wir unternahmen sporadisch was zusammen. Es war wie früher, Leonore. Es war schön. Heinrich war ein guter Freund.« Walter seufzte laut.

»Dann kam es 1992 zum ersten Sommerferienkind. Julia Mäderer. Ich war mit den Nerven am Ende, und Heinrich päppelte mich auf. Und nicht nur das. Ich klagte ihm meinen Frust, wir hätten zu schlechte Ausstattung, zu wenig Personal und dass wir deswegen das Mädchen nicht finden könnten. Zwei Tage später flatterte eine Spende von Heinrich ins Dezernat. Da ließ er sich nicht lumpen. Er wolle unbedingt seinen bescheidenen Beitrag leisten, um die Mädchen zu finden. So ... ging das dann einige Jahre, bis ... bis Heinrich beim Wandern verschwand.«

Leonore schüttelte ungläubig den Kopf. »Wann verschwand Heinrich Höller genau?«

»Im Sommer 1998.«

»Und das letzte Sommerferienkind?«

»Im Sommer 1997.«

»Und du hast *nie* in Betracht gezogen, dass da ein Zusammenhang bestehen könnte? Zwischen Heinrich und den Sommerferienkindern? Nach seinem Verschwinden verschwand auch kein Kind mehr.«

»Das ist absurd, Leonore. Ich kannte Heinrich besser als meine eigenen Eltern.«

»Das hast du auch von Patrick Höller gesagt, und jetzt ist er unser Entführer. Was, wenn Patrick heute das *wahre* Erbe seines Onkel angetreten hat? Wenn sie dich die ganze Zeit getäuscht haben?«

Walter ließ die Frage unbeantwortet.

Seitlich der Straße kam ein zweigeschossiges Haus mit weit überstehendem Dach zum Vorschein. Die Fenster waren dunkel, doch ein Teil der Außenmauer wurde für eine Reklame beleuchtet. Leonore sah rot leuchtende Geranien in Blumenkästen, dazwischen die geschwungene Aufschrift, die verkündete: SCHLENKERALM.

»Wir sind richtig«, stellte Walter leise fest. »An die Schlenkeralm kann ich mich erinnern. Irgendwann müssen wir rechts abbiegen, und dann sind es noch zehn oder fünfzehn Minuten weiter hoch in die Einsamkeit.«

Leonore wollte ihren Gedanken zu Heinrich Höller wieder aufgreifen, doch in dem Moment läutete Walters Handy.

Er hob ab. »Ja, Gregor, warte, ich stelle Sie auf die Freisprecheinrichtung, damit Leonore mithören kann ... so jetzt. Schießen Sie los.«

»Also, wir haben das Haus von Patrick Höller gestürmt und durchsucht. Nichts. Kein Verdächtiger, keine Kinder, keine Anzeichen von Kristina Wimmer. Das Einzige, was wir gefunden haben, ist eine riesige Sammlung zerstörter Taschenuhrbauteile. Es sieht nach immer demselben Modell aus. Mindestens fünfhundert Stück. Aber das war's.«

Walter schwieg einen Moment, bevor er sagte: »Gut gemacht, Gregor. Es war einen Versuch wert. Jetzt fahren Sie nach Hause und gönnen sich eine Mütze voll Schlaf.«

»In Ordnung, Chef, halt ... warten Sie.« Leonore hörte ihn undeutlich mit einer Kollegin sprechen. Der Wortwechsel dauerte an, dann wurde Gregors Stimme wieder deutlich, er klang aufgeregt.

»Gerade eben ist ein Anruf eingegangen«, sagte er, »von einer ... Gerdi Sommer, Wirtin und Besitzerin der Schlenkeralm.«

Leonore trat abrupt auf die Bremse, sodass der Wagen schlingernd zum Stehen kam. Sie blickte in den Rückspiegel. Die Reklame der Schlenkeralm glomm wie eine kleine Insel aus Licht in der Dunkelheit.

»Sie hat den Bericht über die Entführung in den Zwölf-Uhr-Nachrichten gesehen und konnte deswegen nicht schlafen«, fuhr Gregor fort, »Sie hatte ein – Zitat – ›seltsames Bauchgefühl‹: Ihr ist gestern Abend ein Gast aufgefallen, so gegen ... neunzehn Uhr dreißig. Sie hat ihm ... was soll das heißen? ... ah, Schweinshaxn mit Knödel serviert.«

»Und was hat das mit uns zu tun?«, fragte Walter, während er ebenfalls zurück zur Gaststätte schaute. Sein Gesicht war noch blasser geworden.

»Der Gast fuhr einen Kleinbus und ist uns namentlich bekannt. Es war Patrick Höller. Frau Sommer erkannte ihn, weil offenbar dessen Onkel irgendwann in den Achtzigern von der Gaststätte aus einen Autounfall meldete und selbst in der Nähe der Schlenkeralm eine Berghütte besaß. Ihr kam er – noch mal Zitat – ›irgendwie gehetzt‹ vor. Herr Brandner, was sollen wir tun?«

Leonore und Walter wechselten einen langen Blick, dann nickte Walter. Leonore gab augenblicklich Gas.

Walter diktierte derweil ins Telefon: »Hören Sie zu, Gregor. Schicken Sie auf der Stelle das SEK zur Schlenkeralm. Von dort sind es vielleicht fünfzehn Autominuten bis zu einem Almhaus. Man muss dazu rechts abbiegen. Adresse ist uns unbekannt. Das Almhaus gehört heute noch der Familie Höller. Das ist unsere zweite Spur, der Leonore und ich gerade nachgehen. Wahrscheinlich sind die Kinder dort. Machen

Sie Druck, Gregor. Wecken Sie Rochell. Leonore und ich brauchen jede Unterstützung, die er auftreiben kann.«

»Das SEK zur Schlenkeralm? Die kenn ich ... die ist ... die liegt ... mein Gott ... das dauert ja mindestens eine Stunde.«

»Egal. Wir sind schon fast dort und sichern derweil die Lage.«

»Aber —«

»Kein Aber, Gregor! Machen Sie, was ich Ihnen sage, und jetzt schnell!«

Noch bevor Gregor antworten konnte, hatte Walter aufgelegt.

Eine halbe Minute herrschte Schweigen, dann sagte er mit einem Mal ganz ruhig: »So sei es also. Du kriegst nun doch deine Unterstützung, aber bis das SEK da ist, kann ich mit Patrick alleine reden. Jetzt gibt es kein Zurück mehr.«

Kein Zurück. Die Worte stachen schmerzhaft in Leonores Gedanken, ließen die Kopfschmerzen wieder aufflammen. Sie würde in ein paar Minuten höchstwahrscheinlich einen Entführer stellen, sie und Walter. Zu zweit. Kein Sondereinsatzkommando im Rücken. Keine Scharfschützen auf den Dächern. Sie und Walter und zwei Pistolen. Mehr hatten sie nicht.

Sofort stieg die Erinnerung des Schießtrainings in ihr hoch. Jetzt jedoch anders: Leonore stand Patrick Höller gegenüber. Sie sah seine Locken unter der Baseballmütze hervorquellen, und er grinste. Teuflisch. Er kam auf sie zu, eine blutige Axt in Händen. Walter lag tot am Boden, sein Gehirn quer über den Boden verteilt.

»Walter?« Ihre Stimme zitterte.

»Ja?«

»Ich muss mit dir reden.« Das *musste* sie wirklich. Das hätte sie schon lange tun sollen.

»Was gibt es?«

»Ich habe dir etwas verschwiegen. Seit zwei Jahren.«

Walter drehte sich zu ihr um. Sein Gesicht krank und grau.

»Was hast du verschwiegen?«

Leonore schaute geradeaus in den sich ankündigenden Morgen. Der Himmel färbte sich von Schwarz in ein dunkles Blau und würde danach Azur werden. Der unterste Rand der gezackten Berge ließ einen Schimmer Gold erahnen. Davor hing bleicher Dunst zwischen den Bergflanken wie ein eingeschlafener Geist. Der Traum eines perfekten Morgens. Und war nicht jeder Morgen ein Neuanfang?

Leonore sagte: »Ich habe seit knapp zwei Jahren Multiple Sklerose. Mein Gehirn zerstört sich selbst. Es wurden im MRT mehrere Läsionen festgestellt. Ich ... ich werde irgendwann im Rollstuhl sitzen und ein sabberndes Kleinkind werden, aber ... noch ist es nicht so weit. Ich will nur, dass du es weißt, falls wir den Entführer alleine stellen müssen. Meine Finger sind mittlerweile fast taub, und meine Sehschärfe lässt nach. Noch kann ich schießen, aber ich werde schlechter.«

Leonore schnaufte tief durch. Sie merkte, dass sie das Lenkrad fest umklammerte. Sie blickte nicht nach rechts zu Walter, sondern stur geradeaus auf die Straße. Trotzdem bemerkte sie, wie er in seinem Sitz zusammensank.

»Dort vorne rechts«, hörte sie ihn sagen, und er klang nicht gut.

Leonore steuerte den Wagen durch das Morgengrauen, immer weiter die Straße hinauf, rechts der Abgrund, links der Steilhang.

»Hast du nichts dazu zu sagen?«, fragte sie, als ihr das Schweigen unerträglich wurde. »Bist du böse oder verärgert oder enttäuscht?«

Walter antwortete nicht. Stattdessen zog er seine Pistole aus dem Holster und prüfte Sicherung und Magazin.

»Walter?«

»Ja.«

»Willst du nichts dazu sagen?«

»Nein.«

»Warum?«

Er steckte die Pistole zurück unter seine Sommerjacke. »Mein Beileid brauchst du nicht. Die Dinge sind, wie sie sind. Leider. Und mehr will ich nicht wissen, denn *wenn* ich es wüsste, dann müsste ich dich *hier* und *jetzt* vom Dienst suspendieren. Das will und kann ich nicht. Du bist meine Partnerin, Leonore. Die beste, die ich je hatte. Wenn du Hilfe brauchst, dann sag es mir privat, aber im Dienst weiß ich nichts von irgendeiner MS. Überhaupt nichts. Verstanden?«

Leonore nickte und blinzelte die Tränen weg. Gleichzeitig manövrierte sie den Wagen um eine lang gestreckte Kurve. Ein Hausgiebel mit darunter liegender Fensterreihe schob sich für einen Moment in ihr Blickfeld, verschwand aber wieder hinter Bäumen.

»Lichter aus!«, befahl Walter. »Wir sind gleich da.«

Im Dunkeln fuhren sie weiter. Langsamer. Vorsichtiger.

Nach zwei Minuten kam das Haus wieder in Sichtweite, nun direkt vor ihnen am Ende der Straße. Alle Fenster waren dunkel, die Haustür stand jedoch einen Spalt offen, und ein Lichtschimmer fiel heraus. Auf dem Parkplatz stand ein Fahrzeug, deutlich sichtbar im anbrechenden Morgen. Es war ein Kleinbus.

Patrick Höller war hier.

Leonore schluckte ihre Furcht hinunter. »Ich wollte nur … falls wir schießen müssen … ach, Walter, du weißt, was ich sagen will.«

Walter saß verkrampft auf dem Beifahrersitz, sein Gesicht zu einer Grimasse verzerrt, den Blick starr auf das Haus gerichtet. »Ich weiß, ich weiß, aber so weit wird es nicht kommen. Ich werde ihn retten. Versprochen.«

54

Dienstag, 15. Juli – 04.53 Uhr

Er zählte 2404, zählte 2405, zähl–

Ein Lichtsplitter tauchte bergabwärts auf und zerschnitt die Dunkelheit. Langsam glitt er den Berg hinauf, zerteilte Berg und Wald.

»Er kommt«, kam Patrick über die Lippen. »Endlich!«

(Wer? Wer?)

»Halt die Schnauze!«, entgegnete Patrick sich selbst und stand auf. Es war so weit.

(Wir müssen fliehen! Schnell!)

»Nein«, sagte Patrick. Mit Genugtuung stellte er fest, dass seine innere Stimme zum ersten Mal unsicher klang. »Du hattest heute dreimal deinen Spaß«, fuhr er fort. »Drei verfluchte Male! Reicht das nicht?«

Er schnappte sich seine Cap, die auf dem Bett lag, strich seine Haare zurück und setzte die Mütze auf. Dann schritt er zur Tür des Gästezimmers, öffnete sie und trat in den dunklen Flur.

(Sie werden uns jagen! Flieh! Hau ab!)

»O nein, mein Lieber! Jetzt bin *ich* an der Reihe.«

55

Dienstag, 15. Juli – 04.55 Uhr

Pia hörte Holzstufen laut knarren. Ihr Herz begann zu pochen. Er kam herunter.

Holte er jetzt die Nächste?

Bahar? Hannah? Pauline? Alina? Oder bin ich an der Reihe?

Sie schniefte und ließ ihren Blick durch das Zimmer gleiten. Hannah kauerte zusammen mit Pauline unter dem Tisch. Als er gekommen war, um Sarah mit sich zu nehmen, hatten sich die beiden verkrochen. Pia sah sie Arm in Arm, eng aneinandergeschmiegt. Sie hörte immer wieder leises Schluchzen aus der Richtung.

Alina lag allein auf der Eckbank. Sie hatte die Augen zusammengepresst, das ganze Gesicht zu einer Grimasse verzerrt, als hätte sie Schmerzen. Mit ihren Händen hielt sie sich die Ohren zu.

Und Bahar war eingenickt. Sie saß neben dem Schrank mit den Süßigkeiten, die Arme um ihre angezogenen Beine geschlungen, das Gesicht dazwischen vergraben und das schwarze Haar wie ein Schleier außenherum.

Die Schritte kamen näher.

Pia wischte sich eine Träne aus dem Augenwinkel, dann stand sie auf. Sie musste weg von der Tür. Wenn er hereinkam, würde er die Erstbeste mitnehmen, so wie bei Sarah. Er war einfach hereingeplatzt und hatte ausgesehen wie ein Irrer aus dem Fernsehen. Pia hatte gerade zusammen mit Sarah versucht, das Erbrochene mit einem Lappen wegzuwischen. Er hatte nach ihr und Sarah gegriffen, doch seine

Finger waren an ihrem Oberteil abgerutscht, und so hatte es Sarah erwischt.

Sie wusste nicht, was er mit Sarah gemacht hatte, aber sie wusste, dass es ganz schlimm gewesen sein musste. Pia konnte noch immer die Geräusche hören, die von draußen hereingedrungen waren. Erst Sarahs Schreie, dann dieses Keuchen (oder war es ein Lachen?), dazu die hohlen, spitzen Quieker von Sarah, die auf jedes Keuchen folgten, Wimmern dazwischen, sein Grunzen und dann ein letzter, seltsam schriller Schrei, so herzzerreißend, dass Pia meinte, wahnsinnig zu werden … und dann hatte Stille geherrscht, einige Zeit, bis man ihn weinen hörte. Lang und laut.

Dann war er nach oben gegangen, und jetzt … öffnete er die Tür, genau in dem Moment, als Pia unter den Tisch schlüpfte. Auch ihr strömten Tränen über die Wangen, denn er würde jetzt Bahar oder Alina schnappen.

Der Gedanke machte sie beinahe verrückt.

Dann spürte sie zwei grobe Hände, die nach ihr griffen.

Sie stieß einen spitzen Schrei aus.

»Du kommst mit mir«, sagte er und zerrte sie unter dem Tisch hervor. Pia schlug mit den Beinen nach ihm, trampelte in der Luft herum und traf ihn, doch er ließ nicht locker. Er packte sie fest um die Taille und nahm sie einfach mit wie eine Handtasche. Er hielt sie vor sich, einen starken Arm um ihren Bauch geschlungen, und mit dem anderen wehrte er ihre Hände ab.

Pia erhaschte einen Blick auf sein Gesicht.

Es war mit roten Flecken besprizt und verschmiert und zu einer ausdruckslosen Maske erstarrt, nicht so seltsam verzerrt wie vorhin, als er Sarah geholt hatte.

Und dann waren sie durch die Tür, die er irgendwie hinter sich absperrte, und schon draußen in der Dunkelheit der Nacht, wobei es nicht ganz dunkel war. Ein goldener Schimmer zeichnete sich am Himmel ab, tauchte den

Parkplatz, den Wald und das Tal vor der Alm in ein blasses Licht. Die Schatten waren noch undurchdringlich, doch Pia erkannte bereits Farben.

Besonders das Rot des Bollerwagens leuchtete. Dann sah sie Sarah darin liegen, blass und mit Linien bemalt und seltsam verrenkt ...

Schnell presste Pia sich die Hände auf die Augen, kniff sie ganz fest zusammen. NEIN! NEIN!

Sie wollte das nicht sehen. NEIN! NEIN!

Würde er das auch mit ihr machen? NEIN! NEIN!

Kein Laut kam über ihre Lippen. Die Luft wollte einfach in ihrer Lunge stecken bleiben, sie zum Platzen bringen. Sie meinte, zu ersticken, und versuchte, tief auszuatmen, doch es kam nur ein heiseres Keuchen heraus.

Er ließ sie los, stellte sie auf ihre Füße und zerrte sie neben sich her. Pia taumelte blind dahin, immer noch die Augen fest geschlossen, unfähig zu schreien, unfähig zu denken, unfähig zu allem, denn das Bild hatte sich eingebrannt.

Trotz der zusammengepressten Augen sah sie Sarahs zerfetzten Körper ... und einen schimmernden Rippenbogen, der wie eine gekrümmte Hand aus ihrer Brust hervorspross.

56

Dienstag, 15. Juli – 04.59 Uhr

Walter sprang aus dem Wagen, ließ die Tür offen stehen und zog in einer flüssigen Bewegung, die er tausendmal trainiert hatte, seine Pistole aus dem Holster.

Leonore tat es ihm gleich.

An der Motorhaube trafen sie sich. Von der Hitze der Fahrt knackte es laut darunter, was in der umgebenden Stille deutlich zu hören war. Walters Herz klopfte schmerzhaft. *Stille bedeutet Tod.*

»Die Haustür steht offen«, flüsterte Walter. »Dorthin.«

Leonore nickte, und Walter setzte sich in Bewegung.

Eilig huschte er über den Parkplatz, wobei Schotter unter seinen Sohlen knirschte, warf einen flüchtigen Blick in den Kleinbus, leer, doch fettige Handabdrücke von Kindern zierten die Scheibe. Walter blieb stehen und deutete darauf. »Sie sind da«, formte er mit den Lippen, dann eilte er weiter. Die Hauswand im Rücken, blieb er stehen. Er spürte den rauen Verputz, die kühle Außenmauer. Jemand weinte ganz leise. Ein Kind. Innen im Haus.

Walter fiel ein Stein vom Herzen. *Weinen bedeutet Leben.*

Er gab Leonore ein Zeichen, dass sie ihm ins Haus folgen solle, und sie nickte. Auch sie hatte das Weinen gehört, er sah es an ihrem Gesicht, aschfahl, aber voller Hoffnung.

Er legte das letzte Stück bis zur Haustür zurück und wollte sie gerade aufstoßen, als er im Augenwinkel am Waldrand eine Bewegung wahrnahm. Etwas Rotes schimmerte durch die Bäume. Dahinter ein weißer Schemen, nein, zwei: ein

Erwachsener und ein Kind. Ricky! Winkte er ihm zu? Lächelte er? Unmöglich zu sagen auf die Entfernung.

Walter deutete mit dem Kinn in die Richtung, seine Pistole zeigte zu Boden.

»Er ist dort!«, sagte Walter leise und hörte wieder Kinder im Haus weinen. Nicht eines. Mehrere!

»Du gehst rein. Befreist die Kinder«, fügte er entschieden hinzu. »Ich folge ihm.«

Er sah, dass Leonore widersprechen wollte, doch er ließ sie einfach stehen.

Hatte Ricky ihm zugewinkt? Wo wollte er hin? Ging es durch den Wald nicht zur Hütte am See?

Walter beschleunigte seine Schritte und lief auf den finsteren Wald zu, in dem Ricky mit einem der Mädchen verschwunden war. Sie war an seiner Seite gelaufen.

Laufen bedeutet Leben.

Er musste sie retten.

57

Dienstag, 15. Juli – 05.03 Uhr

Leonore fluchte. »Du verdammter Sturkopf!«

Sie blickte Walter hinterher, der mit weit ausgreifenden Schritten auf den Waldrand zuhetzte wie ein Soldat unter Beschuss. Immer noch weinten Kinder.

Geh endlich rein, Walter wird das machen.

Sie hob die Waffe, trat an die Haustür und erstarrte. *Was, wenn er mit Kristina Wimmer gemeinsame Sache macht? Oder einen Komplizen hat?* Sie hob ihre Waffe mit beidhändigem Griff, und ihre Welt schrumpfte auf das Korn und die exakte Verlängerung des Laufs.

Sie stieß die Tür auf.

Der Flur gefiel ihr nicht, gefiel ihr gar nicht. Mehrere Türen, dazu ein dunkler Treppenaufgang und ein massiger Bauernschrank, groß genug, dass jemand sich dahinter verbergen konnte.

Ein Mädchen schluchzte wieder – *vielleicht ist sie verletzt?* –, und Leonore drang tiefer in den Flur ein, die raue Wand an ihrer linken Schulter, die Arme von sich gestreckt, der Lauf zitterte leicht. Die Waffe schwenkte mit ihrem Kopf hin und her, schnell herum – *niemand hinter dem Schrank* – und wieder zurück. Sie versuchte, den Treppenaufgang und die anderen Zimmertüren gleichzeitig im Auge zu behalten, doch der riesige Blutfleck lenkte sie ab.

»Du Scheißkerl«, keuchte sie, und ihr Herz trommelte wilder. Sie schluckte ihre Angst hinunter, ging weiter, beide Hände fest um den Pistolengriff gelegt, die Arme waagrecht von sich gestreckt, mit leichtem Druck auf dem Abzug, hoch die Waffe, den Treppenaufgang hinauf, doch leer. Nur ausgetretene Holzstufen und ein glatt polierter Handlauf. Sollte sie oben erst sichern?

Ein Schluchzen hinter ihr, gedämpft. Sie sah den honiggelben Spalt unter der Tür. Kein Schlüssel im Schloss.

Drei Schritte, sie lauschte an der Tür. Das Schluchzen kam von drinnen. Mehrere Kinder.

Sie sagte laut: »Polizei, ihr seid in Sicherheit.«

Darauf folgte schnelles Fußgetrappel. Jemand pochte laut an die Tür. Am Türgriff wurde gerüttelt. »Holen Sie uns raus! Schnell! Er kommt zurück. HOLENSIEUNSRAUS.« Das Schluchzen wurde lauter, das Trommeln kleiner Fäuste auf dem Türblatt heftiger.

»Die Tür ist abgesperrt, und ich habe keinen Schlüssel. Wir sind zu zweit hier. Mein Kollege verfolgt den Entführer.«

»HOLUNSRAUS. BITTE. HOLUNSRAUS!«

»Hat er Komplizen? Wo ist Frau Wimmer? Bei euch?«

Das Weinen wurde lauter, doch eine Stimme antwortete ihr: »Er hat etwas Böses mit ihr getan. Wir haben es gehört. Bei Ihnen im Gang. Genauso wie mit den anderen!«

Leonore stand mit leicht gespreizten Beinen an der Tür und spürte, wie sie weich wurden. Man erlebte viel als Kommissarin, man sah Unheil, sinnlose Gewalt, Töten aus Freude oder Spaß, die unvorstellbarste Perversität, doch am allerschlimmsten war die eigene Fantasie. Sie sah kurz zur blutbeschmierten Wand, und erst jetzt nahm sie die Handabdrücke und Kratzspuren wahr. Sie bekam eine Gänsehaut, und ihr Inneres wurde zusammengeknüllt wie altes Papier.

»Mit welchen *anderen*? Wie viele seid ihr?« Ihre Stimme zitterte.

»Vier.«

Sie biss sich auf die Lippe, und ihr Herz rutschte ihr in die Hose. *Nur noch vier? Gerade einmal die Hälfte.* »Und die anderen?«

»Hat er geholt. Eine nach der anderen. Bitte, HOLENSIEUNSRAUS!«

»War er alleine? Hat er euch alleine hierhergebracht?«

»Ja, mit dem Bus«, schluchzte eine.

Leonore atmete kurz auf. Er war also allein. Keine Komplizen, Frau Wimmer wahrscheinlich tot, und Walter hinter ihm her.

»Ich hole euch gleich raus. Ich suche den Schlüssel oder Werkzeug. Geht von der Tür weg. Vielleicht muss ich sie aufbrechen.«

»Lassen Sie uns nicht alleine!«

»Ich komme gleich wieder.«

In dem Moment wehte ein Schrei wie dünner Rauch von draußen herein. Ein Männerschrei.

»Scheiße!«, fluchte Leonore und sah gehetzt zur offen stehenden Tür. Draußen waren nur Schatten zu erkennen. Tanzende Schatten.

»Ich komme gleich wieder«, rief sie den Mädchen zu.

»NEIN! NEIN! NEIN!« Wimmern. Pochen an der Tür. Rütteln am Griff.

»Ich lasse euch nicht da drinnen. Versprochen. Ihr seid in Sicherheit. Verstärkung wird bald kommen.« *Bald. Vielleicht in einer halben Stunde. Mit Glück. Dann kann es zu spät sein. Scheiße, Walter, du verdammter Sturkopf!*

Leonore verließ die Tür und eilte zurück zum Hauseingang, vorbei an den Blutspritzern – *einfach ignorieren* – und hinaus in den dämmernden Morgen, die Pistole immer noch im Anschlag.

58

Dienstag, 15. Juli – 05.07 Uhr

Walter hatte Ricky und das Mädchen aus den Augen verloren. Er hätte sich am liebsten den Griff der Waffe gegen den Schädel gedonnert, so lange, bis er nichts mehr mitbekam. Aber er durfte nicht aufgeben. *Weitermachen. Das Mädchen retten. Ricky retten!*

Am Anfang hatte er schmale Reifenspuren im Moos gesehen, doch der Boden war erst erdig und dann steinig geworden, und dann war Walter an eine Abzweigung gekommen. Er war rechts abgebogen und hatte nach zwei Minuten festgestellt, dass es gar keine Abzweigung gewesen war. Er stand mit einem Mal knöcheltief in Heidelbeersträuchern und musste zurückeilen.

Jetzt war er wieder auf dem richtigen Weg. Er erkannte Reifenspuren. Woher diese jedoch stammten, war ihm schleierhaft. Hatte Patrick einen Handwagen dabei? Was wollte er damit?

Walter hetzte weiter, vorbei an stummen Bäumen und Büschen, über Stock und Stein, bis es zwischen den Stämmen silbrig glitzerte. Der Wald tat sich auf, und vor ihm kauerte die kleine Hütte am See. Die Fenster waren dunkel, die Tür geschlossen, der Lagerfeuerplatz davor verwaist, das schmale Kiesufer leer bis auf ein umgedrehtes, halb verrottetes Ruderboot. Walter erahnte das Wort auf dem Rumpf nur noch: PAT I K.

Dahinter lag der See wie ein riesiger Spiegel, das gegenüberliegende Ufer mit den Berggipfeln darüber war exakt abgebildet. Ein perfektes Spiegelbild.

Walter drehte sich einmal um die eigene Achse. *Wo ist er hin?* Sein Atem kam stoßweise und wurde in kleinen Wölkchen vor seinem Gesicht sichtbar.

In einiger Entfernung hinter der Hütte schimmerte es kurz weiß und rot. *Da!* Walter setzte sich wieder in Bewegung. Er passierte die Hütte, setzte über einen verrosteten Grill hinweg und drang dahinter in den Wald ein. Über ein Rinnsal, das früher wohl ein Bach gewesen war, führte ein schmaler Pfad weiter, gerade so breit wie die Reifenspuren, die jetzt deutlich sichtbar waren. Walter erkannte an einigen Stellen Abweichungen. Es sah aus, als wären es mehrere Reifenspuren, oder der Bollerwagen war öfter auf dieser Strecke gefahren.

Er wunderte sich noch über diesen Umstand, als sein Fuß ins Leere trat, hinein in eine Vertiefung, und er stürzte. Ein lauter Schrei pfiff über seine Lippen. Seine Pistole flog davon und raschelte im Gebüsch neben ihm.

Er schlug erst mit dem Brustkorb auf dem Boden auf, was ihm die Luft aus den Lungen presste, und dann mit dem Kinn. Seine Zähne klapperten laut aufeinander, seine Zungenspitze dazwischen, er schmeckte Blut, und es wurde dunkel um ihn herum.

59

Dienstag, 15. Juli – 05.15 Uhr

Dunkel waren der Wald – und Leonores Ängste.

Der Waldboden pfiff unter ihr dahin. Sie rannte so schnell, wie es mit einer Pistole im Anschlag möglich war.

Wer hatte geschrien? Walter oder der Entführer?

Die Frage jagte ihr Eiskristalle durch die Adern mitten ins Herz.

Sie stürmte immer tiefer in den Wald, und mit jedem Schritt quälte sie die Frage mehr, was passiert war. Kam sie zu spät?

Ein See samt Hütte tauchte auf, und sie verlangsamte ihren Lauf. *Sei vorsichtig. Er könnte überall lauern.* Überall um sie herum tanzende Schatten. *Wo ist er?* Ihre Pistole ruckte durch die Luft, von links nach rechts, von Baum zu Baum, und wieder zur Hütte. Ihre Atemstöße kamen schnell.

Ihre Aufmerksamkeit erfasste in diesem Moment die regungslose Gestalt rechts hinter der Hütte. Sie sah Beine in Jeans und eine hellblaue Sommerjacke. Walter. Er lag am Boden, stemmte sich stöhnend hoch.

»Walter!«, rief Leonore schrill, sprintete zu ihm und ging in die Knie, sicherte die Umgebung. »Was ist passiert?«

Er sah benommen zu ihr auf. Sein Mund öffnete sich. Blutbeschmierte Zähne kamen zum Vorschein und ein schleimig roter Batzen Spucke, den er in großen Blasen hervorwürgte. Darunter strömte Blut über seine Unterlippe, als hätte er ein Lamm gerissen.

»O mein Gott, Walter! Wir brauchen einen Arzt!«

Doch Walter schüttelte irgendwie den Kopf, was ihm offenbar starke Schmerzen verursachte.

»Hilf ihm«, nuschelte er, was Blut von seiner Lippe spritzen ließ. Er deutete mit der Hand nach vorn. Räderspuren, sichtbar im feuchten Boden, verloren sich in der Dunkelheit.

»Er hat ein Mädchen ...«, blubberte Walter, wobei ihm noch mehr Blut aus dem Mundwinkel quoll. »... und einen Bollerwagen. Schnell!«

»Einen Bollerwagen?«

Er stemmte sich in eine sitzende Position. »GEH!«, schnauzte er.

Seine entschlossenen Gesichtszüge ließen Leonore nicken und losrennen.

Der Pfad wurde nach wenigen Metern schmaler. Die Bäume standen zu beiden Seiten wie Schaulustige, die sie begafften und sich über ihre Mühen amüsierten.

Sie rannte, so schnell sie konnte, zwischen ihnen hindurch hinter Patrick her. Die Reifenspuren wurden jetzt zum Teil von ausladenden Sträuchern halb verborgen, blieben jedoch sichtbar. Sie konnte ihn nicht verfehlen. *Aber wo ist er? So weit kann er nicht sein!* Er hatte einen verdammten Bollerwagen bei sich und ein Mädchen. *Wo sind sie?*

Leonore hetzte weiter. Sie passierte eine Gruppe Tannen mit vollem Nadelkleid. Wie Soldaten standen sie Schulter an Schulter, wollten Leonore aufhalten, sie bremsen.

Sie setzte unbeirrt über eine Wurzel hinweg, streifte nur die unteren Äste, die daraufhin auf und ab wogten, als würden sie ihr höhnisch zum Abschied winken.

Weitere zehn Meter. Zwanzig.

Plötzlich schimmerte rote Farbe in der Ferne durchs Unterholz wie ein Leuchtfeuer.

Der Bollerwagen! O Gott! So weit!

Sie beschleunigte nochmals ihre Schritte, eilte den Pfad entlang, schnurgerade durch den Wald, die Waffe auf das Rot gerichtet. Der Fleck wurde größer, kam zwischen Zweigen und Stämmen zum Vorschein. Es war Patrick Höller samt Mädchen und einem Bollerwagen. Sie standen still, vielleicht zwanzig Meter entfernt.

Der Waldboden, seifig vom Morgentau, ließ eines ihrer Beine zur Seite rutschen. *NEIN!* Sie ruderte einer Windmühle gleich mit den Armen, um ihr Gleichgewicht zu halten, taumelte drei Meter weiter, dann fing sie sich. Keuchend blickte Leonore nach vorn. Ihr Atem stockte.

Von ihrem Standpunkt aus sah sie jetzt klar und deutlich, wie Patrick einen leblosen Mädchenkörper aus dem Holzwagen hob. Ein Arm baumelte hin und her, etwas tropfte herunter, und dunkle Haare hingen wie ein Schleier von einem Kopf herab. Ein zweites Mädchen stand an Patricks Seite und weinte. Leonore hörte das Schluchzen.

Renn weg!, wollte Leonore schreien, trat vorwärts, doch wieder rutschten ihre Füße auf dem mit toten Blättern und abgefallenen Tannennadeln übersäten Boden aus. Sie fiel auf ihr linkes Knie, verschluckte den Schrei, fing den Fall mit der freien Hand ab, hörte das Mädchen lauter schluchzen und beobachtete gelähmt, wie Patrick den Körper des leblosen Kindes wie einen nassen Sack vor sich fallen ließ. Er verschwand hinter Gräsern im Nichts.

Ungläubig blickte Leonore nach vorn. Er hatte das Mädchen irgendwo *hinein*geworfen! In eine Felsspalte? Eine Höhle?

Ein unartikuliertes Brüllen kam über ihre Lippen. Sie riss die Pistole wieder hoch, so wie sie es erst am Nachmittag trainiert hatte, drückte sich auf beide Beine hoch. Patrick drehte sich lächelnd herum, alarmiert von ihrem Geschrei, und zog das wimmernde Mädchen vor sich.

Er benutzte die Kleine als lebendes Schutzschild.

Du Schwein!

So standen sie sich gegenüber, vielleicht fünfzehn Meter voneinander entfernt. Leonores Brustkorb pumpte.

»Lassen Sie das Mädchen frei!«, befahl sie schwer schnaufend. Die Worte schwebten in kleinen Wolken vor ihrem Gesicht.

Sein Lächeln erlosch. »Wo ist Walter?«

Die Frage irritierte sie, genauso wie sein Tonfall. Er klang ... *unsicher.*

»Das ... spielt keine Rolle. Er ... befreit die anderen Mädchen.«

»Sie lügen! Er war hinter uns. Dann schrie er plötzlich. Wo ist er?« Patrick Höller zog das weinende Mädchen näher an sich heran.

Leonore überlegte. Walter hatte ihm helfen wollen. Konnte sie das auch? Sie probierte es mit der Wahrheit: »Walter ist gestürzt und verletzt. Dafür bin ich nun hier. Ich kann Ihnen helfen. Walter wollte Ihnen auch helfen, doch dafür müssen Sie erst das Mädchen freilassen. Andernfalls werde ich schießen!«

»Dann tun Sie's doch!«, rief er zurück.

»Ich warne Sie, Herr Höller! Lassen Sie das Mädchen gehen! Sofort!«

»O nein, Frau Kommissarin. Wenn Sie das Mädchen wollen, dann müssen Sie es schon holen! Aber viel Zeit wird Ihnen dafür nicht bleiben.« Seine Hände legten sich um den zarten Hals der Kleinen. Dieser verschwand vollkommen unter seinen Fingern. Das Mädchen wimmerte herzzerreißend.

»Sie sind verrückt!«, keuchte Leonore. Sie zielte auf ihn, und wieder wurde ihre Welt so klein wie das Korn, die Mitte seines Kopfes. Er war ungeschützt. Sie konnte ihn erwischen, ein einziger Volltreffer, und dieses Monster wäre nicht länger. Ein finaler Rettungsschuss war alles, was sie brauchte.

Er ist krank und braucht Hilfe. Keinen finalen Rettungsschuss, hörte sie Walter in ihrem Kopf schimpfen.

Scheiße! Aber er wird das Mädchen töten.

Sie musste schießen. *Ein* Treffer ins Stammhirn würde sofort zu Atem- und Kreislaufstillstand führen. Aber ihre Hände zitterten unkontrolliert. Das Korn schunkelte nach links und rechts, hoch und runter, als wäre es besoffen. Überhaupt fühlte sie gerade kaum etwas von ihren Fingern. Sie *wusste* nur, dass sie eine Pistole in der Hand hielt, weil sie sie sah. Aber sie spürte sie nicht.

Leonore konzentrierte sich, zwang sich zur Ruhe, aber das Zittern war zu stark. Sie könnte die Kleine treffen!

In dem Moment hörte das Mädchen auf zu weinen. Unfreiwillig. Leonore sah deutlich, wie sich seine blutverschmierten Unterarmmuskeln spannten. Er drückte dem Mädchen die Luft ab.

Leonore visierte noch einmal. Doch das Ziel verschwamm vor ihren Augen. Nur etwas zu tief gezielt, und sie würde statt ihm dem Mädchen das Stammhirn rausblasen.

Sie spürte heiße Tränen des Zorns in ihren Augen. Zorn auf sich selbst, auf das durch die MS verursachte Unvermögen, diesem Wahnsinn ein Ende zu bereiten, und auf Walter, weil er nicht früher Verstärkung geordert hatte und nicht eher in Erwägung gezogen hatte, dass Ricky der Entführer war. Er musste es doch schon bei dem Foto geahnt haben. Nicht umsonst hatte er gezögert.

In dem Moment nahm sie gedämpfte Schritte und das Rascheln von Laub wahr. Walter hinkte neben sie, ebenfalls die Pistole im Anschlag. Sein Gesicht war so blass wie der Mond, das gesamte Kinn ein leuchtend roter Fleck. Er sah aus wie ein Kannibale.

»Lass sie los, Ricky«, rief er und spuckte Blut aus. »Ich kann dir helfen.«

»Mir helfen?« Patrick lachte laut. Jedoch schien sich sein Griff zu lockern, denn das Mädchen atmete pfeifend ein. »Niemand kann mir noch helfen, Walter! Ich bin verloren! Ich war es schon immer.«

»So ein Quatsch, Junge! Lass das Mädchen frei, und alles wird gut!«

Patrick schüttelte nur den Kopf. Leonore hatte den Eindruck, dass er dabei traurig aussah, doch der Moment verging sofort.

»Ich werde die kleine Pia jetzt erwürgen. Du kannst daran nichts ändern. So leid es mir tut.« Er drückte wieder zu. Pias pfeifendes Atmen verstummte. Ihr quollen beinahe die Augen aus dem kleinen Kopf.

»Komm zu dir, Patrick! Du musst das nicht tun!«

»O doch, ich muss. Es gibt keinen anderen Ausweg mehr.«

Leonores Blick huschte zwischen Walter und Patrick hin und her. Erst zu Walter, der anvisierte, die Hände so ruhig wie die eines Chirurgen, dann zu Patrick, wie sich dessen sehnige Unterarme spannten.

Für einen Moment meinte sie, einen stummen Schrei auf Patricks gesprenkelten Lippen zu sehen. *Tu's doch endlich! Schieß!*, schien er zu rufen. Seine Augen flehten regelrecht.

Dann verwandelte sich Patricks Gesichtsausdruck innerhalb eines Augenblicks. Er fletschte die Zähne, seine Halsmuskeln traten hervor. Sie meinte sogar, ein Knurren aus seinem Hals zu hören. Pias Gesicht wurde dunkelrot, beinahe purpurn.

Schieß endlich!

Walter drückte den Abzug durch. Die P7 krachte ohrenbetäubend, spuckte ihre tödliche Ladung ins Morgengrauen.

Leonore sah, wie sich Patricks Augen weiteten. Wirkten sie zufrieden? Wütend? Dankbar?

Ein drittes Auge zeichnete sich über ihnen auf seiner Stirn ab. Die Baseballmütze flog davon.

Noch bevor Leonore nachdenken konnte, machte Patricks Körper einen Schritt nach hinten und riss Pia mit sich.

Die Felsspalte!

Leonore schoss instinktiv nach vorn, ließ ihre Waffe fallen.

Patricks Finger lösten sich von Pias Hals, doch sein Körper kippte nach hinten. Sie taumelte, das Gesicht immer noch dunkelrot angelaufen, die Arme schlaff herabhängend, der Blick leer.

»NEIN!«

Leonore sprang.

Sie flog der kleinen Pia entgegen, die ins Leere trat, ihr Gleichgewicht vollends verlor und nach hinten fiel.

Walter brüllte ebenfalls, doch Leonores Blickfeld schrumpfte zusammen auf das dünne Füßchen des Mädchens, das durch die Luft wirbelte.

Der Augenblick ihres Fluges wurde zur Ewigkeit. Sie starrte einzig und allein auf den Fuß, der in einem weißen Söckchen in der Felsspalte verschwand. Ihre Finger schoben sich durch die Luft, die plötzlich so dick wie Sirup war.

Leonore streckte sich mit aller Kraft. Ihre Finger schnappten zu. Sie spürte einen Knöchel. Sie umklammerte ihn.

Dann schien die Welt wieder in ihre normale Geschwindigkeit zurückzukippen.

Leonore schlug hart auf dem Boden auf. Etwas riss oder brach in ihr. Heißer Schmerz durchfuhr ihren Brustkorb, ihr Atem wurde zischend herausgepresst. Trotzdem krallte sie sich in Pias Knöchel fest, deren Gewicht ihr beinahe die Schulter auskugelte. Tränen schossen in ihre Augen. Sie spürte trotz der Taubheit in ihren Fingern, dass ihr der Strumpf samt Fuß zu entgleiten drohte. Langsam rutschte er hindurch.

»Walter!«, japste sie irgendwie. »Hilf mir!«

Das Mädchen glitt zwei weitere Zentimeter in die Tiefe, und einen dritten.

Leonore biss die Zähne zusammen, mobilisierte den letzten Rest Kraft, versuchte, sie aus dem Loch zu heben, sackte noch weiter nach vorn, und dann war Walter über ihr, beugte sich hinab, ächzte … und zerrte das Mädchen aus der Felsspalte.

Pia Stein schnappte nach Luft und verfiel in leises Schluchzen, als Walter sie vorsichtig ins feuchte Gras sinken ließ, seine Arme um sie legte und beruhigend auf sie einsprach.

Leonore beobachtete die beiden einen langen Moment, wobei sich ein Lächeln auf ihr Gesicht stahl und sie die Schmerzen in ihrem Brustkorb vergaß. Dann gewahrte sie das dunkle Loch direkt vor ihr, rollte sich auf den Rücken, weg von der Felsspalte, und atmete durch. Ihr Blick glitt in den Morgenhimmel, der zwischen den Bäumen golden schimmerte.

Irgendwo zwitscherte ein Vogel.

EPILOG

Lieber Walter,
dies wird mein letzter Eintrag. Die Zeit ist abgelaufen. Der große Tag steht bevor.
Wenn du das hier liest, ist mein Plan aufgegangen, und ich habe mich selbst überwunden. Ich werde dann nie wieder Hand an ein Mädchen legen können. Es wird gut sein.
Mein Mephisto würde dazu wohl Friedrich von Logau zitieren:
»Sich selbst bekriegen
ist der schwerste Krieg,
sich selbst besiegen
ist der allerschönste Sieg.«
Der allerschönste Sieg. Ja. Damit hätte Heinrich recht gehabt.
Ach, Walter. Ich hätte dir noch viel zu sagen, doch ich muss aufhören. Es bleibt mir keine Kraft mehr, meinen Plan vor dem Monster in mir abzuschirmen, und ich muss das Tagebuch noch wegbringen.
Lieber Walter, ich wünsche dir alles Gute, und behalte den Menschen Patrick Höller in Erinnerung, nicht das Monster.
Versprich mir das.
In aufrichtiger Freundschaft
Patrick

Walter starrte auf das Buch in seinen Händen. Sie zitterten. Tränen strömten über seine Wangen, sammelten sich an Nasenspitze und Kinn und tropften von dort auf die aufgeschlagene Seite, die schon ganz feucht war.

»Oh, Patrick«, flüsterte Walter voller Schmerz.

Dieser steckte tief in seiner Brust und würde wohl niemals mehr vergehen. Es war ein schwermütiger Schmerz, nicht das heiße Brennen seiner Zungenspitze, die er sich bei seinem Sturz beinahe abgebissen hatte, und auch nicht das Kratzen in der Kehle, die ganz ausgedörrt war, nachdem er Leonore nun das gesamte Tagebuch von Patrick vorgelesen hatte.

Am Morgen hatte es ihm dessen Anwalt überreicht, per Verfügung im Falle von Rickys Ableben.

Walter hatte es jemandem vorlesen müssen. Alles. Jedes geschriebene Wort. Er hatte es nicht für sich behalten können.

Geteilte Last ist halbe Last.

Leonore legte ihre Hände auf Walters Schultern. »Du hättest ihm nicht helfen können. Mach dir keine Vorwürfe.«

»Wenn ich nur gewusst hätte, was Heinrich ...«

»Nein, Walter. Niemand hätte eine so verdorbene Seele noch retten können. Du hast es selbst vorgelesen. Heinrich Höller hat den Jungen praktisch mit seinen Eltern umgebracht. Er hat ein Monster erschaffen, ein Ungetüm im Körper eines intelligenten jungen Mannes. Es hat den Jungen innerlich zerrissen.«

»Aber ...«

»Patrick wollte es so. Du hast es selbst vorgelesen. Sein Tod war der einzige Ausweg, den er noch wählen konnte. Es war *sein* Sieg gegen seinen Trieb. Der Sieg des Menschen Patrick Höller. Nicht des Monsters. Abgesehen davon hat er es so eingefädelt, dass dir keine andere Wahl blieb, als zu schießen.«

»Er hätte in eine Klinik gehen können.«

»Und sich dort mit Dreckszeug vollpumpen lassen? Bis ans Ende seiner Tage? Er wäre trotzdem an seinem ... seinem ...«

»... Mädchendurst ...«

»... irgendwann zugrunde gegangen. Früher oder später. So hat es nun ein Ende. Der Junge ist erlöst. Und ich möchte nicht wissen, wie vielen Mädchen wir damit das Leben gerettet haben.«

»Er war so ein netter Junge.«

»Ein hungriger Wolf im Schafspelz.«

»Nein, Leonore. Der Mensch Patrick war einer der nettesten, die ich kannte. Wenn ich damals nur Heinrich durchschaut hätte! Ich Idiot. Ich habe ihm Informationen zugesteckt, ohne zu kapieren, dass er für die entführten Mädchen verantwortlich war. Er wäre niemals davongekommen, wenn ich ihm nicht geholfen hätte. Das ist unentschuldbar!«

Leonore nahm das Tagebuch aus Walters bebenden Fingern. Mit zwei Schritten, die ihr wegen der geprellten Rippe deutlich Schmerzen verursachten, war sie am Schwedenofen. Dort ließ sie sich auf die Knie sinken.

»Was hast du vor?«, fragte Walter irritiert. Er hörte, wie sie die Klappe des Ofens öffnete und zwei Holzscheite aus einer Ablage hervorholte.

»Ich werde das Tagebuch verbrennen.«

»Bist du verrückt?« Walter stemmte sich aus dem Sessel, trat neben sie und sah, wie sie Buchenholz übereinanderstapelte und das Tagebuch obendrauf deponierte. »Das ist ein entscheidendes Beweisstück. Es wird Patrick der sechs Morde an den Sommerferienkindern und an seinem Onkel überführen. Und ihn entlasten! Seine wahre Geschichte ans Tageslicht bringen.«

Leonore blickte auf und funkelte ihn zornig an. »Man wird ihn so oder so mit den damaligen Morden in Verbindung bringen. Das Team aus Höhlenforschern und Polizisten hat die Knochen von sechs Mädchen und eines erwachsenen Mannes in der Felsspalte gefunden. Dazu die Leichen von Kristina Wimmer, Leonie Wagner, Sarah Bergmann und Jule Wozniak. Und wir haben Patrick bei der Tat gestellt. Nicht zu vergessen, die anderen fünf Mädchen als Zeugen. Da braucht es nicht auch noch ein Beweisstück, das *dich* belastet.«

Walter schaute sie einige Herzschläge lang an. Sie stopfte derweil die ganze Packung Anzünder unter das Holz.

»Nein, Leonore. Du darfst es nicht verbrennen.«

Sie fuhr herum. »Und warum nicht? Willst du dir kurz vor der Rente ein internes Ermittlungsverfahren aufhalsen? Deine Pension riskieren? Du hast über meine MS kein Wort verloren und wirst es auch nicht – für *mich*, Walter –, und jetzt werde ich für dich die Klappe halten. Dieses Tagebuch existierte nie. Du hast Heinrich Höller nie Informationen zugesteckt. Ob unwissentlich oder nicht.«

Walter schüttelte den Kopf. »Doch, Leonore. Ich habe ihm Interna erzählt. Und meine damaligen Beweggründe spielen keine Rolle. Sicher, er war ein guter Freund von mir. Er war immer da, wenn ich Hilfe brauchte. Und er hat dem Dezernat so viel gespendet. Trotzdem ist es unverzeihlich.«

Er legte Leonore die Hand auf ihre Schulter und fügte hinzu: »Geh du nicht auch meinen Weg. Bitte.«

Lange blickten sie sich so an.

Dann schabte der Streichholzkopf über die Reibefläche, entzündete sich knisternd. Leonore schob das brennende Hölzchen zwischen die Anzünder. Die Flamme flackerte zwei Sekunden, als überlegte sie, zu erlöschen, dann jedoch entflammte mit einem Mal die ganze Packung Anzünder. Eine helle Feuerzunge hüllte das Holz ein, stieß eine Rußwolke ins Zimmer und lechzte nach mehr.

Leonore schloss die Tür des Schwedenofens.

Schweigend saßen sie beide vor den Flammen, so lange, bis nur noch Asche und ein letzter Rest Glut übrig blieben.

Das Tagebuch des Patrick Höller ruhte unversehrt in Walters Händen, genauso wie die goldene Waltham, die als Geschenk mit im Paket des Anwalts gewesen war und jetzt Walter gehörte. Uhrzeit: 11.52 Uhr.

Der Sekundenzeiger der Waltham bewegte sich sechs Grad weiter. *Tick tick.*

Wieder sechs Grad. *Tick tick.*
Und wieder sechs Grad. Immer weiter.
Tick tick.
Tick tick.
Tick tick.

DANKSAGUNG

Ich möchte mich ganz herzlich bei allen lieben Menschen bedanken, die mich darin unterstützten, dieses Buch noch interessanter und besser zu gestalten:

Hanka Jobke, deren aufmerksames Lektorat mich abermals als Autor enorm hat wachsen lassen.

Arne Burkert, dessen scharfer Blick von Anfang an all die kleinen Schwächen aufdeckte.

Dr. Christina Loidl vom Institut für Psychosomatik und Verhaltenstherapie in Graz, deren fachlicher Rat hinsichtlich meines Antagonisten unersetzlich war.

Meiner Familie, die die Rohfassung begeistert las und fleißig Kritik übte.

Prof. Regine Havekoß-Franzke (post mortem), ohne die ich nie beim Schreiben gelandet wäre.

Meiner Freundin Kathrin Dörfler, deren Ermutigungen nicht in Gold aufzuwiegen sind.

Und all meinen Leserinnen und Lesern, denn zu einem guten Buch gehört unweigerlich Eure Meinung. Ich freue mich schon jetzt auf all die neuen Bekanntschaften und Anregungen.

An einem zweiten Fall von Leonore Goldmann und Walter Brandner arbeite ich bereits. Möchten Sie immer auf dem neusten Stand sein, so abonnieren Sie meinen Newsletter unter www.timoleibig.de. Sie erhalten nicht mehr als eine E-Mail pro Monat. Wenn überhaupt. Versprochen.

Für all diese Unterstützung sage ich von Herzen und ganz bayrisch: »Vergelt's Gott!«

Die Reihe um Goldmann und Brandner:

www.timoleibig.de

Mädchendurst
Der erste Fall für Goldmann und Brandner
ISBN 978-3-9817076-2-5

Fußabschneider
Der zweite Fall für Goldmann und Brandner
ISBN 978-3-9817076-3-2

Totenschmaus
Der dritte Fall für Goldmann und Brandner
ISBN 978-3-9817076-4-9

Grenzgänger
Der vierte Fall für Goldmann und Brandner
ISBN 978-3-9817076-6-3

Alle Bücher sind erhältlich als E-Book und Taschenbuch.

www.timoleibig.de

Doktor Bernhard Richters erster Auftritt:

Wenn Böses spielt (Herznote)
Psychothriller

Psychothrill in der Welt
von Goldmann und Brandner

ISBN 978-3-9817076-0-1

»Leibig weiß auf der Thriller-Klaviatur zu spielen.«
Kulturmagazin Carpe Diem

»Professionelle Thrillerkost auf hohem Niveau.«
Weißenburger Tagblatt

www.timoleibig.de

Noch mehr dunkle Spannung von Timo Leibig:

Blut und Harz:
Mysterythriller

Packende Action
mit einem Hauch Mystery

ISBN 978-3-9817076-1-8

Eduschée
Erbarmungslose Welt

Dunkle Fantasy
unter dem Pseudonym
Timothy Dawson

ISBN 978-3-9817076-5-6

www.timoleibig.de